KB058854

미시마 요무
일러스트/몬다

여성향게임 세계는 몹에게 가혹한 세계입니다

THE WORLD OF OTOME GAMES IS TOUGH FOR MOBS

★05

루이제

노엘

리온

C O N T E N T S

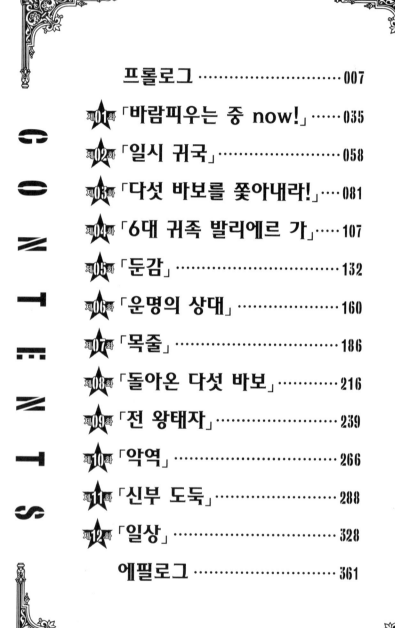

THE WORLD OF OTOME GAMES IS A TOUGH FOR MOBS.

프롤로그

8월이 눈앞으로 다가왔을 무렵.

알제르 공화국에 유학 간 나【리온 포우 발트파르트】는 학원 교실에서 의자에 앉은 채 기지개를 켜고 있었다.

"겨우 끝났군~."

저녁이 되어 창밖은 오렌지색으로 물들어서 실로 아름답게 보였다.

보충수업에서 해방되었다는 정신적인 선입견이 작용하여 오늘 경치는 한층 더 아름다웠다.

교실 안에는 나 말고도 호르파트 왕국에서 유학 온 멤버가 모여 있었다.

"하아~, 이제야 우리도 여름방학이네."

어깨를 축 떨구고 있는【마리에 포우 라판】은 전혀 기뻐 보이지 않았다.

학창 시절로 돌아가 여름방학을 체험할 수 있다는 말을 들으면 마구 들떠 오를 것 같은 녀석인데도 말이다.

그러자 옆에 있던【카라 포우 웨인】이 마리에를 위로했다.

그녀는 몸집이 작은 마리에와는 달리, 평범한 키에 곧고 긴 감색 생머리를 지니고 있으며, 마리에게 은혜를 느끼고 있다.

"마리에 님, 모처럼의 여름방학인데 기쁘지 않으세요?"

카라의 말에 마리에는 교실 안에서 즐거운 듯이 이야기하고 있는 5인조에 시선을 향했다.

바로 다섯 바보── 아니, 같은 왕국에서 온 유학생들이었다.

"아무 예정도 없는 방학이라니, 신선하군."

【율리우스 라파 호르파트】, 짧은 감색 머리카락의 왕자님이 미소를 지으며 그런 말을 했다.

"이전 여름방학은 여러 일이 있었으니까 말이죠. 전하는 무언가 예정이 있으십니까?"

【질크 피아 마모리아】가 그렇게 물었다.

두 사람은 젖형제── 어렸을 때부터 함께 자란 특별한 주종 관계라고 한다.

"앞으로 한 달은 뭘 하며 보내지?"

머리 뒤로 손깍지를 낀 【그렉 포우 세버그】가 말했다. 그도 여름방학을 어떻게 보낼지를 고민 중인 모양이었다.

이 녀석들은 '전' 귀공자들이다.

원래라면 여름방학이라 할지라도 예정이 꽉 들어차 숨돌릴 틈 없는 생활을 보내야 했을 사람들이지만, 지금은 본가에서 버림받고 자유의 몸이 되었기에 다들 자유로운 여름방학을 기대하고 있는 듯했다.

평소에는 말수가 적고 냉정한 【크리스 피아 아크라이트】도 그렉과 마찬가지로 여름방학에 관해 이야기하며 들떠 올라 있었다.

"나는 공화국 무기에 흥미가 있으니까, 조금 멀리 외출해서라도 무기를 보며 돌아다니고 싶군. 박물관 같은 게 있다면 좋겠는데.”

여름방학에 박물관이라니, 휴일을 보내는 방법이 참으로 고상하시군.

이전의 인생―― 그 여성향 게임 세계에 전생하기 전의 나라면 분명 축 늘어져 쓸데없이 보내고 있었을 거다.

이 대화를 듣고 있던【브래드 포우 필드】가 문득 제안 하나를 내놓았다.

“다들 아직 이렇다 할 예정은 없는 건가? 그러면 비행선을 빌려서 공화국 크루즈 같은 건 어때?”

크루즈라는 말이 나오다니, 역시 이 녀석들 부자구먼.

마치 서민이 소풍 가자고 권하듯이 크루즈를 권했다.

그의 말을 들은 율리우스가 눈을 반짝였다.

“그거 괜찮군! 모처럼 알제르 공화국에 유학 왔으니 관광도 나쁘지 않겠어. 한 달이나 있으면 다소 분주하기는 해도 얼추 구경하며 돌아다닐 수 있겠지.”

이 자식, 한 달을 전부 크루즈 관광에 쓸 작정인가?

휴일을 보내는 방법이 참으로 우아하시군.

――하지만, 무의미하다.

내가 마리에한테 시선을 되돌리자, 마리에는 현실을 직시했는지 차가운 눈을 하고 있었다.

카라가 당황해서 말했다.

“왜, 왜 그러세요, 마리에 님?”

"카라, 저 다섯 명을 돌보아야 하는 처지에 우리가 휴일을 만끽할 수 있다고 생각해? 지금까지는 학원이 있으니까 점심에는 여유가 있었지만, 내일부터는 아침부터 밤까지 저 다섯 명의 뒤치다꺼리를 해야 한다고."

마리에의 분위기는 매우 차갑게 식어 있었다.

여름방학을 기뻐하는 건 어린애뿐, 자식을 지닌 부모는 큰일이다.

지금까지는 아이가 없는 시간이 있었는데, 이제부터는 아침부터 밤까지 아이가 집에 있다.

전업주부건, 직장이 있는 워킹맘이건 엄마는 고생이다──라는 표정을 마리에가 짓고 있는 것처럼 보였다.

아무래도 마리에한테 저 다섯 명은 돌봐줘야 할 아이인 듯하다.

마리에가 메마른 웃음소리를 흘렸다.

"우후후후…… 내일부터 점심 준비도 해야겠네. 어쩌지? 식비가 늘어나겠어."

이것이 그 여성향 게임 세계에 전생하여 역하렘을 노렸던 여자의 말로인가.

이전 생의 여동생이었던 마리에의 모습을 보고 있으면, 어째서 이렇게 슬퍼지는 것일까?

딱히 마리에를 불쌍하다고 생각하지는 않는다.

생각하지 않는데…… 여동생이 역하렘을 노린 결과, 다섯이나 되는 성가신 남자를 먹여 살리게 된 건 아무래도 동정심이 든다.

뭐, 조금 재미있기도 하지만.

지금 상황은 마치 애를 다섯 명 떠안고 있는 것이나 마찬가지다.

역하렘을 노렸던 바보 같은 여동생한테는 실로 걸맞은 벌이 아닐까?

내가 히죽히죽하며 마리에를 보고 있었더니, 누군가가 내 뺨을 꼬집었다.

"아, 아흐아."

손가락의 주인은 부드러워 보이는 긴 머리카락을 사이드 포니테일로 묶은 여성이었다.

머리카락 뿌리 부분은 금색인데, 끝부분에 가까워질수록 핑크색으로 변하는 그러데이션이 되어 있었다.

그녀는 말괄량이 같아 보이는 얼굴에 아주 살짝 갸루 같은 분위기가 있지만, 실은 싹싹하고 상냥하며 가정적인 면도 있어서, 갭이 강하다.

"뭘 히죽거리고 있는 걸까나?"

【노엘 베르톨레】가 나를 보며 미소 띤 얼굴로 말했다.

──그녀의 본명은【노엘 질 레스피나스】. 그 여성향 게임의 후속작인 2탄의 주인공이다.

나는 노엘의 손에서 벗어나 뺨을 문지르며 대답했다.

"마리에의 처지가 제법 재미있어졌으니까 말이지. 흥미 깊지 않아? '역하렘이 반드시 행복으로 이어진다는 보장은 없다'를 증명하는 귀중한 샘플이라고."

내가 웃으며 말하자 노엘이 어이없다는 얼굴로 대답했다.

"남의 인생을 보고 샘플이라니, 말이 지나쳐."

"미안, 미안. 그래도, 웃겨서 말이지."

그동안 마리에 때문에 몇 번이나 고생했는데, 이 정도는 용납해 달라고.

생활도 내가 금전적으로 지원해주고 있잖아.

그러니 괜찮지?

"리온은 성격이 비뚤어져 있어."

노엘은 그렇게 말했지만, 곧 금방 미소 띤 표정으로 돌아오더니 내게 얼굴을 가까이 댔다.

코끝이 서로 닿을 것만 같은 거리였다.

"저기, 그것보다 집에 가는 길에 같이 시장 보러 가자."

"시장?"

"마리에 쨩 집에서 신세 지고 있으니까, 나도 가끔은 공헌해 둬야지."

"딱히 신경 안 써도 괜찮다고 보는데."

마리에 쨩이라니.

아무래도 둘이 제법 친해진 모양이다.

뭐, 당연한 일인가.

피에르 사건 이후로 노엘은 우리── 아니, 마리에의 저택에서 신세를 지고 있었다.

덧붙여서 나도 지금은 마리에의 저택에서 살고 있다.

이유는—— 이게 정말로 난감한 일인데, 내 오른손 손등에 일어난 일 때문이다.

지금은 다쳤다고 둘러대며 붕대를 감고 있는데, 사실은 상처가 아니라 '수호자의 문장'이라 불리는, 성수에게 인정받았다는 증표가 남아있다.

피에르 사건으로 확보한 성수의 묘목이 나를 멋대로 수호자로 인정한 것이다.

본래 성수가 무녀를 고르고, 그 무녀가 재차 수호자를 고른다고 해서 방심하고 있었는데, 설마 이렇게 될 줄이야.

나는 뒷자리를 돌아봤다.

뒷자리에는 공화국에서 알게 된 【장】이라는 남학생이 앉아 있었다.

지금 이 교실에 모여 있는 건 피에르 사건 때 학원에 가지 못했던 사람들이다.

사건에 얽혀 빠진 수업을 메꾸기 위해 다들 오늘까지 보충수업을 받았다.

"장, 너도 이제 집에 가냐? 그럼 같이 시장 보러 갈래?"

장을 권하면서 나는 노엘의 낌새를 살폈다.

어째서지? 어딘가 삐친 듯한 표정을 짓고 있는 것처럼 보이는데? 기분 탓인가?

"아, 저는 볼일이 있어요. 내일부터 신세를 지고 있던 친척 집에 돌아갈 생각이거든요. 걱정해 주셨던 모양이라, 얼굴을 내비치라고 편지가 왔어요."

장은 미소를 띠며 내 권유를 거절했다.

"그, 그러냐."

"게다가…… 두 사람을 방해하는 것도 미안하고요."

장은 그렇게 말하고는 노엘 쪽에 시선을 향했다.

노엘이 살짝 쑥스러워하고 있었다.

——나는 얼마 전까지 노엘이 좋아하는 사람은 장이라고 생각하고 있었다.

물론 장은 공략 대상도 뭣도 아닌 단순한 모브다.

하지만 그런 걸 떠나서 노엘이 장을 좋아하게 되었다면, 그건 어쩔 수 없다고 생각했는데—— 아무래도 내 착각이었던 듯하다.

난처하게 됐다고.

노엘이 이 2탄의 주인공이라면, 공략 대상 중 누군가와 맺어질 필요가 있다.

그러지 않으면 세계가 위험하다.

젊은이의 연애 사정으로 세계가 멸망할지도 모르는 것이다.

어쩜 이리 싫은 세계일까.

그런데도, 현재 상황은 그다지 바람직하지 못했다.

2탄의 공략 대상, 그러니까 노엘의 연애 후보 말인데, 실은 대부분이 현시점에서 접점이 희박하다.

첫 번째 후보는【로이크 레타 발리에르】라는 녀석으로 대표적인 공략 대상인데—— 이 자식, 노엘의 스토커가 되고 말았다.

게임에서도 독점욕이 조금 강하다든가 하는 말을 들었는데, 상상 이상으로 위험한 녀석이었다고.

그 때문에 노엘이 혐오감을 품어 연인 후보에서 제외되어 있다.

두 번째 후보는【나르시스 칼세 그랑주】.

이 사람은 학원의 교사다. 고고학에 흥미를 지녀, 취미로 자주 현장 답사를 하러 외출하는 별난 귀족이기도 하다.

다소 취미에 경도되어 있기는 하지만, 나쁜 사람은 아니다.

다만, 역시 현시점에서 노엘과 접점이 전혀 없다.

노엘의 인식도 연애가 어쩌고 하는 수준이 아니라 '나르시스 선생님? 아아, 그러고 보니 그런 선생님도 있지'라는 상태다.

게임에서는 2학년으로 진급하기 전까지 나르시스의 특별 수업을 전공하지 않으면 플래그가 서지 않고 자동 소멸한다.

플래그가 사라진 상대는 그뿐만이 아니다.

현재 3학년인【위그 토아라 드루이유】.

이 녀석은 노엘이 1학년 때 플래그를 세우지 않으면 2학년 진급 시에 자동 소멸—— 이후는 관계를 맺을 수 없다.

노엘은 접점을 만들어 두지 않아서, 이 세 번째 사람도 연인 후보가 될 수 없다.

이어서 네 번째 후보인【에밀 라즈 플레벤】.

이 녀석은 '안전패'라 불릴 정도로 공략이 편한 연인 후보인데, 하필 전생자—— 노엘의 쌍둥이 여동생으로 전생한【렐리아 베르톨레】의 연인이 된 상태다.

렐리아 녀석이 에밀을 빼앗은 것이다.

결국 이 연인 후보 넷은 가능성이 전혀 없는 상태나 마찬가지다.

마지막으로【세르주 사라 라우르트】가 있긴 한데, 이 녀석은 애초에 학원에 등교하지 않고 있다.

만날 방도가 없는 데다, 이 녀석의 본가가 노엘과 미묘한 관계다.

왜냐하면 이 녀석의 양아버지인【알베르크 사라 라우르트】가 이 게임의 최종 보스이니까.

심지어 의붓누나는【루이제 사라 라우르트】, 2탄의 악역 영애다.

더구나 라우르트 가는 레스피나스 가를 멸문시킨 집안.

지금부터 가능성을 따져도, 어렵다고 말할 수밖에 없다.

즉── 공략 대상 남자가 전멸했다.

덧붙여 나는 노엘의 연인도 아닌데, 성수의 묘목이 날 수호자로 선택했다.

어떻게 생각해도 외통수에 몰린 상황이었다.

내가 생각에 잠겨 있자, 노엘이 내 셔츠를 손가락으로 집어 날 일으켜 세웠다.

"자, 얼른!"

"알았으니까 셔츠를 잡아당기지 마."

내가 교실을 나서려 하자 문득 노엘이 마리에한테 말을 걸었다.

"마리에 쨩, 부족한 조미료는 우리가 사둘게."

그러자 마리에가 아주 약간 복잡해 보이는 표정을 지었다.

"고, 고마워. 그것보다, 오……리온. 돌아오면 할 이야기가 있어."

마리에가 나를 '오빠'라고 부를 뻔하다가 황급히 정정했다.

나한테 할 이야기가 있다고?

이 자리에서 말할 수 없다는 건, 분명 앞으로의 일에 관한 것이리라.

"그래, 알았다. 빨리 돌아올게."

그러자 마리에가 딱 한 번 노엘에게 눈길을 보내고는, 그 뒤 내게 시선을 되돌렸다.

"……아니, 저녁 준비가 귀찮으니까 둘이서 먹고 와. 이야기는 딱히 밤에 해도 상관없으니까."

"그, 그래?"

어쩐지 마리에의 태도가 이상하다.

최근 들어 이런 일이 늘었다.

나는 그대로 노엘과 같이 시장을 보러 갔다.

밤.

장을 다 본 나와 노엘은 오픈 테라스가 있는 레스토랑에서 식사하고 있었다.

원형 테이블에는 양초와 큰 접시가 세 개, 작은 접시와 빵이 든 작은 바구니가 놓여 있었다.

오늘 산 물건은 갈색 종이봉투에 담아 빈자리에 두었다.

나는 랍스터를 삶은 듯한 요리를 앞에 두고 악전고투 중이었다.

"이거, 먹기 힘들군."

얼마 전에 피에르 건으로 공화국으로부터 막대한 배상금을 받았기에 조금 사치를 부려 비싼 요리에 손을 댔는데, 그 결과가 이거였다.

평소에 먹을 일이 없으니 익숙하지 않아 고생을 면하지 못하고 있었다.

"못 봐주겠네. 이리 줘봐."

그걸 보고 있던 노엘이 나한테서 랍스터처럼 생긴 갑각류를 빼앗았다.

놀랍게도 노엘은 나와 달리 요리를 깔끔하게 해체해 나갔다.

껍질 속 살을 발라낸 노엘은 그걸 작은 접시에 얹어 내게 건네주었다.

노엘이 테이블 위에 놓여 있던 냅킨을 써서 손을 닦으며, 내게 "어때?" 하고 물으며 조금 뽐내는듯한 표정을 지었다.

"대단한데. 이렇게 깔끔하게 해체할 수 있다니."

"해체라니…… 뭐, 틀린 말은 아니지만. 어때? 이걸로 먹기 쉬워졌지?"

먹어 보니 살이 탱글탱글해서 맛있었다.

테라스와 이어진 가게 안에서 손님들의 즐거운 듯한 목소리가 들려왔다.

주문을 읽는 점원들의 목소리도 섞여 있었다.

테라스는 약간 어스레하기는 해도 가게 안의 불빛과 가로등 불빛을 받아 좋은 분위기를 자아내고 있었다.

이건 이것대로 괜찮을지도.

"이거 맛있는데. 노엘도 먹어 봐."

"매번 얻어먹다 보니 조금 미안한 마음이 드는걸. 리온, 요새 쓸데없이 돈을 너무 많이 쓰는 거 아니야?"

피에르 건이 정리되고, 나는 공화국에서 나름 즐겁게 보내고 있었다.

문제가 산더미처럼 쌓여 있지만, 그건 그거고 이건 이거다.

"오늘 산 것도 대부분 선물이야. 가족이 이래저래 시끄러워서 말이지."

누나인 제나와 여동생인 핀리가 진귀한 물건을 가지고 싶은지 공화국 선물을 달라고 계속 시끄럽게 굴어대는 바람에 어쩔 수가 없었다.

다만, 그 밖에도 신세를 지고 있는 사람들에게도 선물을 돌려야 하는 터라, 결과적으로 아주 약간 과소비가 되었다.

하지만 전부 이유가 있는 것이기에 문제없다.

내가 어쩔 수 없다고 말하자 노엘은 의심의 시선을 향했다.

"그래도 새로운 티 세트는 필요 없었잖아? 전용 가방에 든 그거, 대체 얼마나 한 거야?"

"하하하…… 노엘, 이것도 먹어 보지 않겠어? 맛있다고."

어쩔 수 없잖아! 공화국에 엄청나게 좋은 티 세트가 있었다고!

마침 돈이 들어와 호주머니 사정이 넉넉했고, 갖고 싶었는걸!

나 자신을 위해 산 건 이것 하나뿐인데, 괜찮잖아!

다른 건 일용품이 대부분이다.

"리온~?"

그러나 노엘이 화제를 바꾸지 않았기에 나는 솔직하게 자백했다.

"……전부 합쳐서 10만 정도입니다."

10만── 물론 일본 엔이 아니다.

일본 엔으로 환산하면 1천만 정도가 되지 않을까.

예상을 뛰어넘은 금액이었는지, 노엘이 숨을 삼켰다.

"요전에도 비싼 찻잎이라든가, 다과를 사 모으지 않았어?"

"새로운 티 세트로 다회를 하고 싶었어! 이건 내 취미라고! 아니 그보다 노엘도 차 마시고, 다과도 먹었잖아!"

애초에 초대한 상대는 노엘이다.

"아, 아니, 그건, 그러니까…… 마, 맛있었으니까……."

이 세계에는 오락이라 부를 만한 게 거의 없다.

현대인 출신인 나로서는, 취미 하나 정도는 용납해 줬으면 한다.

"내 몇 안 되는 취미라고……."

내가 침울해하자, 노엘이 미안했는지 사과했다.

"미, 미안해. 말이 지나쳤어. 그건 그렇다 쳐도, 리온의 취미가 차라니 의외네."

그건 뭐, 나 자신도 얼마 전까지 '차? 아~, 그래그래, 차 말이지' 하는 태도였으니 이해한다.

하지만 스승님과 만나 내 가치관은 변했다.

"노엘도 스승님이 여시는 다회에 참가하면 분명 알게 될 거야."

스승님을 기쁘게 찬양하는 나를 본 노엘은 식사를 재개했다.

"그 말, 몇 번이나 들었어."

그래. 몇 번이나 이야기했지.

나도 식사를 재개하자 점원이 가까이 다가왔다.

"추가 주문이 있으십니까?"

노엘은 사양했지만, 나는 망설이지 않는다.

"가장 비싼 주스를 부탁해."

부자임을 어필하기 위해 비싼 물건을 주문해 봤다.

점원이 난처한 듯한 미소를 향했다.

"저, 저기, 손님. 그렇게 비싼 주스는 없습니다만……."

뭐, 메뉴를 봤으니까 알고 있었지만.

"농담이야. 추가로 음료를 두 잔 부탁해. 같은 걸로 괜찮으니까."

먼저 주문한 음료와 같은 걸 부탁했다.

노엘도 그걸로 괜찮은 듯하다.

점원이 멀어지자 노엘이 내게 물었다.

"리온은 술을 안 마시네. 마리에 쨩이나 다른 사람들은 마시는 걸 보면 호르파트 왕국 사람치고 리온은 드문 편 아니야?"

이 세계에서는 17살이 넘으면 술을 마실 수 있다.

15살부터 성인 취급을 받기에 거기서부터는 자기 책임이다.

하지만 나는 술에 그렇게까지 흥미가 없다.

"술은 스무 살부터라고 정해 뒀어."

"뭐야, 그게?"

"나만의 룰."

딱히 구애되는 것도 아니지만—— 왠지 모르게 꺼려지기에, 스무 살까지는 마시지 않기로 했다. 애초에 그렇게까지 술 마시고 싶어! 라는 생각도 들지 않고.

그러자 노엘이 살짝 웃더니, 뭔가 감상에 젖은 표정을 지었다.

"왜 그래?"

내가 묻자, 노엘이 고개를 가로저었다.

사이드 포니테일이 흔들린다.

"이런 식으로 식사하는 게 꿈이었어."

그 말에 나는 노엘의 여동생 얼굴이 떠올랐다.

"렐리아하고는?"

노엘이 아주 약간 불만스러운 듯한 표정을 지었다.

표정이 휙휙 잘 변하는 애다.

"리온은 분위기 파악도 안 하고, 둔감하지. 뭐, 딱히 괜찮지만 말이야. ——자매는 별개라고 할까, 애초에 렐리아한테 그런 걸 바라지 않아."

"흐음~."

자매 사이에 뭔가 있는 걸까?

뭐, 그 여자라면 무슨 일이 있어도 이상하지 않다.

그 녀석 때문에 내가 그런 상황에 빠진 거나 마찬가지니.

"뭐, 즐거운 식사가 되었다면 그걸로 충분해."

내가 그렇게 말하자, 노엘이 내 얼굴을 봤다.

"왜?"

노엘이 미소를 지었는데, 그 얼굴은 무척 아름다워 보였다.

"맛있게 먹는구나, 하고 생각한 것뿐이야. 그것보다, 이 뒤에 말인데——"

노엘이 말을 마치기 전에, 우리가 있는 테이블로 가까이 다가오는 발소리가 들려왔다.

그 인물은 점원이 아니라 우리가 아는 사람이었다.

나는 그 녀석의 얼굴을 보고 노골적으로 심기가 언짢아졌다.

그 녀석—— 렐리아가 한쪽 눈썹을 치켜세우고, 허리에 손을 댄 채 한껏 불쾌한 얼굴로 날 바라보았다.

"그렇게 싫다는 듯한 표정 지을 건 없잖아."

그러자 노엘도 눈썹을 찡그리고는 렐리아에게서 고개를 돌렸다.

"렐리아, 무슨 볼일이야?"

두 사람 사이에 어색한 분위기가 감돌고 있어서, 주위 손님들도 흥미를 느꼈는지 이쪽을 보고 있었다.

나는 한숨을 내쉬었다.

"호랑이도 제 말 하면 온다더니, 라는 건가? 뭐, 일단 앉아. 뭔가 마시겠어?"

말을 걸어 주자, 렐리아는 내게서 고개를 돌렸다.

"신경 써줄 필요 없네요! ——나도 일행이 있어."

렐리아 뒤를 보니 조금 떨어진 장소에 찰랑찰랑한 푸른 머리카락을 지닌 에밀이 서 있었다.

에밀은 비싸 보이는 정장을 입고 있었다.

그걸 보고 나는 히죽히죽 웃었다.

"뭐야~ 데이트냐?"

"시끄럽네! 그보다 오늘은 당신 집에 갈 거니까, 그리 알아둬."

그 말을 들은 노엘의 표정이 험악해졌다.

"렐리아, 그러니까 방해하지 말라고 말하잖아."

"중요한 이야기니까 언니는 조용히 해."

렐리아는 자기 하고 싶은 말만 전하더니, 우리가 있는 테이블에서 떠나갔다.

에밀이 죄송하다는 듯한 태도로 우리한테 가볍게 고개 숙여 인사한 뒤 렐리아를 뒤쫓았다.

주위가 술렁이는 가운데, 낌새를 지켜보고 있던 점원이 주스를 들고 다가왔다.

"오래 기다리셨습니다."

그가 들고 있던 쟁반에 나는 민폐를 끼친 데 대한 사과로 약간의 돈을 올려놓았다.

점원은 그걸 보고 기뻐하며 물러났다.

노엘은 고개를 숙이고 있었다.

렐리아── 그 녀석은 나랑 마리에와 같은 전생자다.

그리고 그 여성향 게임의 2탄을 알고 있다.

"……오늘은 먹고 나면 돌아갈까."

"응."

노엘이 침울해져 버렸기에, 오늘은 이대로 돌아가기로 했다.

◇

나는 마리에와 저택 식당에 앉아 앞으로의 일을 이야기하고 있었다.

방에 설치된 시계가 밤 11시가 지났음을 알렸다.

"──렐리아 녀석, 늦지 않냐?"

언제까지 기다리게 하는 건가 싶어 짜증이 점점 쌓여, 내가 손가락으로 테이블을 툭툭 치고 있자, 마리에가 하품을 흘렸다.

"데이트 나갔다며? 어디서 놀고 오는 거 아니야? 어쩌면 좋은 느낌이 되어서 오늘은 안 올지도 모르지."

마리에는 졸린 듯이 눈을 비비며 말했다. 렐리아가 오지 않아도 별수 없다는 느낌이었다.

"그 녀석, 남을 기다리게 해놓고서는 자기가 늦다니, 웃기는 짓거리 아니냐?"

"그러니까, 데이트로 분위기가 달아오르면 끝까지 가기 마련이잖아. 아, 졸보인 오빠는 이해 못 하겠구나."

나는 졸보라는 말에 울컥 화가 났다.

"야, 무슨 의미야?"

"무슨 의미고 자시고, 노엘을 대하는 태도가 졸보잖아. 아니, 애초에 호르파트에 남겨 두고 온 약혼자들이 고백했을 때부터 눈 뜨고 못 봐줄 꼴이었어."

으……

안제와 리비아 두 사람은 언제까지고 답을 내지 않는 나를 기다리다 못해, 결국 먼저 고백했다.

화, 확실히, 그것에 관해서는 졸보였을지도 모르지만!

하지만 노엘 건은 다르잖냐!

"노, 노엘을 대하는 태도가 뭐 어때서?"

내가 그렇게 받아치자, 마리에는 정말로 질색이라는 듯한 표정을 지었다.

"오빠, 진짜로 최악이네."

"──그러니까 이유를 말하고 그딴 식으로 굴라고! 그 최악인 남자한테서 생활비를 원조받고 있는 건 어디 사는 누구냐, 대체?"

내가 약점을 찌르자 마리에가 곧 눈물이 그렁그렁해져서 항의했다.

"그런 부분도 최악이란 말이야!"

시끄럽게 옥신각신하고 있자, 식당에 【루크시온】이 왔다.

메탈릭 구체 보디에 빨간 외눈을 지닌 모습.

루크시온은 오늘도 주인을 주인이라고도 생각지 않는 듯한 말투로 내게 알렸다.

『마스터가 졸보인 건 저도 부정할 수 없겠군요.』

"야?!"

『그것보다도, 손님이 도착했습니다.』

식당에서 창밖을 보니 바깥이 밝았다.

자동차 라이트 불빛이다.

"렐리아인가?"

『에밀이 바래다준 모양이군요.』

참 상냥한 남자로군.

마리에가 현관으로 가더니, 잠시 후 렐리아를 데리고 돌아왔다.

자동차 라이트 불빛이 멀어지는 게 창 너머로 보였다.

렐리아가 자리에 앉자, 마리에는 준비해 뒀던 주전자에서 마실 것을 따랐다.

렐리아는 그걸 받아들더니 곧장 본론으로 들어갔다.

"그래서, 이제부터 어떻게 할 거야?"

나와 마리에는 서로 얼굴을 마주 보고는 피식, 코웃음을 친 뒤, 어깨를 으쓱였다.

렐리아가 우리를 보고 미간을 찌푸리더니 테이블을 내리쳤다.

"그 태도는 뭐야!"

마리에가 위에서 내려다보는 듯한 태도로 대응했다.

"갑자기 찾아와서는, 이제부터 어떻게 할 거야? 라고 물어도 말이지. 애초에 우리가 난처한 상황이 된 건 네 책임인데?"

그러자 렐리아는 일어나서 반론하기 시작했다.

"나는 지금까지 잘 해왔어! 당신들이 엉망으로 휘젓고 다니지 않았다면 지금쯤 언니도 로이크하고——는, 어려웠을지도 모르지만……."

렐리아는 말끝을 흐렸다.

지금의 로이크는 조심스럽게 말하자면 스토커, 대놓고 말하자면 범죄자다.

아, 어느 쪽이나 마찬가지인가.

더구나 노엘은 그에게 혐오감을 품고 있어 '생리적으로 무리'라는 수준까지 와 있다.

여기서부터 연인 관계로 만드는 건 난도가 너무 높기에 포기하는 편이 현명할 것이다.

나는 렐리아에게 다과를 준비해 줬다.

"노엘의 연인 후보가 될 녀석들의 상황은 조사해 봤다만, 그야말로 전멸이었다고."

루크시온을 보자, 내 이야기를 이어받아 렐리아에게 현재 상황을 전했다.

『나르시스 말입니다만, 올해 말까지만 학원에서 근무하고 이후 학원을 떠날 가능성이 큽니다. 위그는 현재 약혼 이야기가 진행 중이고, 에밀은 이미 당신과 연인 관계에 있으니 제외하면 남은 건 세르주 한 명뿐인 상황이죠. 그쪽은 현재 소재를 파악하지 못하고 있기에 정보 부족입니다만.』

루크시온이 조사할 수 없는 건 아니고, 리소스 문제다.

진심으로 찾으면 발견할 수 있을 것이다. 단지, 발견해 봤자 무슨 소용이겠는가 하는 이야기다.

노엘 말인데, 세르주의 화제는 피하고 있다. 정확히 말하자면 라우르트 가의 화제를 피하고 있다. 연인이 될 가능성은 별로 없다.

렐리아가 난처한 표정을 지었다.

"세르주인가……."

"뭔가 알고 있냐?"

내가 그리 묻자, 렐리아는 뭔가 모호한 태도를 보였다.

"……세르주는 모험가를 동경해서, 자주 학원을 빠져나가."

"그건 들었어."

이전에 라우르트 가에 초대를 받았을 때, 세르주가 모험가를 동경하고 있다는 이야기를 들었다.

"뭐어, 그게…… 실은 나도 로이크가 실패할 때를 대비한 예비 후보가 필요하다고 생각해서 세르주한테 접근했었는데……."

마리에가 고개를 갸웃했다.

"그러면 어째서 로이크 한 명한테 집착한 거야? 너, 설마 세르주도 실패한 거야?"

"실패라고 하지 마! 그, 그런 거 아니니까. 아니, 아닌 건 아니지만."

태도가 분명치 않은 녀석이다.

애초에, 어느 쪽이지?

"그 세르주에게 무슨 일이 있었던 건데?"

렐리아가 체념했는지 세르주에 관해 이야기했다.

"……세르주와 알게 된 것까지는 좋았는데, 언니는 세르주가 라우르트 가 사람이라면서 받아들이려 하지 않았고, 세르주도 그…… 언니한테 흥미가 없었어."

노엘도 세르주도 서로에게 흥미가 없었다.

다만 그 정도는 문제라고 할 상황은 아닐 텐데.

하지만 렐리아는 뒤이어 말했다.

"그 녀석, 나한테 '네가 좋다'라는 소릴 하더라고……."

렐리아가 얼굴이 빨개지며 그런 말을 하자, 마리에가 엄청나게 짜증이 난 표정으로 혀를 찼다.

뭘까—— 무서워서 대화에 끼어들 수가 없다.

"너, 남한테 그만큼 '역하렘이라니, 믿을 수 없어!' 같은 말을 해 놓고서는, 정작 네가 남자 둘한테 추파를 던지고 있었어? 너 같은 여자가 제일 신용할 수 없는 여자라고."

렐리아도 되받아쳤다.

"다섯 명이나 옆에 끼고 있는 당신보다는 나아!"

뭐, 확실히 다섯 명과 두 명이면, 오십보백보이기는 해도 렐리아 쪽이 나으……려나?

하지만 이렇게 되면 정말로 더는 손쓸 방도가 없다.

"이거 끝장났군."

내 한 마디에 렐리아가 울상으로 나를 손가락으로 가리키며 항의했다.

"당신이 그런 말 하지 마! 당신이 수호자가 되는 바람에 이쪽

계획이 어그러진 거잖아!"

그건 억지 트집이다.

내가 수호자가 되기 전에 끝장날 상황을 만든 건 이 여자다.

"나는 잘못 없어. 가령 잘못한 게 있다 해도, 이런 상황을 만들어 낸 네가 나쁜 거다."

내가 딱 잘라 말하자, 렐리아가 적반하장으로 화를 냈다.

"내가 나쁘다는 거야?!"

"당연하잖냐. 이 세상은 궁지에 몰리는 녀석이 나쁜 거라고. 애초에 네가 좀 더 노엘의 의견을 중시했더라면 이런 상황은 되지 않았어. 위그나 나르시스와 만날 계기라도 만들어 뒀다면 그나마 선택지라도 있었을 거 아냐."

그러자 렐리아는 대꾸하지 못하고 분한 표정을 지었다.

뭐, 이 녀석도 자기 계획을 엉망진창으로 만든 우리한테 불만이 있겠지만, 그렇다고 해도, 잘못은 이 상황을 만든 렐리아에게 있다.

"애초에 말이다. 정작 가장 안전한 패인 에밀을 차지해버린 건 너잖아. 상황을 생각하면 에밀은 피했어야지."

내가 그리 말하자 마리에가 내 뒤에서 "한마디 해줘! 오빠, 이 녀석한테 한소리 더 해줘! 평소처럼 상대를 설교로 찍어눌러 버려!" 하며 응원했다.

너는 대체 날 어떤 눈으로 보고 있는 거냐?

"어떤 상황에서든 복구 가능한 안전패 군은 남겨 두라고. 너,

자기가 지금 이 상황을 만들어 냈다는 자각은 있냐??"

"아무리 그래도, 그렇게까지 말해?!"

"나는 한다! 남자라면 누구나 여성에게 무조건 상냥하다고 생각하지 마라. 난 이미 두려울 게 없단 말이다!"

그렇다—— 난 두려울 게 없다.

나에게는 이미 아름답고 상냥한 약혼자가 둘이나 있으니까!

아무것도 무섭지 않다.

그러자 렐리아가 고개를 떨구더니 작은 목소리로 사과했다.

"미, 미안하게 생각하고 있어. 나도, 로이크가 그렇게까지 심각해질 거라고는 생각지 않아서. 1학년 때만 해도 괜찮을 줄 알았다고."

방심하다가 실패했다는 거군.

덕분에 세계의 위기가 닥쳐오고 있다.

다만, 지금은 넘어가야겠지. 그녀를 계속 추궁한들 아무런 해결도 되지 않는다.

"그럼 다시금 이후에 관한 작전 회의다."

내가 루크시온에게 시선을 던지자 루크시온이 설명을 이어가려 했다.

『그러면 제가 이후에 관해—— 마스터, 큰일입니다.』

"무슨 일이야?"

계획 설명을 멈춘 루크시온이 내게 터무니없는 정보를 알렸다.

『안젤리카와 올리비아가 탄 비행선이 왕국 쪽에서 급속히 접근해 오고 있습니다. 크레아레도 동승하고 있는 듯합니다만, 아무래도 긴급 사태인 것 같습니다.』

"긴급 사태?!"

왕국에서 무슨 일이 있었던 건가?!

그 두 사람이 서둘러 공화국으로 온다니, 대사건이라도 일어났나?!

골치 아프게 됐다.

루크시온 본체인 우주선은 현재는 내 근처—— 공화국 근처에 있어서, 왕국 상황을 실시간으로 알 수가 없다.

"도착은?!"

『내일 아침에는 항구에 도착한다고 합니다.』

"무, 무슨 일이 있었던 거야?!"

『아직 알 수 없습니다. 크레아레한테서는 아무런 보고도 없었습니다.』

이런 때, 대체 왕국에서 무슨 일이 일어난 것일까?

★ 제11화 「바람피우는 중 now!」

여름방학 전의 일이다.

알제르 공화국에서 큰 소동이 일어났고, 멀리 떨어진 호르파트 왕국에서는 사정을 알 수 없는 시기가 있었다. 왕국에 있던 두 명의 약혼자는 공화국으로 유학 간 리온 일행을 걱정하지 않을 수 없었다.

한 명은 공작 영애【안젤리카 라파 레드글레이브】.

빛나는 듯한 금발을 땋아 올려 정리한, 기가 세 보이는 얼굴을 한 여성이다. 강한 의지가 느껴지는 붉은 눈동자가 특징이지만, 지금은 그 꺼림직한 미소에 가려져 있었다.

또 한 명은【올리비아】.

안젤리카── 안제와 달리 평민 출신으로, 특별히 왕국 학원에 입학 자격을 얻었다. 그 여성향 게임 1탄에서는 주인공 포지션이었으며, 노란빛이 감도는 연한 갈색 머리카락은 보브컷으로 정리했다.

다만, 평소 부드러운 분위기를 내는 귀여운 이 소녀도, 지금은 가까이 다가가기 어려운 분위기를 자아내고 있었다.

표정은 없었으며, 비행선【리코른】── 아인호른급 2번함의 선실에서 공화국에 도착하는 것을 기다리고 있었다.

지금 두 사람은 여름방학을 이용하여 공화국으로 향하는 중이었다.

이유는 두 사람의 약혼자인 리온이었다.

안제는 커다란 가슴 밑에서 팔짱을 낀 채, 초조한 듯 오른손 검지로 자신의 팔을 몇 번이고 툭툭 두드리고 있었다.

"악명 높은 공화국의 임시 검문은 언제 시작되는 것이지? 벌써 한 시간이 넘도록 기다리고 있지 않나. 공화국을 눈앞에 두고도 움직이지 못하다니 답답하군."

리비아도 고개를 끄덕이며 창밖을 봤다.

"가까이 다가오기만 했을 뿐, 움직임이 보이지 않네요. 정말로 뭘 하는 걸까요?"

리코른은 아인호른과 마찬가지로 선수가 외뿔 같은 생김새를 갖고 있지만, 아인호른과는 달리 태양 빛에 아름답게 빛나는 새하얀 선체를 가지고 있었다.

기본 설계는 루크시온이 했지만, 리코른은 【크레아레】가 멋대로 건조한 비행선이었다.

【크레아레】는 루크시온의 부속 기관과 마찬가지로 구체 보디이지만, 몸체가 하얗고 외눈 렌즈가 파란색이었으며, 무엇보다 성격이 제법 달랐다.

전자음성도 여성적인 음성이다.

『혹시, 리코른의 아름다움을 감상하고 있는 걸까?』

크레아레의 예상에 안제가 의자에서 일어나더니 창밖을 차가운 눈으로 바라보았다.

"제법 느긋하기도 하군. 크레아레, 공화국 경비정에 연결해라. 이 이상 기다리게 하면 억지로라도 밀고 나가겠다고 전하도록."

『어머, 과격하네. 아무리 마스터를 빨리 만나고 싶다고는 해도 너무 서두르는 것 아니야?』

그러자 안제가 차가운 미소를 띠었다.

"공화국에 있는 리온이 신경 쓰여서 견딜 수가 없으니까 말이다. 네가 습득한 '로그'였던가? 거기에 '바람피우는 중 now' 같은 말이 있으면, 아무리 나라도 편한 마음으로 있을 수가 없다."

두 사람이 굳이 공화국까지 온 건 리온의 바람을 의심해서였다.

단지, 이에 대해 두 사람의 생각은 달랐다.

안제는 화를 내면서도 리온을 용서하고 있었다.

"나 참, 한때의 불장난이라 쳐도 순서라는 게 있다. 우리를 방치하고서는 제멋대로 행동하다니, 대체 무슨 생각인 건지."

공작가── 귀족 가문에 태어난 안제는 남자의 바람에 일일이 화를 내고 있어서는 몸이 버티질 못한다는 걸 알고 있었다.

다만, 리비아는 달랐다.

"리온 씨가 바람이라니, 믿을 수 없어요! 그렇게나 저희한테 손을 대지 않았는데, 외국에서 이 단기간에 바람을 피운다니요!"

안제는 난감한 얼굴로 리비아를 쳐다봤다.

"리온도 남자니까 말이지. 리비아, 신경 쓰고 있어서는 앞으로 감당하기 힘들어질 거다."

"하, 하지만!"

나고 자란 환경이 다르면 생각도 다르다.

그런 두 사람의 대화를 끊은 것은 크레아레였다.

『어머? 공화국 경비정이 도망가네.』

그 말을 들은 안제가 고개를 갸웃했다.

"임시 검문은 어떻게 하고?"

『통과했었다는 모양이야. 이상한 이야기지?』

리비아는 조금 생각에 잠겼지만, 이내 고개를 흔들어 마음가짐을 새로이 먹었다.

"그래도 이걸로 공화국에 들어갈 수 있겠네요. 리온 씨가 정말로 바람을 피우고 있었는지 알아볼 수 있어요."

리비아의 진심 어린 눈을 보고, 크레아레가 난처한 목소리를 냈다.

『정말로 알리지 않아도 괜찮았던 거야? 마스터한테 두 사람이 온다고 전하는 편이 좋았을 거 같은데.』

그에 관해서는 안제에게 생각이 있었다.

"공화국에 다가가면 원하든 원하지 않든 루크시온이 알아차리지 않나? 그리고 미리 알리면 증거를 지울 시간만 주는 꼴이니까 말이지. 차라리 리온 쪽에서 연락해 줬다면 우리가 쳐들어갈 필요도 없었던 거다."

안제 입장에서 걱정되는 건 리온의 바람뿐만이 아니다.

리온이 진심인지 아닌지도 신경 쓰이지만, 상대를 알고 싶었다.

상대에 따라서는 문제가 있으니까.

리온이 손바닥 위에서 놀아날 정도의 악녀라면 용서할 수 없다.

그렇게 되면 오기로라도 관계를 끝장낼 생각이다.

하지만 가장 성가신 건 상대에게 권력이 있을 경우다.

만약 그게 공화국 귀족이라면 정말로 성가시기 짝이 없다.

격이 낮은 귀족이라면 그나마 낫지만, 신분이 높으면 큰 문제다.

"리온 녀석, 정말로 괜찮은 거겠지?"

리온은 왕국의 영웅으로—— 불장난이라 쳐도, 조심하지 않으면 안 되는 신분이다.

더구나 안제에게는 공국 귀족보다도 더 골치 아픈 사람이 있었다.

'바람 상대가 마리에가 아니라면 좋겠다만.'

율리우스를 비롯한 귀공자들을 농락한 여자—— 마리에.

그녀가 리온 근처에 있다.

그게 신경 쓰여서 견딜 수가 없었다.

'리온, 너는 나를—— 배신하지 말아다오.'

◇

공화국 항구

예정 시간보다도 조금 늦게 입항한 비행선에 공화국 사람들이 동요하고 있었다.

군인들의 얼굴에는 긴장한 기색이 역력했다.

왕국에서 온 비행선은 세 척이었으나 사람들의 시선은 오로지 새하얀 비행선에 향해 있었다.

그 하얀 비행선은 아인호른과 색깔은 다르지만, 모양새는 판박이였다.

"세세한 부분은 조금 다르려나? 어떻게 생각하냐, 루크시온? ……루크시온?"

리코른이 아인호른 옆에 정박하자, 그걸 본 루크시온이 작게 떨었다.

분노를 표현하고 있는 것일까? 재주가 빈틈없는 녀석이다.

『기어코 저질렀군요, 크레아레.』

"어, 뭐야? 저거 네가 건조한 거 아니었어?"

『아닙니다! 제가 마련한 아인호른의 예비 부품을 멋대로 써서 크레아레가 허가도 없이 2번함을 건조한 겁니다!』

루크시온은 화가 단단히 난 모양이지만, 나는 하얗고 아름다운 비행선을 보고 있자니 용납할 수 있었다.

나로서는 전혀 아무렇지도 않으니까 말이지.

"뭐 어때. 아인호른과 맞먹는 성능이라면 믿을 수 있잖아. 안제와 리비아가 쓰게끔 하자고."

『제 설계를 변경한 겁니다. 성능은 미지수라고요. 이런 짓은 용서할 수 없습니다. 잠깐 크레아레를 추궁하고 오겠으니, 실례하겠습니다.』

루크시온이 날아가 버렸다.

그걸 지켜보고 있자니, 하얀 비행선에서 트랩이 뻗어 내려왔다.

트랩에서 내려오는 사람의 모습을 본 나는 양손을 크게 흔들었다.

"어~이! 둘 다 오랜만이야!"

오랜만의 재회에 뛰어가자, 두 사람 모두 환한 미소로 나를 맞이—— 어라?

뭔가 이상한데.

두 사람은 그야말로 웃는 얼굴이긴 했지만, 어째서일까—— 오한이 들었다.

나는 뭔가 실수를 했나 싶어 서서히 위축되어 갔다.

"가, 갑자기 무슨 일로 온 걸까나? 두 사람 다 미소가 조금 무섭네."

내가 의중을 살피듯이 물어보자 리비아가 얼굴을 가까이 댔다.

엄청나게 가깝다.

코가 닿고 말았다.

"오랜만이에요, 리온 씨."

리비아가 웃으며 인사했지만, 곧바로 표정이 사라져 버렸다.

"그런데, 저희한테 뭔가 숨기고 있지 않나요?"

그 말을 들은 나는 놀라 눈을 크게 떴다.

숨기는 것?

너무 많아서 뭘 말하는 건지 모르겠는데요.

"어? 무슨 말을 하는 걸까나?"

뭘 추궁하는지도 모르고 떠들 수는 없기에, 나는 모른척하며 안제 쪽으로 시선을 향했다.

안제 역시 미소를 짓고 있었다.

"기운 넘쳐 보여서 안심했다. 아니, 기운이 지나치게 넘쳤던 것이려나? 자아, 리온―― 모조리 불어라."

이럴 때 나를 도와야 할 루크시온은 하얀 비행선에 올라탄 채 돌아올 기미가 없었다.

나는 마음속으로 구조를 요청했다.

와라!

오라고!

지금 나를 구하지 않고서, 언제 나를 구하겠다는 거야!

부탁이니까 돌아와, 루크시온!

굳은 미소를 띠며 구조를 요청했지만, 슬프게도 서로 마음이 통하지 않는 주종 관계였다.

내 마음의 목소리 따위가 통할 리 없었다.

리비아가 내 팔을 붙잡았다.

팔을 뿌리치려고 생각하면 얼마든지 뿌리칠 수 있을 텐데도, 뭔가 엄청나게 강한 힘으로 붙잡혀 있는 것처럼 느껴졌다.

"리온 씨, 우선은 거주지 체크예요."

안제도 내 다른 한쪽 팔에 자신의 팔을 휘감고는 귓가에 속삭였다.

"오늘을 위해 여름방학 예정은 전부 끝내고 왔다. 도망칠 생각은 버려라."

대체 내가 뭘 했다고 이러는 거야!

저지른 짓이 여러모로 너무 많아서, 어느 게 두 사람의 분노를 산 건지 짐작할 수가 없다!

그건가?

공화국에서 제멋대로 날뛴 일인가?

율리우스랑 다른 애들을 마구 부려 먹은 일인가? ……아니, 그건 딱히 화내지 않겠지.

그게 아니면, 온갖 달콤한 말로 점철된 문장을 써서 밀렌 님에게 보낸 편지인가?

그러고 보니, 클라리스 선배한테도 편지와 선물을 보냈었지.

그게 실수였던 걸까?

그도 아니면, 얼마 전에 외교관으로서 찾아온 디어드리 선배와 쇼핑을 즐긴 것?

아, 차도 마셨군.

저녁 식사는 꽤 비싼 레스토랑에서 즐겼다.

그 밖에는…… 그 밖에는…… 그런가! 마리에한테 생활비를 원조한 일인가! 이것에는 두 사람도 화낼 것이다.

화내려나? 하지만, 이유를 알면 동정——하지 않겠지.

마리에는 안제한테서 약혼자를 빼앗았다.

그런 마리에를 안제와 리비아가 동정할 리 없다.

젠장! 무엇에 화가 난 건지 모르겠어!

"리온 씨, 사실대로 이야기해 주세요."

"각오해 둬라. 대답에 따라서는 나도 진심을 낼 테니까 말이다."

나는 두 사람에 끌려가다시피 하며 항구를 떠나갔다.

정말로 나는 무슨 짓을 해서 두 사람을 화나게 한 것일까?

◇

마리에의 저택에서는 실시간으로 문제가 일어나고 있었다.

이미 여름방학에 접어들었건만, 마리에는 아침부터 밤까지 다섯 명을 돌보기에 정신이 없었다.

"잠깐! 점심을 위해 준비해 뒀던 수프를 먹은 건 누구야?!"

아침, 점심, 저녁, 무려 세 끼 식사를 준비해야 하기에, 마리에는 아침에 제일 먼저 일어나 약간 무리를 해가며 큰 냄비로 수프를 만들었다.

이걸로 저녁── 아니, 적어도 점심은 넘길 수 있겠지 하고 생각하며.

리온은 아침부터 외출해 버렸지만, 그래도 저택에는 한창 먹을 나이인 남학생이 다섯 명이나 남아있다.

주변을 보니 점심을 위해 준비했던 수프 말고도, 빵이나 햄 등도 보이지 않았다.

게다가 어딘가에 사용한 식기가 그대로 방치되어 있었다.

'미, 믿을 수 없어! 내가 아침부터 저택 청소로 엄청 바빴다는 걸 다들 알고 있을 텐데!!'

리온으로부터 안제와 리비아가 찾아온다는 말을 들은 마리에는 매우 서둘러서 저택 청소에 착수했다.

카일—— 마리에의 전속 사용인인 하프 엘프 소년과 카라는 지금도 허둥지둥하며 청소하고 있다.

그런데 점심이 되어 부엌에 와 봤더니 이 꼴이었다.

마리에가 목소리를 높이자 차를 준비하고 있던 질크가 찻주전자를 한 손에 들고 다가와 걱정하듯 물었다.

"왜 그러시죠, 마리에 씨?"

질크를 본 마리에는 떨리는 손으로 부엌을 가리켰다.

"모두가 먹을 점심을 먹은 건 누구야?"

12시까지 한 시간도 남지 않았다.

지금부터 이 인원의 식사를 다시 준비하는 건 어렵다.

장부터 봐야 할 상황이니까.

최악의 경우, 남자들이 식사를 끝냈다면, 카일이나 카라를 데리고 외식을 해도 괜찮다고 생각했다.

하지만 멋대로 점심을 먹어 버린 건 용서할 수 없다.

그 말을 들은 질크가 주눅 드는 기색도 없이 겸연쩍어했다.

"아아, 이거 말인가요. 실은 그렉 군이 배고프다는 말을 꺼내서 말이죠."

"그래…… 그렉이 범인이라는 거지?"

"아뇨. 저희도 마찬가지로 공복이었기에 다섯이서 뭔가 없나 하고 찾아봤습니다. 그랬더니 냄비에 수프가 있었기에, 조금 상 스럽기는 했습니다만 빵이나 햄을 꺼내 저희끼리 요리를 했지요. 가끔은 이런 것도 즐겁더군요."

마리에는 눈을 크게 뜨고 질크를 봤다.

마리에는 이 작은 몸에 소용돌이치는 분노를 어떻게 부딪쳐 줄 까 하는 생각으로 가득했다.

하지만 질크는 전혀 알아차리지 못하고 있었다.

부엌에 있던 수프를 따뜻하게 데우고, 빵이나 햄을 자른 것만 으로 요리했다고 좋아했다.

'그게 어디가 요리야! 너희들, 자기들이 먹을 점심은 어떻게 할 셈이냐고!'

고함치고 싶은 마음을 참고, 마리에는 곧바로 다섯 명을 모아 주의해 두기로 했다.

"질크, 모두를 모아 줘. 내가 잘못 생각하고 있었어. 우선은 이 저택에서 살아가는 데 필요한 기초를 가르쳐야만 했어."

이 정도는 생각하면 알겠지, 라고 여기고 있던 자신이 부끄러 워졌다.

맨 처음에 단단히 가르쳐 줘야만 했었다.

유학으로 분주한 나날을 보내는 바람에 방치했던 문제와 마주 할 때가 왔다.

그런데——

"예? 다들 외출했습니다만."

──질크 이외에 다른 넷은 밖에 나가고 이미 없었다.

"외출했다고?!"

자신과 카일, 카라는 아침부터 정신없이 바빴는데, 이 녀석들은 놀러 돌아다니고 있다──.

마리에는 마침내 인내심에 한계를 느꼈다.

흥분한 마리에를 보고 질크가 진정하라며 말을 건넸다.

"마리에 씨도 진정해 주세요. 슬슬 점심입니다만, 배가 고프지 않으신가요? 마침 좋은 과자를 손에 넣었기에, 이제부터 차를 즐기려던 참입니다. 점심 식사 전에 조금 드시지 않겠습니까?"

화도 나지만, 배도 고프다.

마리에는 일단 무언가 먹고 진정하자고 생각했다.

"알았어. 그것보다, 과자 같은 게 있었던가? 오──리온한테서 받은 다과는 어제 먹어 버렸고."

오빠라고 말할 뻔 하려다가, 도중에 리온이라고 고쳐 말했다.

리온의 취미는 차라서, 차에 어울리는 다과를 자주 사 온다.

마리에도 종종 얻어먹고 있긴 했지만, 항상 비싼 과자를 사 오는 오빠한테는 부아가 났다.

하지만 경제적인 지원을 해주는 것도 리온뿐이라 불평할 수는 없었다.

부엌을 나와 식당으로 들어가니, 이미 질크가 차를 준비하고 있었다.

마리에는 테이블 위를 보고 충격을 받았다.

"뭐야, 이게!"

테이블 위에 다과와 다기가 나란히 놓인 것 자체는 평범했다.

하지만 다과가 이상할 만큼 많았다.

어디서 구했는지, 철제 캔에 든 과자들이 높이 쌓여 있었다.

딱 보기에도 비싸 보이는 과자뿐이었다.

질크는 마리에가 충격을 받았다는 걸 눈치채지 못한 채 자랑하기 시작했다.

"실은 저도 지금 돌아온 참입니다. 외출한 곳에서 좋은 다기를 발견해서 구입했기에, 사는 김에 찻잎과 그에 맞는 다과도 사 봤지요."

다기? 찻잎? 과자뿐만이 아니라, 그것들도 샀다는 말을 듣고 마리에는 부들부들 떨었다.

"이게 다 산 거라고?! 돈은?!"

질크에게도 용돈은 건네주고 있지만, 애초에 이런 거금은 준 적이 없다.

그러자 질크는 의아하다는 얼굴로 대답했다.

"예? 아아, 다 같이 먹을 것을 찾던 도중에 돈을 발견했기에, 물건을 사러 나가기 전에 다 함께 오 등분 해서 나눠 가졌지요. 보수는 인원수로 나누는 게 기본입니다."

모험가의 후예다운 발상이다── 같은 생각 따위는 마리에가 알 바가 아니었다.

먹을 것을 찾는 걸 보물찾기에 비유하고, 전리품을 나눠 가졌습니다——라고 말한들, 마리에는 웃을 수 없다.

이 저택 안에 거금이 있다고 한다면, 그건 마리에의 돈일 테니까.

정확하게 말하자면, 리온한테서 받은 생활비다.

마리에는 식당을 뛰쳐나가 돈을 보관해 뒀던 방으로 뛰어 들어갔다.

저택에는 아는 사람만 있으니까 금고에 넣지 않고 숨겨 두기만 했는데, 2중 바닥으로 개조한 책상 서랍은 어떻게 발견했는지 텅텅 비어있었다.

책상 위에 놓인 가계부에는 리온한테서 받은 돈으로 어떻게 생활을 꾸려 나가면 좋을지 계획이 적혀 있었으나—— 전부 헛수고로 변했다.

"안 돼에에에에에에에에에에에에에에에에에에에!!"

돈은 한 푼도 남아있지 않았다.

마리에는 충격으로 바닥에 두 무릎을 풀썩 찧었다.

텅! 하는 맑은소리가 울렸다.

그 소리를 듣고 노엘이 투명한 케이스에 보관된 묘목을 든 채로 다가왔다.

마침 방 앞을 지나고 있었던 모양이었다.

"마리에 쨩, 왜 그래?!"

노엘을 본 마리에는 다른 의미로 당황하고 말았다.

'냐아아아아!! 어째서 노엘이 아직 이 저택에 있는 거야?! 오늘

은 자기 집에 돌아간다고 들었는데?!'

오늘은 왕국에서 안제와 리비아가 찾아온다.

마리에로서는 그 두 사람과 노엘을 마주치게 하고 싶지 않았다.

그도 그럴 것이—— 리온은 노엘의 마음을 알아차리지 못하고 있으니까.

노엘이 성수의 묘목이 든 케이스를 겨드랑이에 품고, 마리에를 안아 일으켰다.

"무슨 일이야? 이상한 비명까지 내고서는."

"아, 아무것도 아니야! 조금—— 아니, 상당히 큰 문제가 일어난 것뿐이니까."

"그럼 아무것도 아닌 게 아니잖아?!"

"그, 그쪽은 내가 해결할 거니까 괜찮아! 그것보다도, 노엘은 어째서 여기 있는 거야? 오늘은 집에 돌아간다고 하지 않았어?"

슬슬 리온이 돌아와도 이상하지 않을 시간이었다. 마리에는 곧바로 노엘을 저택에서 내보내고 싶었다.

본래라면 노엘에게 사실을 이야기하여 리온을—— 포기하게 하고 싶었다.

하지만 노엘이 너무 착한 아이라서—— 그리고, 노엘이 리온을 바라보는 눈을 보고 있자면 말을 꺼낼 수가 없었다.

그 여성향 게임 2탄의 주인공이자, 질 나쁜 남자가 성가시게 쫓아다니고 있기도 해서 가까이에 두고 싶다는 이유도 있었다.

하지만, 지금은 곤란하다.

'어째서 내가 둔감 오빠를 위해 고생하지 않으면 안 되는 거야! 그 바보 오빠, 자기는 둔감계 주인공은 싫다고 말해 놓고선, 눈치가 없는 데도 정도가 있잖아!'

리온은 노엘의 마음을 조금도 이해하고 있지 않았다.

친오빠── 아니, 전생의 오빠이지만 마리에는 리온이 한심스럽게 느껴지기 시작했다.

노엘은 쑥스러워하고 있었다.

"그, 그게 저기, 이 애를 햇볕이 닿는 장소로 옮기는 걸 깜박해서 말이야."

성수의 묘목을 양손으로 든 노엘은 부드러운 표정을 짓고 있었다.

사랑스러운 듯이 묘목을 보고 있다.

마리에한테 그 모습은 마치 주인공과 키 아이템이 서로 끌리고 있는 것처럼 보였다.

"그, 그래. 그러면 서두르는 편이── 앗?!"

마리에가 어떻게든 노엘을 저택에서 데리고 나가려고 생각하고 있었더니, 성수의 묘목이 희미하게 빛나기 시작했다.

그리고 그에 따르듯 노엘의 오른손 손등이 빛나기 시작하더니, 거기에 문장이 떠올랐다.

마리에 안에서 점차 기억이 사라지고 있는, 그 여성향 게임에서 봤던 '무녀의 문장'이 거기에 떠올라 있었다.

노엘은 놀라서 자기 손등을 멍하니 바라보고 있었으나, 점점 표정이 부드러워지더니 뺨을 희미하게 붉게 물들였다.

마리에는 초조함을 뛰어넘어 혼란에 빠지고 말았다.

'잠깐. 잠깐 기다려 봐! 아직 이벤트도 뭣도 일어나지 않았는데, 이런 상황에서 무녀의 문장이 나온다는 건 대체 어떻게 된 거야?! 아니 그보다, 이건 노엘의 상대가 즉──?!'

노엘은 오른손 손등을 보며 기쁜 듯이 중얼거렸다.

"이걸로 리온한테도 문장이 나타난다면…… 마음이 통했다는 거겠지?"

마리에는 그 말을 듣고 떠올렸다.

'아뿔싸아아아아!! 노엘한테 오빠가 수호자의 문장을 가지고 있다는 걸 알려주지 않았는데?!'

지금까지 방치하고 있던 문제가 잇따라 곤란한 방향으로 굴러갔다.

마리에는 울고 싶어졌다.

그리고──.

"다녀왔어~. 어라? 다들 어디야?"

──태평한 목소리가 현관에서 들려왔다.

리온이다.

노엘은 퍼뜩 정신이 든 표정을 짓더니, 마리에를 데리고 방 밖으로 나갔다.

"마리에 쨩, 지금은 쉬는 편이 좋아."

"응, 그래……. 이제, 나도 여러 가지로 한계야……."

최고로 나쁜 상황에 리온이 돌아오고 말았다.

마리에는 이미 여러모로 한계였다.

'이거, 대체 어떻게 되려나……'

◇

노엘은 마리에를 방으로 바래다주고는, 묘목이 보관된 케이스를 들고 리온을 만나러 갔다.

만약 리온에게 문장이 나타난다면—— 그건 노엘의 사랑이 성취되었다는 의미가 된다.

일찍이 무녀를 배출하고 있었던 7대 귀족의 대표이기도 한 레스피나스 가에서는 예로부터 내려오는 전설이 있다.

그건 수호자에 걸맞은 힘을 지닌 젊은이와 무녀가 사랑에 빠진다는 내용이다.

어릴 적에는 반신반의였다. 정략결혼이 보편적인 세상이었으니까.

그런 이야기가 있는 것부터가 부자연스러웠다.

그러나 동시에, 그런 일이 있다면 좋겠다고 생각했다.

그리고 지금, 노엘의 바람은 현실성을 띠기 시작했다.

노엘은 계단을 내려오며 케이스를 끌어안았다.

"부탁해. 묘목아…… 내 소원을 이루어 줘."

왕국에서 온 신기한 유학생—— 리온.

노엘에게 리온은 듬직한 존재였다.

6대 귀족에게 싸움을 거는 배짱도 대단하지만, 실력으로 그들을 쓰러트리기까지 했다.

문제도 조금 있긴 하지만—— 노엘은 리온이 싫지 않았다.

자기가 곤란해하고 있으면 도와준다.

입은 조금 험하지만, 포용력이 있는 남자였다.

노엘은 귀족으로 태어났지만, 평민처럼 지냈기에 가치관도 귀족보다도 평민에 가까웠다.

평범하게 사랑을 나누고 싶다.

같이 있으면 안심이 되고, 앞으로도 쭉 함께 있고 싶다고 생각했다.

리온을 좋아한다.

하지만—— 계단을 내려오자, 현관에서 다른 여자의 목소리가 들려왔다.

"나 참……. 마리에와 같이 살고 있다고 하기에 도대체 무슨 일인가 했더니만, 일이 그렇게 되어 있었던 건가. 상황이 그렇다면 처음부터 그렇다고 말했으면 좋았을 것을."

현관을 살피자 빨간 드레스를 입은 여성이 눈에 들어왔다.

리온과 무척 가까이 있었는데, 그녀가 리온에게 향하는 시선이 평범하지 않았다.

'어……?'

조금 엄한 인상이 있지만, 리온에게 무척 따뜻한 시선을 보내고 있었다.

그녀의 반대편에도 다른 여성이 서 있었다.

그 아이는 얌전하고 부드러운 인상이었는데, 리온의 팔을 껴안고 있는데도 눈에 질투의 빛이 보였다.

"그래요. 정말, 저희가 얼마나 걱정했다고 생각하고 계신 건가요!"

그녀는 겉보기에 화내고 있었지만, 동시에 리온에게 응석 부리고 있었다.

리온 또한 그 응석을 받아주고 있었다.

"미안하게 됐어. 이쪽도 허둥지둥하느라 이제야 진정이 된 참이야. 조금 더 빨리 전해 됐다면 좋았을 걸 그랬네."

두 여성에게 향하는 리온의 시선이 몹시 다정했다.

노엘은 한 번도 느껴본 적 없는 시선이었다.

문득 리온이 노엘을 알아차리고는, 평소와 같은 태도로 접했다.

"어라? 오늘은 집에 가는 거 아니었어? 아차, 소개를 안 했네. 내 약혼자인 안제와 리비아야."

노엘은 리온의 태도가 괴로웠다.

리온은 처음부터 자신을 여자로서 상대하지 않았다.

애초에 약혼자가 있다는 이야기조차 듣지 못했다.

'뭐야. 나 혼자서 들떠 올라 있었던 것뿐인가.'

노엘은 곧바로 종이 가면을 붙인 듯한 미소를 준비하고는, 밝게 인사했다.

"만나서 반가워요! 여기서 신세를 지고 있는 노엘이에요. 그보다도 리온. 이렇게나 귀여운 약혼자가 있었으면 말을 했어야지! 내가 곁에 있으면 오해받을 거 아니야."

노엘은 애써 리온과 아무런 관계가 아님을 두 사람에게 전했다.

안제는 미소를 띠며 노엘을 대했다.

"이야기는 들었다. 큰일이었다는 것 같군."

로이크 이야기를 들은 것인지, 안제는 노엘을 동정하고 있었다.

다만 리비아는—— 마치 무언가 눈치챈 듯한 눈으로 노엘을 바라보고 있었다.

그러나 리비아는 아무 일도 없다는 듯 평범하게 인사를 건넸다.

"저기, 올리비아예요. 리온 씨가 신세를 졌네요."

"내가 신세를 진 쪽이니까 신경 쓰지 않아도 돼."

미소를 띠며 대하고는 있지만, 노엘은 당장이라도 이 자리에서 도망치고 싶었다.

리온에게 가까이 다가간 노엘은 묘목이 든 케이스를 건넸다.

"왜 그래?"

리온이 의아하다는 듯 물었다.

노엘은 그게 더욱 용서할 수 없었다.

하지만 가장 용서할 수 없었던 건 자기 자신이었다.

"미, 미안. 나는 이만 가볼게."

노엘은 터져 나올 것만 같은 울음을 참으며 저택을 나섰지만, 집에 돌아가기 전에 결국 눈물이 흐르고 말았다.

오랜만에 집에 돌아가니 여동생인 렐리아가 있었지만, 그녀가 말을 거는 것도 무시하고 방으로 들어가 그대로 침대 베개에 얼굴을 묻었다.

제02화 「일시 귀국」

"뭐? 호출?"

노엘이 급하게 돌아간 뒤.

나는 마리에의 저택에서 안제와 리비아를 상대로 차를 즐기고 있었다.

비장의 찻잎과 다과를 준비해 둔 게 정답이었군.

내가 준비한 차를 마시는 안제의 모습을 오랜만에 보니 그립게 느껴졌다.

고작 수개월 전까지는 빈번하게 차를 즐기고 있었는데.

"폐하께서 널 호출하셨다. 여름방학 중이라면 문제없겠지?"

달리 예정다운 예정도 없고, 나로서는 문제없었다.

굳이 말하자면 노엘의 건이 조금 신경 쓰이긴 하지만, 그걸 두 사람에게 말해도 이해를 얻을 수는 없으리라.

실은 이 세계는 여성향 게임 세계이고, 노엘은 2탄의 주인공이야!——그런 말을 했다간 나를 두 사람이 어떤 눈으로 쳐다볼지, 생각하는 것만으로도 무섭다.

"다 같이 자리를 비우기는 조금 마음에 걸리는데."

그렇게 말하자, 안제가 내 착각을 지적했다.

"우리랑 같이 돌아가는 건 리온, 너뿐이다. 마리에나 전하 일행은 이쪽에 남을 거야."

"어?"

철석같이 전원이 돌아가는 건가 싶었는데, 불려가는 건 나뿐인 듯하다.

롤랜드 녀석, 나를 불러내다니, 자기가 무슨 잘난 인간이라도 되었다고 생각하는 건가.

——아니, 왕이라는 건 알고 있다만, 그 녀석만큼은 어쩐지 용서가 안 된다.

리비아가 과자를 들어 한 입 먹더니, 조용히 접시 위에 되돌려 놓았다.

마리에가 식당서 가져와 내놓은 과자였는데, 아무래도 리비아의 입에 맞지 않았던 모양이다.

뭐, 질크가 사 왔다나?

리비아는 내가 준비한 홍차를 마시고 입가심을 한 뒤 이야기하기 시작했다.

"실은 왕비님께서도 공화국에서 뭔가 움직임이 있다면 앞날을 대비해서 이야기하고 싶으시다고 말씀하셨어요."

"밀렌 씨—— 아니, 왕비님이?"

왕비님의 이름을 부르자 두 사람의 시선이 조금 날카로워졌다.

【밀렌 라파 호르파트】. 율리우스의 친어머니로, 나이에 비해 무척 젊고 아름다운 여성이다.

전생이라면 작업을 걸었을지도 모른다.

——아니, 잠깐. 유부녀를 유혹하면 안 되지.

정말로, 어째서 유부녀인 걸까.

엄청나게 내 취향인데.

"으, 으음…… 그럼 돌아가야지."

이야기를 되돌리려 하자, 리비아가 뺨을 부풀렸다.

"리온 씨, 왕비님과 만날 수 있어서 기쁜 거죠?"

그렇지만 귀여운걸!

그 사람이 롤랜드의 아내라니, 지금도 믿기지 않는다.

정략결혼은 큰일이네.

안제가 앞으로의 예정을 전했다.

"미안하지만 곧바로 왕국으로 돌아가 줘야겠다. 공화국에서 무슨 일이 일어나면 움직일 수 있는 건 너뿐이니까 말이지. 일을 빨리 끝마치는 게 좋아."

나는 공화국 정치에 얽히고 싶지 않지만, 호르파트 왕국은 사정이 다르다.

지금 공화국은 6대 귀족의 일각인 페베르 가의 권위가 실추된 상황이다.

뭐, 내가 너덜너덜하게 두들겨 팬 게 이유지만, 그 때문에 정변이 일어나면 왕국에도 영향이 나올 가능성이 있다.

물론 나라도 어설프게 끼어들 수는 없는 문제이지만, 왕국은 유학 중인 나라면 어떻게든 할 수 있으리라고 생각하는 것일지도 모른다.

──나를 너무 과대평가하는군.

나는 정치에 관해서는 거의 일반인이나 마찬가지다.

그런 생각을 하고 있자니 안제가 식당을 둘러보고는 입을 열었다.

"그건 그렇다 치고, 네가 여기서 전하 일행과 함께 살고 있다니…… 마리에와 실수가 일어나지 않을지 걱정이군."

그것만큼은 절대로 없다고 단언할 수 있다.

"걱정할 것 없어. 나와 마리에 사이에는 아무 일도 없고, 앞으로도 일어나지 않아."

그러자 리비아가 내게 의심의 눈길을 보냈다.

"정말인가요? 리온 씨는 가끔 거짓말을 하니……."

"너무하네. 나는 솔직함만이 장점인데."

뻔뻔한 내 말을 듣고, 안제가 작게 웃었다.

"너의 거짓말 같은 대사를 들으며 차를 마시는 것도 오랜만이군. 자, 그럼 재촉해서 미안하다만 아무 일도 없다면 내일에는 출발할 거다. 리온, 뭔가 정리해 둘 볼일은 있나?"

딱히 없지만, 선물을 사러 가고 싶었다.

"음, 그럼 이참에 관광하는 건 어때? 이왕 왕국에 돌아간다면 본가에 들르고 싶으니까, 선물을 살까 하거든."

두 사람이 서로 얼굴을 마주 보고는 고개를 끄덕였다.

"알았다. 착실하게 에스코트해다오."

"기대할게요, 리온 씨."

내게 미소를 향하는 두 사람을 본 나는 무척 행복한 기분이었다.

그리고 공화국 문제는 얼마간 마리에한테 대처시키기로 했다.

뭐, 아주 약간── 불안하긴 하지만.

◇

그날 밤.

리온은 안제와 리비아를 데리고 관광을 하러 나갔다.

나간 김에 저녁도 먹고 온다는 듯하다.

아마 자신이 준비한 저녁을 두 사람에게 대접하고 싶지 않은 거겠지.

이점은 마리에도 타당한 반응이라 생각했다.

하지만 리온이 저택에 돌아오지 않는 건 몹시 곤란했다.

"어째서 오빠가 안 돌아오는 거야?!"

마리에가 눈물이 그렁그렁한 눈으로 항의하는 상대는 크레아레였다.

『글쎄 두 사람이 이 저택에 묵고 싶지 않다고 하는걸.』

"오빠는 돌아와도 되잖아! 생활비 상담을 하고 싶었는데에!"

다섯 바보가 생활비를 멋대로 꺼내 가고 말았다.

그들이 얼마나 남겨서 돌아올지는 알 수 없지만, 까딱 잘못하면 여름방학을 무일푼으로 보내야 하리라.

"이 나라의 먹을 수 있는 풀 같은 건 모른단 말이야~!"

이곳이 차라리 왕국이었다면 먹을 수 있는 풀을 구분할 수 있으니까 자기 혼자라면 버틸 수 있다.

하지만 이국의 땅에서는 이야기가 다르다.

주변에 서식하는 풀이 먹을 수 있는 것인지 어떤지 마리에는 알 수 없었다.

『──마리에, 근처에서 자생하는 식물을 먹을 생각이야? 뭐, 그 이야기는 제쳐 두고. 어쩔 수 없잖아. 마리에라면 그런 상황에 이 저택에 묵겠어? 전 약혼자와 그의 애인이 있는 이 저택에?』

율리우스는 이전에 마리에한테 홀려 안제와의 약혼을 파기했다.

그런 두 사람과 같은 지붕 밑에서 지내는 건 안제도 싫으리라.

"오빠 집이 있잖아."

『마스터가 그쪽은 청소하지 않았으니까 안 되겠지. 랬어. 그러니까 오늘은 리코른에서 하룻밤 묵고, 그대로 아침이 되면 아인호른으로 왕국에 돌아갈 거야.』

마리에는 절망했다.

모처럼 외국에서 보내게 된 여름방학을 즐길 수가 없게 되었으니까.

"그럼 나는 어쩌라는 거야아아~!"

그런 마리에를 즐거운 듯이 보고 있던 크레아레가, 겨우 사실을 이야기했다.

『정말, 바보네. 마스터도 마리에의 사정은 알고 있어.』

"진짜?!"

『한동안 공화국을 떠날 테니 그동안 무슨 일이 일어나면 대처하라고 말했었어.』

"어? 그것뿐이야? 오빠 바보오!"

기대했던 추가 생활비는 마련되어 있지 않았다.

크레아레가 철퍼덕, 하고 뭔가를 떨어뜨렸다.

마리에는 그 소리에 즉각적으로 반응했다.

"이, 이건!"

거기에 떨어진 건 돈다발이 든 포대였다.

『마스터가 말이야. 이쪽에서의 생활비가 필요할 테니까, 라면서 마련해 줬어.』

"오빠야 지이인짜 좋아앙!"

그런 마리에의 모습을 본 크레아레는 어이가 없다는 목소리를 냈다.

『마리에는 욕망에 충실하네. 하지만, 싫지 않아. 왜냐면 구 인류의 피가 진하니까! 나는 마리에가 지이인짜 좋아!』

마리에는 루크시온이나 크레아레 같은 구 인류 병기의 감정 같은 건 모른다.

핏줄이나 유전자 이야기는 아무래도 좋았다.

지금 중요한 건 생활비다.

마리에는 돈다발이 든 포대를 소중하게 끌어안고 있다.

"오빠한테 이쪽 일은 맡겨달라고 전해 줘. 6대 귀족도 오빠를 무서워해서 손을 대지 않을 테고 말이야."

『방심은 금물이라고 생각하는데. 뭐, 이번에는 내가 이쪽에 남아서 돕겠지만.』

"어? 네가 남는 거야?"

『마리에와 그 다섯만 남기기에는 걱정되니까 말이야. 그리 말해도 난 원래는 연구소의 인공지능이라, 루크시온 수준의 기능은 없지만.』

크레아레는『마스터가 가급적 빨리 돌아왔으면 좋겠네』라고 중얼거렸다.

마리에는 "네가 있으면 안심 아니야?" 하고 태평하게 생각했다.

6대 귀족은 리온을 두려워해서 움직이지 않을 거라고——.

마리에가 걱정인 건 도리어 노엘 쪽이었다.

"나로서는 노엘이 걱정이지만 말이야."

『2탄의 주인공이지? 무슨 일 있었어?』

"——바로 오늘 실연했어. 설마, 오빠한테 반할 줄 누가 알았겠냐고."

◇

다음 날.

렐리아는 방에서 나온 노엘을 보고 깜짝 놀랐다.

울어서 퉁퉁 부은 눈에 흐트러진 머리카락.

원래부터 곱슬기가 강한 모질이었지만, 지금은 한층 더 심했다.

노엘은 쑥스러움을 감추려는 것인지 머리를 만지작거리고 있었다.

"오랜만에 돌아오니까 내 침대인데도 어색하네. 오늘은 날씨도 좋고, 방 청소라도 할까나."

무리해서 웃으려는 노엘을 보고, 렐리아는 걱정했다.

"무슨 일이 있었던 거야, 언니?"

"아무것도 아니야."

자매니까── 쌍둥이니까 알 수 있다.

아니, 누가 봐도 노엘에게 무슨 일이 있다는 걸 알 수 있었다.

렐리아는 노엘을 위해 마실 것을 준비했다.

"말하고 싶지 않다면 딱히 상관없지만, 이야기하면 편해질 거야."

렐리아가 그녀에게 커피를 건네며 말했다.

그러나 그 순간, 노엘이 반사적으로 자신의 오른손을 숨겼다.

렐리아는 놀라서 한순간 움직임을 멈췄다.

그게 무엇을 의미하는지, 잘 알고 있으니까.

'설마, 무녀의 문장이 나타난 거야? 하지만 이렇게 되면 언니의 상대는 리온이란 뜻이……'

순서는 다르지만, 수호자와 무녀의 문장이 출현했다.

게임으로 말하자면 클리어 조건을 하나 만족한 것이나 다름없다.

하지만 그런 것 치고는 노엘의 낌새가 이상했다.

렐리아는 혼란에 빠졌지만, 그걸 노엘한테 들키지 않도록 행동했다.

노엘은 왼손으로 얼굴을 가리더니 천천히 이야기를 늘어놓기 시작했다.

"……렐리아는 본가의 전설을 알고 있지? 그 왜, 무녀와 수호자의 이야기 말이야."

렐리아는 커피를 마시며 떠올렸다.

'그런 이야기도 있었지.'

그건 그 2탄째 여성향 게임에서 중요한 연애 요소이다.

본래 수호자란, 무녀가 고르는 남성이다.

즉, 성수가 사람들에게 내려주는 문장 중 최고위인 문장을 얻을 수 있는 건 무녀에게 선택받은 인물이라는 말이다.

그 때문에 그 여성향 게임에는 작중에 이런 전설이 있었다.

"무녀와 마음이 통함으로써, 서로 상대를 강하게 생각하는 존재가 수호자에 걸맞다――였던가? 엄마도 그렇게 해서 아빠를 선택했지."

'그래. 라우르트 가의 알베르크라는 약혼자가 있었지만, 엄마가 선택한 건 6대 귀족이 아닌 아빠였지.'

두 사람의 아버지는 문장을 지니지 않은 평민이었다.

어머니는 알베르크를 배신하고 아버지를 선택한 것이다.

그 사실에 분노하여 복수를 위해 레스피나스 가를 멸문시킨 것이―― 게임에서는 알베르크였다.

렐리아도 그 무렵의 일을 기억하고 있다.

'그리고 2탄의 주인공은 학원에서 공략 대상과 사랑을 길러나

가, 최종적으로 좋아하는 상대를 수호자로 선택하지. 하지만 수호자 자리는 이미 리온이 가져갔고…….'

렐리아 입장에서는 곤혹스러울 수밖에 없었다.

설마, 자기 언니가 리온을 선택하리라고는 생각지 않았다.

노엘은 울면서 말했다.

"나 말이야…… 리온을 좋아했어. 하지만 일방통행인 것 같아서 말이야. 그대로 함께 생활할 자신이 없어서…… 결국 돌아와 버렸어."

노엘의 시선이 그녀의 오른손 손등을 향해 있었다.

정신적으로 약해져 있는 것이리라.

노엘은 무녀의 문장을 얻은 것을 감추려 하고 있었지만, 렐리아에게는 의미 없는 행동이었다.

'이거, 좋은 일인지 나쁜 일인지, 판단하기 곤란하네.'

수호자와 무녀가 모인 건 기쁘지만, 노엘이 침울해진 상태다.

앞으로의 전개를 예상할 수가 없다.

"그 녀석한테 고백했어? 인기 있어 보이지는 않으니까 언니가 고백하면 기뻐하면서 달려들 것 같은데?"

리온은 로이크나 에밀 같은 미형이 아니다.

게다가 이렇다 할 염문도 들려오지 않는다.

아마 사귀는 여성도 없지 않을까.

그러나 노엘은 고개를 가로저었다.

"약혼자가 있었어. 그것도 두 명이나."

"두 명이라고?!"

약혼자가 있던 것도 놀라웠지만, 두 명이나 있다는 건 예상 밖이었다.

"그, 그렇구나. 그 녀석도 일단은 귀족이고, 왕국이라면 드문 일은 아니려나?"

렐리아는 그렇게 말하면서 자신의 지식이 잘못되어 있는 건가 하고 당황하기 시작했다.

'잠깐만. 왕국은 굳이 따지자면 여성의 힘이 강했던 것 같은 느낌이 드는데? 현실은 다른 건가? 나도 그 녀석들한테 확인해보는 편이 좋겠네.'

"뭐, 뭐어…… 사정은 이해했어. 그래서, 언니는 이제부터 어떻게 할 거야? 언제까지고 질질 끄는 건 좋지 않아. 차라리 새로운 사랑을 해 보지 않을래?"

머릿속으로 누구를 소개할지 고민하고 있자, 노엘은 고개를 가로저었다.

"지금은 됐어. 연애 같은 건―― 생각하고 싶지 않아."

이건 중증이다. 그렇게 생각한 렐리아는 어쨌든 리온이나 마리에와 상담하기로 했다.

다만, 이런 상태인 노엘을 방치할 수도 없기에 오늘은 온종일 곁에 붙어 있기로 했다.

◇

나는 왕궁으로 향하기 전에 먼저 내 본가인 발트파르트 남작가로 향했다.

집에 도착하자마자 날 맞이하러 나온 아버지가 내 양어깨를 붙잡고 앞뒤로 흔들어 댔다.

"너는 외국에서 무슨 짓을 벌이고 있는 거냐! 역시 약혼시킨 게 정답이었군. 아니, 오히려 그게 화였나? 어쨌든, 왜 갑자기 바람을 피우는 거냐!"

아무래도 여기까지 내 바람 의혹이 전해진 모양이다.

신용이 없구먼.

"약혼자까지 둔 마당에 바람피울 리 없잖아. 오해야, 오해!"

"저, 정말이겠지?"

내가 아버지와 그런 대화를 나누고 있자니, 방학을 맞아 본가에 와 있던 【제나】가 다가왔다.

"리온, 선물은?"

누나 옆에는 여동생인 【핀리】도 함께 있었다.

작은 몸집에 슬렌더한 체형으로, 머리카락은 짧으며 끝부분에 컬이 들어가 있다.

내게 보내는 시선이 따가운 것은 바람 이야기를 들었기 때문이겠지.

"——오빠, 최악이야."

왜 내가 비난받고 있는 거지? 오해라고 말했잖냐. 그보다——.

나는 누나를 말똥말똥 쳐다봤다.

"어, 뭐야? 나한테 욕정이라도 한 거야?"

뭣이? 농담이라도 해서는 안 될 말이 있지.

친누나에게 욕정 따위 할 리가 없잖아.

내가 제나를 바라본 이유는 공화국에 있는 '누나라고 불러줘'——라고 말한 사람이 떠올랐기 때문이다.

이름은 루이제 양.

상냥하고 믿음직한 사람이었다.

나는 제나에게서 시선을 돌렸다.

"체인지."

그러자 제나가 얼굴이 시뻘게져서는 내게 속사포처럼 쏘아붙여 댔다.

"뭐야! 뭐냐고?! 사람을 보고 갑자기 '체인지'라니! 너 진짜 실례네. 이런 게 바람을 피울 수 있다니, 공화국은 별난 나라야."

나는 제나에게 곧장 받아쳤다.

"하! 그러는 누님은 학원에서 결혼 상대는 찾으셨습니까~?"

그러자 제나는 분노로 바들바들 떨더니 내게서 도망치듯이 떠나갔다.

핀리는 그런 제나를 따라가며, 나를 보고는 '메~롱'하면서 혀를 내밀었다.

제나의 성격상, 보나 마나 상대 따위 찾지 못했겠지.

반응을 보아하니 진짜 없는 모양이고.

나는 득의양양한 미소를 띠고는 멀어져 가는 제나를 지켜봤다.

"이겼군."

그러자 아버지가 어이없다는 듯이 말했다.

"도발하지 말라고. 제나도 노력하고 있다는 것 같다만, 지금의 학원에서는 남자가 방어 태세로 들어가 상대를 찾을 수가 없단 말이다."

"무슨 말이야?"

"결혼한다면 학원의 상식에 물들지 않은 애가 좋다나? 뭐, 제나는 우리 종자 집안에 시집 보낼 테니까, 결혼은 할 수 있겠지."

종자란 우리 가문의 부하 비슷한 기사 가문을 말하는 것이다.

기사작이라든가, 준남작 같은 게 그렇다.

다만, 그런 집안에 상사의 딸을 시집보낸다는 건—— 나도 양심에 조금 꺼리는군.

"제나를 떠맡기겠다는 거야? 종자 집안이 너무 불쌍하잖아."

"떠, 떠맡긴다고 말하지 마라. 제대로 가르치고 나서 시집 보낼 예정이야."

그마저도 '예정'인가. ——지금의 상태를 보는 한, 힘들다고 말할 수밖에 없겠지만 말이지.

그건 그렇고, 왕국의 결혼 사정도 상당히 바뀐 모양이군.

후배들이 부럽다.

아니, 멋진 약혼자가 둘이나 있으니까 부러워할 건 없군.

그런 생각을 하고 있자니, 아버지가 내게 물었다.

"그것보다 왕궁에서 호출을 받았지? 이번에는 무슨 짓을 저지른 거냐?"

"내가 항상 뭔가 저지르고 있다는 듯이 말하지 마. 이번에는 그저 공화국의 잘난 사람 아들을 너덜너덜하게 두들겨 팼을 뿐이라고."

"……나는 말이다, 리온. 때때로 왕궁에 면목이 없다는 생각이 든단다. 네가 언제나 민폐를 끼쳐서 죄송합니다, 하고 말이지."

어처구니가 없군.

민폐를 입고 있는 건 오히려 내 쪽이다.

◇

왕궁에 얼굴을 내비치자, 롤랜드가 기다리고 있었다.

알현실이 아니기에 그렇게까지 격식을 차릴 필요는 없었다.

주위를 보니 관료와 호위 기사들, 밀렌 씨의 모습이 눈에 들어왔지만, 아무래도 롤랜드와의 이야기가 가장 우선인 듯했다.

롤랜드는 지친 것인지 안색이 안 좋고 머리도 조금 흐트러져 있었다.

공화국 관련 일로 연일 바쁜 모양이라 그에 관한 푸념을 들었다.

"건강해 보이는구나, 애송이. 이쪽은 누구 덕분에 잘 여유도 없는데 말이지."

"예. 매일 푹 자고 있습니다."

잠을 못 자는 롤랜드에게 상쾌한 미소를 보냈다.

그게 분했는지 롤랜드가 이를 뿌드득 갈았다.

그래, 그 얼굴을 보고 싶었어.

이걸로 오늘도 푹 잘 수 있을 것 같다.

"네 덕분에 이쪽은 몹시 바빴다. 정말로 성가신 일을 일으키는 걸 좋아하는구나."

"공화국 귀족이 싸움을 걸어 온 겁니다. 무시하면 실례이려나, 싶어서 말이죠."

"싸움 정도로 전쟁을 하겠다니, 야만적인 사고 아니냐. 너한테는 실망했다."

"감사합니다, 폐하! 너의 그 얼굴을 보고 싶었으니까 나도 힘냈다고!"

네가 실망해도 난 아무렇지도 않다!

애초에 롤랜드는 내게 기대 따위 하고 있지 않다.

롤랜드가 분해하는 모습을 보기 위해 힘낸 것도 있었으니, 나로서는 예상대로의 전개다.

"지금 당장이라도 너를 처형대로 보내주고 싶군."

"왕비님! 폐하가 이런 말을 하고 있는데요!"

밀렌 씨에게 도움을 요청하자, 롤랜드가 "너 이 자식, 비겁하다!" 하고 당황해서 소리쳤다.

밀렌 씨는 어이없다는 표정으로 롤랜드에게 말했다.

"율리우스를 구한 사람을 처형대에 보낼 순 없어요. 오히려, 왕국에는 좋은 기회이지 않나요? 리온 군—— 아뇨, 리온 경에게 줄

포상을 준비해야겠네요."

포상을 받을 수 있는 모양이다.

지금까지는 부조리하게 출세 당해 왔지만, 지금의 나는 백작에 3위 하! 이 이상은 출세할 수 없는 지위까지 와버렸다.

그러니 이번 포상은 출세가 아닐 터. 기꺼이 받을 수 있다!

──그나저나, 나는 어쩌다가 이렇게까지 출세한 걸까.

나 자신도 의문이다.

롤랜드가 내게서 고개를 돌렸다.

어린애 같은 모습이지만, 나는 어른이기에 용서해 주기로 했다.

밀렌 씨가 앞으로의 이야기를 했다.

"리온 경 덕분에 공화국 내정에 관해 자세히 알 수 있었습니다. 성수 신앙이 있다고는 들었지만, 실리도 컸던 모양이더군요."

처음에는 공화국 내정에 관해 너무 모르는 것 아닌가? 하는 의문을 품었지만, 그건 전생의 지식을 지니고 바라보아서 그렇게 느껴지는 거다.

이 세계는 정보 전달이 놀랄 정도로 느리다.

또한 신빙성에 문제가 있다.

거짓인지 진실인지 알 수 없는 이야기도 많기에, 모든 걸 그대로 받아들일 수 없다.

하지만 밀렌 씨는 내가 전해 준 정보가 올바르다고 생각하고 있었다.

참으로 기쁠 따름이다.

"6대 귀족인 페베르 가문이 힘을 잃었다면, 라셀이 앞으로 어떻게 움직일지 신경 쓰이네요."

"라셀 신성 왕국 말입니까?"

그러고 보면 공화국에 라셀의 대사관이 있었지.

라셀 신성 왕국은 호르파트 왕국의 이웃 나라로, 서로 적대하는 만큼 전쟁이 잦은데, 여기서 문제는 밀렌 씨의 본가가 라셀 신성 왕국을 사이에 끼고 그 건너편에 있다는 점이다.

레파르트 연합 왕국.

대륙에 있던 소국이 모여 만들어진 나라로, 그중에서 가장 큰 세 가문의 주도 아래 통합된 나라다. 밀렌 씨의 본가는 이 연합 왕국의 맹주를 맡고 있다.

참고로 연합 왕국은 약간 사정이 있어 번거로운 방식으로 통치를 하고 있다. 뭐, 연합의 경위가 라셀 신성 왕국의 침략에 대항하기 위해서였으니, 그럴 만도 하지만.

내가 예상 밖의 이야기에 놀라고 있자, 밀렌 씨가 내게 알기 쉽게 설명해 주었다.

"라셀은 페베르 가문과 연줄이 있습니다. 그들이 힘을 잃었다면 라셀 왕국에 의지하려 할 수도 있지요. 또는 라셀이 다른 귀족에 접근할 가능성도 있습니다."

아아, 그런 이야기였나.

잘 이해됐다.

"어라? 그러면 호르파트 왕국은 어느 귀족과 친한 겁니까?"

사전에 이야기를 듣지 못했기에 물어보자, 롤랜드가 귀찮다는 듯한 표정을 지었다.

"딱히 친밀한 가문은 없다. 아니, 없어졌다고 하는 게 맞겠군."

"──레스피나스 가입니까."

지금은 6대 귀족이라 하지만, 원래 알제르 공화국을 다스리던 건 7대 귀족이었다.

그게 바로 레스피나스 가문. 공화국의 대표이자 노엘과 렐리아의 본가였지만, 10년 정도 전에 멸문당하고 말았다.

그것도 같은 귀족인 라우르트 가에 의해서.

즉, 이 사건에는 루이제 양이나 알베르크 씨가 연관되어 있다.

나로서는 나쁜 사람들이 아닌 만큼, 조금 마음이 무겁군.

"이후는 이렇다 할 친목 없이, 마석을 수입하는 데 그치고 있지. 이것도 벌써 10년 전 일인가."

롤랜드가 그리운 듯한 표정을 지었다.

"레스피나스 가문이 사라지고 10년 이상의 시간이 지났어요. 우리도 다른 가문과 손을 잡을 필요가 있겠네요."

밀렌 씨는 금후의 일을 생각하여 어딘가와 손을 잡고 싶은 듯했다.

알제르 공화국은 마석을 수출하니, 마석 수입이 많은 호르파트 왕국으로서는 굳건한 연줄을 다지는 편이 좋겠지.

그 점에 관해서는 나도 동감이다.

다만…… 어느 귀족과 손을 잡아야 할지 모르겠군.

내게 정치 감각 같은 건 없다.

"페베르 가는 틀렸으니, 다른 다섯 가문 중에 선택해야겠군요."

고작해야 페베르 가는 불가능하다는 걸 아는 정도다.

다행히 밀렌 씨도 이 이야기를 내게 전부 떠맡길 생각은 없는 모양이었다.

내게 맡겨봐야 곤란할 뿐이니 안심이군.

"앞으로는 빈번하게 외교관을 보낼 테니, 리온 경은 현지에서 이를 서포트해주세요. 마침 6대 귀족의 자제가 같은 학원에 다니는 모양이니, 뭔가 정보가 있을 때 공유해 주시면 됩니다. 아울러 리온 경에게 공화국에서 독자적으로 움직일 수 있는 지위를 마련하겠습니다. 무슨 일이 있다면 리온 경의 판단에 맡기도록 하지요."

공적인 자리는 아니지만, 밀렌 씨의 어조가 평소와 달랐다. 아무래도 업무 모드인 것 같다.

솔직히 말하자면 아주 약간 유감이지만, 밀렌 씨의 부탁이라면 어쩔 수 없지.

나는 호르파트 왕국의 기사이며 백작이다.

따를 수밖에 없는 것이다.

"맡겨 주십시오."

내가 그렇게 말하자, 롤랜드가 옆에서 트집을 잡았다.

"이 자식, 내가 말할 때는 엄청나게 싫은 듯한 표정을 지은 주제에, 어째서 밀렌한테는 그렇게 붙임성이 좋은 거냐!"

당연하잖냐.

"평소의 행실 차이 아닙니까? 좀 더 성실하게 일하시는 게 어떻습니까, 폐하?"

내가 당당하게 말하자, 주위 관료나 기사들이 고개를 깊숙이 끄덕였다.

그들 중에는 '더 말해 줘!'라며 이쪽에 시선을 향하는 자도 있다.

롤랜드 녀석의 평소 행실이 얼마나 형편없는지 잘 알 수 있었다.

★ 「다섯 바보를 쫓아내라!」

리온이 일시 귀국 중일 무렵.

마리에는 저택에서 분노로 떨고 있었다.

크레아레는 곁에서 그 모습을 보며 매우 재미있어하고 있었다.

『학습 능력이 이렇게나 없다니, 불쌍해라!』

재미있다고 깔깔 웃는 크레아레와 반대로, 마리에는 호흡이 거칠었다.

분노로 어깨가 위아래로 들썩이고, 크게 뜬 눈에는 핏발이 서 있었다.

마리에 양옆에서 카일과 카라가 어떻게든 그녀를 달래려 하고 있었다.

"주, 주인님, 괜찮다니까요! 이번에는 나눠서 숨긴 덕분에 절반은 지켜냈잖아요!"

카일이 마리에를 위로했지만, 효과는 전혀 없었다.

마리에는 오로지 책상 위를 노려보고 있었다.

책상 위에는 가계부를 메모 대신으로 써서, 마리에 앞으로 보낸 메시지가 적혀 있었다.

「저번의 반성을 살려 이번에는 마리에가 기뻐할 만한 선물을 준비하겠다. 예산으로써 생활비를 아주 약간 쓰도록 하지. 기대해

다오.」

어이없는 헛소리에 마리에의 이마에 혈관이 떠올랐다.

손을 너무 꽉 쥔 나머지 꾸우우욱, 하는 소리가 들렸다.

"괜찮아요, 마리에 님! 이번에는 식량도 미리 사서 비축해 뒀잖아요!"

이번에는 설령 무일푼이 되더라도 리온이 돌아올 때까지는 연명할 수 있다.

하지만 마리에는 참을 수 없었다.

"——내가 분명 말했지?"

카일과 카라가 마리에한테서 시선을 돌렸다.

저번에—— 생활비를 각자 나누어 가지고는 놀러 나간 다섯 바보는 집에 돌아온 뒤 마리에한테 아주 단단히 혼이 났다.

그러나 그때 그토록 생활비를 쓰면 안 된다고 했는데도, 다섯 명은 아무것도 이해하고 있지 않았다.

물론, 마리에도 그들의 반성을 그대로 믿지 않았기에 리온에게서 추가로 받은 생활비를 반으로 나누어 몰래 숨겼다.

그랬는데, 그 다섯 명은 마리에를 방치하고 자기들끼리 놀러 간 걸 반성한다는, 전혀 엉뚱한 방향의 발상에 다다르고 말았다.

"이 돈은 우리가 공화국에서 생활하기 위한 돈이니까 멋대로 쓰지 말라고!"

마리에가 뒤돌아서 카일과 카라를 보자, 두 사람은 등을 쭉 펴고 대답했다.

"무, 물론이죠!"

"저, 저도 들었어요!"

마리에의 격노에 두 사람은 벌벌 떨었다.

이 상황과 관계없는 크레아레는 이 모습을 그저 즐기고 있었다.

이제부터 마리에가 뭘 할 것인지, 그걸 알고 싶은 모양이다.

그리고 타이밍이 좋은 건지 나쁜 건지—— 마침 율리우스 일행이 돌아왔다.

현관 쪽에서 즐거운 듯한 목소리가 들려왔다.

"이걸로 마리에도 기뻐하겠지?"

"저로서는 마리에 씨에게 더 어울리는 게 있었다고 생각하지만 말이죠."

율리우스와 질크의 목소리가 났기에, 마리에는 무표정한 얼굴로 방을 나섰다.

카일과 카라는 한 번 마주 보고 난 뒤 서로 얼굴을 가로젓고는 잠자코 마리에 뒤를 따라 걸었다.

마리에와 카일, 카라가 현관으로 오니, 브래드가 손을 흔들었다.

"오, 다들 모여 있네. 이거 봐! 이게 마리에한테 주는 선물이야!"

다섯 명이 운반해 온 것은 수많은 꽃다발이었다.

꽃이 얼마나 많은지 현관이 꽃향기에 감싸일 정도였다. 오히려 너무 많아서 조금 불쾌했다.

만약 다섯 명이 각자 꽃다발을 들고 오는 정도였다면, 마리에도 화를 낼지언정, 수줍어하며 용서했을지도 모른다.

하지만 이건 그런 훈훈한 수준이 아니었다.

업자가 잇따라 꽃다발을 운반해 왔고, 크리스가 그걸 어느 장소에 둘지 지시하고 있었다.

"그 꽃다발은 이쪽에 내려주게. 항아리가 든 건 여기가 좋겠군."

다양한 종류의 꽃이 갖추어져 있었다.

당장 꽃집을 차릴 수 있을 정도의 양이었다.

그렉이 코 밑을 쓱 문지르며 쑥스럽다는 듯이 말했다.

"역시 선물이라고 하면 꽃다발이지. 마리에한테 어울리는 꽃다발을 생각하고 있었더니, 어느샌가 이만큼 늘어나 있더라고."

그러나 마리에의 표정은 전혀 변화가 없었다.

무(無), 그 자체였다.

카라가 양손으로 얼굴을 덮고는 절망적인 목소리로 소리쳤다.

"여러분, 어째서 생활비를 꺼내 가신 건가요!"

그러자 다섯 명은 의아하다는 듯 고개를 갸웃했다.

율리우스가 난처한 표정으로 대답했다.

"아니, 조금만 빌린 것뿐이다. 게다가, 금방 보충되는 것 아닌가?"

마리에가 리온한테서 받은 생활비는 상당한 금액이었다.

그걸 '조금'이라고 단언하는 건 율리우스를 비롯한 이 다섯 명이 왕족이나 대귀족의 후계자였기 때문이다.

금전 감각이 처음부터 일반인의 상식에서 한참 엇나가 있었다.

마리에한테는 거금이지만, 율리우스 일행에게는 푼돈이나 마찬가지였다.

그 정도는 금방 어떻게든 된다고, 진심으로 생각하는 거다.

그러자 질크가 율리우스에게 말했다.

"그러니까 말씀드렸지 않습니까. 꽃다발은 너무 안이하다고 말이죠. 역시, 제가 고른 항아리가 좋았던 겁니다."

"아니, 아무리 그래도 그건 너무 악취미였지 않나."

업자가 운반을 끝내고 떠나가자, 다섯 명이 마리에를 앞에 두고 무엇이 문제였는지 진지하게 토론하기 시작했다.

마리에의 얼굴이 서서히 미소로 바뀌었다. 그걸 본 카일이 중얼거렸다.

"맙소사, 백작이랑 똑같은 미소야……."

리온과 같은 미소를 보인 마리에는 계단을 내려가서는 다섯 명에게 다가갔다.

브래드가 마리에를 보고 안도했다는 듯 말했다.

"봐, 마리에도 기뻐해 주고 있어!"

크리스도 기쁜 듯했다.

"다 함께 고른 보람이 있군."

그렉도 동의했다.

"마리에한테 어울리는 양을 갖출 수 없었던 게 분하지만 말이야. 뭐, 다음에 돈이 손에 들어오면 다시 준비하면 되겠지. 그것보다 마리에, 배가 고프니 밥 먹자고."

엄지를 척 세우는 그렉을 보고, 마리에가 입을 열었다.

"다들 미안해. 내가 잘못되어 있었어."

마리에는 표정을 바꾸지 않고 다섯 명을 향해 사과했다.

"내가 바보였어. 조금 혼내서 고쳐질 거였으면, 지금까지 고생할 리가 없는데 말이야."

——마리에한테서 미소가 사라졌다.

마리에는 오른손을 꽉 쥐었다.

"내가 물렀던 거야. 너희들을 교육하려면 진작 이랬어야 했다고!"

마리에가 크게 발을 내디디더니 발에 힘을 실어 주먹으로 그렉의 뺨을 후려갈겨 날려 버렸다.

그렉은 현관문에 부딪힌 뒤 그대로 밖으로 굴러 나가더니 그대로 일어나지 못했다. 그렉의 눈이 핑핑 돌아가고 있었다.

마리에의 작은 몸집으로는 상상도 할 수 없는 위력이었다.

하지만, 이곳은 마법이 있는 세계. 마력으로 근력을 강화하면 마리에라도 커다란 어른을 주먹으로 날려 버릴 수 있다.

그렉이 날아간 걸 본 질크가 당황해서는 황급히 제지하러 왔다.

"마리에 씨, 대체 무슨—— 크헥!"

질크의 아름다운 안면에 마리에는 다시 주먹을 꽂아 넣고는 노기를 내뿜었다.

"너희들, 일렬로 나란히 서! 한 방씩 후려갈겨 줄 테니까!"

크리스가 마리에를 제압하고자 했다.

"마리에가 혼란에 빠졌어! 다들, 마리에를 붙들——흐걱!"

마리에는 크리스의 배에 주먹을 꽂아 넣어 현관 밖으로 날려 보내고는 율리우스와 브래드를 쳐다봤다.

얼마나 흥분했는지, 마리에는 후—, 후—, 하고 거친 숨을 내쉬었다. 도저히 제지할 수 있을 것 같지 않았다.

브래드가 설득을 시도했다.

"역시 꽃다발은 너무 안이했지? 알았어! 마리에, 오늘은 나를 선무——우윽!"

마리에한테 미소를 향하며 하얀 이를 반짝인 브래드는 뺨을 얻어맞아 빙글빙글 회전하며 현관 밖으로 날아갔다.

율리우스가 입을 벌린 채 놀라고 있자, 마리에가 율리우스에게 천천히 다가갔다.

"율리우스. 남은 건 너뿐이야."

"기, 기다려다오, 마리에! 대체 뭐가 좋지 못했던 거지?! 우리도 이해할 수 있도록 설명해다오!"

그러자 마리에가 섬뜩한 미소를 지으며 손가락을 뚝뚝 꺾었다.

"그걸 이해 못 하니까—— 너희들을 쫓아내는 거야!"

"쪼, 쫓아낸다니——후곽!"

마리에의 주먹이 율리우스의 턱을 강타했고, 율리우스는 그대로 날아가 현관 밖으로 튕겨 나갔다.

다섯 명이 현관 밖으로 쫓겨나자, 마리에가 문 앞에 뚝 섰다.

"마침 좋은 기회니까 너희들을 시험해 주겠어."

브래드가 뺨을 누르며 난처해하고 있었다.

"아니, 뭘 시험하는 건지는 모르겠지만, 갑자기 폭력은——"

하지만 마리에는 전혀 들어주지 않았다.

"너희들은 생활 능력이 너무 형편없어! 지금부터 여름방학 한 달 동안, 너희는 밖에서 돈을 벌어오도록 해!"

그러자 질크가 곤란한 얼굴로 질문했다.

"저, 저기, 마리에 씨? 밖에서 돈을 벌라고 하셔도…… 뭘 하면 좋은 것이지요? 일은 있는 겁니까?"

"그 일을 스스로 찾는 거야. 말해 두겠지만, 모험가 일로 벌었느니 하는 건 인정하지 않을 테니까 말이야. 조금은 모험가 이외의 다른 세상도 알도록 해!"

다섯 명이 곤혹스러운 얼굴로 쳐다보자 마리에는 코웃음을 쳤다.

가끔 모험을 나가 돈을 벌어오긴 하지만, 돈을 벌면 버는 만큼——아니, 번 것 이상으로 낭비하는 게 이 녀석들이다.

이건 세간을 배울 좋은 기회이기에, 모험가 일로 돈을 버는 건 금지했다.

"아르바이트든 뭐든 괜찮으니까, 여하튼 스스로 돈을 벌어. 조금은 세간이라는 걸 배우란 말이야. 아, 그리고 내 취향은 능력 있는 남자야. 이게 무슨 의미인지 알겠지? 이 중에서 누가 가장 돈을 많이 벌까 기대되네."

마리에가 좋아하는 건 능력 있는 남자.

그 말을 들은 다섯 명이 서로 얼굴을 마주 봤다.

마치 적을 보는 듯한 눈이었다.

마리에는 다섯 명을 앞에 두고 요염하게 웃으며 말했다.

"다시 말하지만, 기간은 1개월이야. 여름방학이 끝나기 전에 돌아와. 아아, 그렇지. 도중에 포기하고 돌아와도 괜찮아. 하지만, 날 정말로 사랑한다면―― 이 정도는 어렵지 않겠지?"

◇

다섯 바보가 떠난 뒤, 카일과 카라는 문을 수리하고 있었다.

카라는 쫓겨난 다섯 명을 걱정했다.

"전하와 다른 네 분은 괜찮으려나?"

물론 마리에도 무자비하지는 않았기에 각자 일주일은 살아갈 수 있는 돈을 주어 보냈다.

하지만 다섯 명이 정말로 돈을 벌어 올 수 있을까?

카라는 의심이 사라지질 않았다.

원래 귀공자니, 부자이니 하는 사람들이 아르바이트를 경험해 봤을 리 없다. 애초에 혼자서 살아갈 수 있을지도 의문이다.

카일이 한숨을 내쉬었다.

"배가 고파지면 돌아오겠죠. 그것보다도, 주인님은 왜 다섯 명이 경쟁하도록 부추긴 거죠? 차라리 다섯 명이 협력할 수 있도록 하는 게 더 좋았을 텐데."

카일이 의문을 품자, 카라는 마리에의 심정을 대변했다.

"그건…… 여러 남성이 자신을 둘러싸고 경쟁한다는 건 여자로서는 조금 기분 좋을지도."

카라가 뺨을 물들이며 그렇게 말하자 카일은 고개를 갸웃했다.

"그런가요? 뭐, 저로서는 빨리 현실을 깨닫고 돌아와 준다면 더 말할 건 없지만요."

문 수리를 끝내고 도구를 정리하기 시작하자, 마리에가 다가왔다.

다섯 바보한테서 해방되어 상쾌한 얼굴을 하고 있었다.

"수리는 끝난 모양이네. 그럼 곧장 준비해! 오늘은 셋이서 외식이야!"

그러자 카라가 놀란 얼굴로 마리에를 바라보았다.

그런 사치가 허용되는 건가 하고 걱정되었기 때문이다.

"마리에 님, 하지만 돈이……."

"괜찮아! 다섯 명은 한동안 돌아오지 않을 테고, 그만큼 생활비가 남으니까! 그것보다도 평소 애써 주고 있는 너희들을 가끔은 격려해 줘야지. 오늘은 마음껏 먹도록 해."

카일이 그 말을 듣고 기뻐했다.

"괘, 괜찮은 건가요?! 고기라든가 먹어 버릴 거라고요."

마리에는 양손을 허리에 대고 가슴을 폈다.

"먹어. 1kg을 먹어도 상관없어."

카라가 오른팔을 쭉 펴서 들었다.

"네, 마리에 님!"

"뭔데, 카라?"

"디저트는——! 디저트는 딸려 나오나요!"

마리에는 두 사람을 앞에 두고 무척 좋은 미소를 보여주고 있었다.

눈물이 한줄기 흘러넘쳤다.

다섯 바보한테서 해방된 것이 무척 기뻤던 모양이다.

"오늘은 잔뜩 먹으렴. 저택 안도 정리했으니까 돌아오면 목욕하고 자는 것뿐이야. 너희들—— 오늘은 마음껏 먹는 거야!"

셋이서 외식하러 나간다—— 그것이 무척이나 행복한 일임을 실감하는 세 사람이었다.

◇

한편.

저택에서 쫓겨난 다섯 바보는 공원에 와 있었다.

아이들이 주위에서 노는 가운데, 다섯 명은 진지한 얼굴로 서로 마주 보고 있었다.

침묵이 흐르는 가운데 질크가 맨 처음 입을 열었다.

"마리에 씨는 말했습니다. 가장 능력 있는 남자가 좋다, 라고."

그건 즉, 다섯 사람 중에서 1등을 정한다는 의미다.

크리스가 검지로 안경을 밀어 올려 위치를 바로잡으며 주위를 노려봤다.

"다섯 명 중에서 누가 가장 돈을 많이 벌었는지 가리겠다는 의미겠지."

평범한 일로 돈을 벌어 본 적도 없는 다섯 사람이지만, 마리에의 1등이 될 수 있다면 이야기는 별개다.

　평소에는 사이가 좋은 다섯 명이지만, 역시 1등이 될 수 있다면
——되고 싶다.

　그렉이 팔짱을 꼈다.

　"모험가 일로 돈을 벌 수는 없지만, 나는 대충 할 생각은 없다
고. 너희들한테는 미안하지만—— 마리에의 1등은 나다."

　이 승부는 질 수 없다.

　다섯 명은 저택에서 쫓겨난 데 대한 불평도 없이, 누가 마리에
의 1등이 될 것인지에 온 신경이 팔려있었다.

　저택에서 쫓겨난 순간부터, 다섯 명은 라이벌이었다.

　브래드가 앞머리를 튕겼다.

　"언젠가는 확실히 해야 할 문제였어. 미안하지만, 마리에가 선
택하는 건 나야."

　다만, 누가 마리에의 마음을 사로잡을 것인지는 다섯 사람이
평소에 신경 쓰고 있던 점이다.

　이걸 기회로, 다섯 사람은 승부를 낼 생각이다.

　율리우스가 다른 네 사람을 보고 가슴에 손을 댔다.

　"나는 너희와 정정당당히 승부해서 이기겠다! 그리고, 마리 옆
에 앉겠다."

　다섯 명이 진심으로 서로 노려본 뒤, 동시에 등을 돌렸다.

　각각 다른 방향으로 걸어 나가기 시작하는 다섯 사람.

　질크가 말했다.

"이기는 건 접니다."

브래드도 멀어져 가는 다른 네 사람에게 말을 건넸다.

"마리에가 선택하는 건 나야."

그렉도 양보할 생각은 없는 듯하다.

"좋을 대로 짖고 있으라고. 이기는 건—— 나다!"

크리스도 질 생각이 없다.

"언젠가 승부를 낼 운명이었다. 단지, 그뿐이다."

율리우스는 마지막에 네 사람에게 말했다.

"재회를 기대하고 있으마."

헤어지는 다섯 바보.

아이들은 멍하게 입을 벌린 채 그 모습을 지켜보고 있었다.

◇

멋지게 헤어진 건 좋았지만—— 율리우스는 곤란해하고 있었다.

"도, 돈이 없어……."

값싼 여인숙에 머무르며, 침대 위에 올려놓은 돈은 잔돈뿐.

"젠장! 기세를 돋우고자 첫날에 돈을 너무 많이 써 버렸군."

사흘째에 벌써 돈이 부족해졌다.

돈도 적어져 머물 수 있는 여관을 찾았더니—— 싸구려 여인숙
을 소개받은 것이다.

"그건 그렇고 끔찍한 장소군. 마치 마구간 아닌가."

여인숙에 실례인 감상을 늘어놓았지만, 그게 율리우스의 솔직한 감상이었다.

　전 왕태자인 율리우스 입장에서는 싸구려 여인숙 같은 건 더럽기에 사용하고 싶지 않았다.

　침대 위에 양반다리를 하고 앉은 율리우스는 팔짱을 끼고 생각했다.

　"그나저나 난처하군. 어디도 나를 고용해 주지 않는다. 신분은 확실할 터이다만."

　율리우스도 놀고 있기만 한 건 아니었다.

　사람을 찾는 곳을 조사하여 면접을 보러 갔다.

　그러나 모조리 불채용이었다.

　"대체 뭐가 좋지 못했던 것이지?"

　이대로 일자리를 찾지 못하면, 내일은 싸구려 여인숙에도 묵을 수 없다.

　율리우스는 갑자기 좌초되고 말았다.

　"하지만 내가 고생하고 있는 것처럼, 다들 고생하고 있겠지. 여기서 나만이 염치없이 저택에 돌아가는 건 용납되지 않는다."

　다른 네 사람도 분명 같은 곤경을 맛보고 있다.

　그렇게 생각한 율리우스는 내일에 기대했다.

이튿날.

율리우스는 점원을 모집하는 음식점으로 발걸음을 옮겼다.

난감해하는 점주를 앞에 두고, 당당히 자기 어필을 했다.

"나는 호르파트 왕국 출신으로, 이름은 율리우스 라파 호르파트. 지금은 폐적되었다만, 전 왕태자다."

율리우스는 자신의 수치스러운 부분도 숨김없이 이야기했다.

그것이 성의라고 생각하기 때문이다.

폐적되었다는 건 불명예스러운 일이다.

하지만 고용해 주는 사람에게 거짓말을 할 수는 없다.

그렇게 생각해서 한 자기소개였다.

"지금은 공화국에 유학을 와서, 세간을 배우고 있는 와중이다. 꼭 여기서 나를 고용해 주었으면 한다!"

진지하게 호소하는 율리우스에게, 점주는 고개를 가로저었다.

"무리입니다."

"어, 어째서지?! 신원을 확인하고 싶다면 호르파트 왕국 대사관에 물어봐도 괜찮다. 뭣하면 같이 갈까? 외교관들도 나를 알고 있다."

신분을 의심받은 줄 안 율리우스는 자신의 신원을 보증하기 위해 대사관 이야기를 꺼냈다.

그러나 점주는 곤란해할 뿐이었다.

"저기, 저희 가게는 보다시피 대중식당입니다."

"그건 알고 있다. 아르바이트를 모집하고 있는 것이지? 그래서 내가 왔다!"

점주는 율리우스의 얼굴에서 시선을 돌리고, 손바닥으로 가드 하는 듯한 태도를 보였다.

"그, 그러니까, 이런 가게에서 전직 왕자님을 일하게 한다니, 그런 건 무리래도요!"

"아니, 전직인 건 왕태자 쪽이고, 난 지금도 왕자다."

"더더욱 고용할 수 없습니다!"

울기 시작하는 점주를 보고, 율리우스는 생각했다.

'여, 여기도 실패라니!'

율리우스는 어깨를 푹 떨구고 가게에서 나왔다.

밤이 되어 공원 벤치에 앉은 율리우스는 하늘을 올려다보고 있었다.

"뭐가 안 좋았던 거지?"

자신에 관해 솔직하게 이야기해버린 탓에, 아르바이트로 고용해 주는 가게는 한 군데도 없었다.

배가 고팠지만, 푼돈밖에 가지고 있지 않았기에 저녁은 먹을 수 없다.

"……돈을 버는 것이 이렇게나 힘든 일이었을 줄은."

지금 생각해 보면, 첫날에 돈을 너무 많이 썼다.

반이라도 남겨 뒀더라면, 오늘 잘 곳이나 저녁 식사에도 어려움을 겪지 않았을 것이다.

율리우스는 생각했다.

"다들 괜찮을까?"

자신이 이렇게까지 고생하고 있으니, 분명 네 사람도 고생하고 있으리라고 생각하여 일어섰다.

다른 네 명이 걱정된 것이다.

"모두의 상태를 보러 갈까."

마을을 조금 산책하여 기분 전환을 하고자 걷기 시작했다.

그리고, 노숙이 가능할 것 같은 장소를 찾아야만 한다.

차라리 저택으로 돌아가 버릴까?

고생하고 있는 네 명과 함께 마리에한테 사과하며 용서를 구하자.

그렇게, 생각하기 시작했다.

잠시 걷고 있자, 시끌벅적한 선술집 앞에 이르렀다.

달콤짭짤한 소스 냄새가 식욕을 자극하여 배에서 꼬르륵 소리가 울렸기에 안을 들여다봤다.

하지만, 율리우스는 곧바로 몸을 숨겼다.

'어, 어떻게 된 거지?!'

가게 안에 그렉의 모습이 있었다.

점원으로서 일하고 있는 게 아니라, 손님으로서 가게 입구 근처에 앉아 있었다.

율리우스의 귀에 그렉 일행의 대화가 들려왔다.

"이봐, 신입! 더 먹으라고! 닭고기가 좋아."

"알겠냐, 그렉. 달걀이다. 최강은 날달걀이라고."

"바보 자식! 최강은 프로틴이다!"

근골이 우람한 남자들에게 둘러싸인 그렉은 즐거워 보이는 표정이었다.

대체 어떤 일자리를 찾은 건지 모르겠지만, 아무래도 그렉은 잘해나가고 있는 낌새였다.

율리우스는 생각했다.

'그렉, 너는 돈을 벌고 있는 것이로군. 나도 조금 더 노력해 보겠어.'

그렉도 열심히 하고 있다.

자신도 조금 더 힘내야겠다고 마음을 새로이 다잡고 거리를 걷고 있었더니, 새 정장을 입은 남성을 발견했다.

그는 왼손에 가죽제 여행 가방을 들고 있었다.

"……질크인가?"

질크는 누군가와 대화하며 웃는 얼굴로 악수하고 있었다.

이윽고 상대와 헤어지자, 질크도 율리우스를 알아차렸다.

"전하 아니십니까."

"아아, 그래, 건강해 보이는군."

고작 며칠 못 보았을 뿐이지만, 그 사이에 질크는 옷을 산 모양이었다.

"겉모습은 중요하니까 말이죠. 그것보다도 전하는 순조로우십니까? 저도 질 생각은 없으니까 말이죠."

조금 전까지 저택에 돌아가는 것을 생각하고 있던 율리우스는 스스로가 부끄러워지기 시작했다.

그래서, 허세를 부렸다.

"무, 물론이다. 내가 제일이 되어 보이마."

"그래야 전하답지요! 저도 지지 않겠습니다."

"그보다도, 너의 그 복장은 어떻게 된 거지?"

율리우스는 질크가 입은 정장이 신경 쓰였는데, 질크는 자신의 모습을 보며 태연해하고 있었다.

"아아, 첫날에 마련한 겁니다. 이후에 좀 더 비싼 걸 새로 사긴 했습니다만, 지금은 이걸로 만족하고 있지요."

"첫날에?"

질크는 마리에가 마련해 준 돈으로 정장을 산 모양이다.

"그것보다, 서두르고 있기에 이걸로 실례하겠습니다. 다음 거래 이야기가 있어서 말이죠."

"거래 이야기?"

질크는 잰걸음으로 바삐 떠나갔다.

율리우스는 아연실색했다.

설마, 오랫동안 함께 지내 왔던 형제나 다름없는 존재이자 가장 친한 친구가, 자신이 고생하는 사이에 이렇게까지 성공하고 있을 거라고는 생각지 않았다.

율리우스는 어깨를 풀썩 떨궜다.

'나는 대체 뭘 하는 거지.'

그렇게 휘청휘청하며 사람들로 북적이는 장소에서 멀어지려 했더니, 이번에는 어떤 건물에서 수많은 손님이 나오는 모습이 눈에 들어왔다.

아무래도 장기를 뽐내는 극장인 모양이다.

작은 건물인데도 손님이 가득했는데, 모두가 웃는 얼굴이었다.

"무슨 일이 있었던 건가? 헉!"

간판을 보고, 율리우스는 눈을 휘둥그레 떴다.

거기에는「희대의 천재 마술사(웃음) 브래드 큥의 매직 쇼」라고 적힌 커다란 간판이 마련되어 있었다.

손님들이 제각기 말했다.

"브래드 님은 오늘도 멋지셨어."

"나, 내일도 보러 올래!"

"나도~."

여성들뿐만 아니라, 남성들도 즐거워하는 듯했다.

"브래드 녀석, 설마 예능인으로서의 재능이 있었던 건가?"

그 브래드가 인기인으로서 장기를 피로하고 있다는 게, 율리우스는 믿기지 않았다.

뭔가 잘못된 것이리라고 생각하고 싶었지만, 친구의 성공을 시기하는 자신을 깨닫고는 고개를 가로저었다.

'나는 어찌 이리도 한심하단 말인가.'

친구의 노력은 인정해 줘야만 한다고 생각을 고쳐먹고, 오늘의 잘 곳을 찾기로 했다.

그러자—— 크리스와 마주쳤다.

"음? 전하입니까?"

"크리스?"

크리스는 저택을 나왔을 때랑 똑같은 차림을 하고 있었으나, 장을 보고 오는 길인지 양손 가득 짐을 끌어안고 있었다.

"자, 장을 보고 오는 길인가?"

"예. 지금은 가게에서 잡일을 맡고 있습니다. 하지만, 지켜봐 주십시오. 금방 더 많은 돈을 벌게 될 테니 말입니다."

율리우스는 그제야 깨닫고 말았다.

'서, 설마, 일하고 있지 않은 건 나——뿐인 건가?'

크리스는 미소를 지으며 율리우스에게 말을 건넸지만, 전혀 귀에 들어오지 않았다.

그리고 크리스가 이런 질문을 했다.

"그런데, 율리우스 전하는 어디서 일하고 있습니까? 저는 이 근처의 공중목욕탕에서——"

율리우스는 뛰쳐나갔다.

아니, 달아나고 말았다.

"나만 일을 안 하고 있잖아아아아아!!"

크리스가 놀라서 말을 걸었다.

"저, 전하아아아! 왜 그러십니까!"

"으아아아아아아아아아아아!!"

네 사람도 분명 고생하고 있을 테니, 찾아내서 같이 저택에 돌아가려고 했던 자신이 몹시 한심해졌다.
　율리우스는 그대로 계속해서 달렸다.

◇

　강변에 온 율리우스는 다리 밑에서 주저앉아 버렸다.
　흘러가는 강물을 멍하게 보고 있다.
　"……다들 열심히 하고 있는데, 나만 일자리를 찾지 못하고 있다."
　네 명 다 금방 일자리를 찾은 것이리라.
　질크나 브래드는 제법 벌고 있는 듯한 느낌이 들었다.
　그렉이나 크리스는 모르겠지만, 그래도 일을 하고 있지 않은 율리우스보다는 많이 벌고 있을 터다.
　자기가 다섯 명 중에서 가장—— 글러 먹은 녀석이었다.
　율리우스는 망연자실해서는 중얼거렸다.
　"이대로 나만 돌아가면, 마리에도 나한테 정나미가 떨어지겠지."
　자기가 말해 놓고서는 슬퍼지기 시작했다.
　그러자—— 터벅터벅하는 소리가 들려왔다.
　누군가가 근처에 온 모양이다.
　고개를 들자, 웬 50대 정도의 남성이 서 있었다.
　"형씨, 기운이 없구먼."
　"……뭐, 그렇지."

대답하는 것과 동시에 배에서 꼬르륵 소리가 나 율리우스는 창피해졌다.

율리우스가 고개를 숙이자, 남성은 입을 크게 벌리고 웃었다.

"배가 고프다면 마침 잘 됐군. 내 가게에서 먹고 갈 텐가?"

아무래도 남자는 포장마차를 끌고 온 모양이다.

공화국어로 '꼬치구이'라 적혀 있었고, 율리우스는 입안에서 급격히 늘어난 타액을 삼켰다.

"미, 미안하지만, 가진 돈이 적다."

"얼마나 가지고 있지?"

돈을 보여주자, 남성은 율리우스의 등을 팡 두드렸다.

"내 가게라면 그 가격으로 세 개는 먹을 수 있어. 덤으로 이것저것 먹게 해줄 테니, 여하튼 오라고."

이제 막 포장마차를 끌고 온 참이라, 손님이 없었다.

남자가 꼬치를 몇 개 굽기 시작하자, 율리우스는 그걸 보고 눈을 반짝였다.

"형씨, 꼬치구이는 좋아하나?"

"예!"

율리우스는 구워진 꼬치구이를 먹더니, 그대로 말없이 다 먹어치웠다.

배가 고팠기 때문인지 지금까지 먹었던 어떤 꼬치구이보다도 맛있었다.

"맛있었습니다."

그렇게 중얼거린 율리우스를 앞에 두고, 남성── 포장마차 주인은 사정을 물어봤다.

"무거운 표정을 짓고 있었는데, 무슨 일이 있었나?"

율리우스는 난처했지만, 음식을 대접해 준 데 대한 답례로 솔직하게 이야기했다.

다만, 딱 한 달 동안 아르바이트로 생활해야 한다는 부분만을.

"저택── 집에서 쫓겨나서 말입니다. 한 달 동안은 일하고 오라는 말을 들었습니다."

"얼핏 본 느낌으로는 좋은 집 도련님인 것 같았으니까 말이지. 뭐, 세상에 대해 아는 것도 좋겠지."

"하지만, 어디도 고용해 주지 않았습니다. 지인들은 다들 일하고 있는데, 저만이 덩그러니 남겨진 느낌이라……."

침울해하는 율리우스를 보고 포장마차 주인은 잠시 생각했다.

"한 달이면 되나?"

◇

다음 날.

"어서 오십시오!"

기합을 넣고 인사하는 건, 수건을 비틀어 이마에 둘러매고 앞치마를 걸친 차림인 율리우스였다.

포장마차에 오는 손님들이 포장마차 주인── 대장을 놀렸다.

"위세가 좋은 형씨를 고용했는데."

"대장도 은퇴인가?"

"이제 나이도 나이니까 말이야."

입이 건 손님들을 앞에 두고, 대장은 꼬치를 구우며 받아쳤다.

"바보 자식들! 죽을 때까지 현역이다! 이 형씨가 곤란해하고 있었으니까, 한 달만 일하게 해준 거라고. 어이, 율리우스. 너도 도와라."

"예, 대장!"

율리우스는 대장의 조수로서 포장마차에서 일하게 되었다.

제04장

「6대 귀족 발리에르 가」

발리에르 가문은 알제르 공화국 6대 귀족의 일각이다.

로이크의 본가이며, 6대 귀족 중에서도 힘을 가지고 있는 편이지만, 그렇기에 현재 상황에 만족하고 있지 않았다.

당주인【벨랑주 레타 발리에르】는 풍채가 좋았다. 팔은 두꺼운 근육질이었으며, 얼굴도 턱이 두툼하여, 얼핏 보면 호쾌한 인상을 주는 인물이었다.

그러나 그의 입에서는 알베르크의 저자세 외교에 대한 짜증이 흘러나오고 있었다.

"알베르크 녀석, 왕국에 저자세로 나가면 앞으로의 외교에서 불이익이 나오리라는 걸 알고 있는 건가?"

호르파트 왕국의 백작에게 페베르 가문이 일방적으로 당하고 말았다.

표면상으로는 공화국 내부에서의 싸움이라는 걸로 되어 있지만, 사실을 알고 있는 벨랑주는 마음이 편하지 못했다.

페베르 가는 6대 귀족 중에서는 약한, 아니 최악이다.

고작 그 정도에 우쭐해진 왕국 기사가 몹시 괘씸하게 느껴졌다.

하지만 페베르 가의 복수를 할 생각은 없었다.

자신이라도 리온과 싸우면 무사히 끝나지 않으리라는 걸 알고 있으니까.

그렇기에 더욱 알베르크의 태도가 마음에 들지 않았다.

"다섯 가문이 힘을 합쳐 대처하는 방법도 있거늘, 그걸 멋대로 정하다니."

벨랑주에게 알베르크는—— 라이벌이 아니라 적이었다.

분명, 가문의 실력은 거의 동등했다. 그런데 의장이었던 레스피나스 가문이 멸문되자 라우르트 가문이 의장 대리를 맡았다.

벨랑주는 자신이 라우르트 가문보다 아래 있다는 게 용납할 수 없었다.

"알베르크에게서 의장 지위를 빼앗을 방법은 없는 건가."

그가 그런 생각을 하고 있자니, 부하가 보고를 가지고 왔다.

"벨랑주 님, 그, 그게……."

벨랑주는 보고를 주저하는 부하를 노려봤다.

"얼른 보고해라. 로이크는 뭘 하고 있지?"

자기 아들이자 발리에르 가의 적남인 로이크는 최근 행동이 묘했다.

평민의 딸한테 열심이라고는 들었지만, 갈수록 문제 행동이 눈에 띄기 시작했기에 부하에게 조사를 시켰다.

"……소문은 대부분 사실이었습니다. 한 여자아이의 뒤를 쫓아다니며 온갖 기행을 저지르는 바람에 학원에 나쁜 소문이 퍼졌다고 합니다."

"뭣이? 발리에르 가의 당주가 될 자가, 이 무슨 추태란 말이냐!"

벨랑주는 당장 로이크를 저택에 불러들여 한 번 따끔하게 꾸짖어야겠다고 생각했다.

"그런데, 그…… 여자아이 쪽에 조금 신경 쓰이는 정보가 있습니다."

"뭐지?"

시가를 입에 문 벨랑주는 불을 붙이기 전에 부하의 이야기를 들었다.

"베르톨레 말입니다만, 실은 쌍둥이로, 여동생 쪽이 플레벤 가의 에밀 님과 연인 사이라는 것 같습니다."

"음, 조금 성가시겠군."

같은 6대 귀족의 자제가 민폐를 끼친 상대편에 가담하고 있다.

벨랑주는 조용히 무마하기 조금 성가셔질 것 같다고 생각했다. 그러나 부하의 보고는 이게 끝이 아니었다.

"예, 그래서 그 자매를 자세히 조사했습니다만, 두 사람은 아무래도 레스피나스 가의 혈연인 것 같습니다."

벨랑주는 시가를 입에서 떨어뜨리고는 의자에서 벌떡 일어났다.

"레스피나스 가문이라고? 살아남은 자가 있었던 거냐? 아니, 그보다도 쌍둥이에 자매―― 설마."

벨랑주의 기억 속에서 레스피나스 가의 후계자―― 무녀 후보인 노엘과 렐리아의 어린 모습이 되살아났다.

벨랑주의 표정이 변했다.

"알베르크가 놓아준 건가? 아니, 그 녀석이 그런 짓을 왜……

뭔가 이유가 있는 건가?"

부하가 곤란해하고 있었다.

"벨랑주 님, 로이크 님 건은 어찌할까요?"

벨랑주는 자세한 이야기를 듣기 위해 로이크를 부르기로 했다.

"당장 로이크를 데리고 와라!"

◇

마리에의 저택을 나온 노엘은 맨션에서 예전 생활로 돌아가 있었다.

여름방학 중이라 학원은 하지 않고, 렐리아는 아침부터 외출하여 집에 혼자 남아있던 노엘은 오늘 저녁을 준비하기 위해 장을 보러 나가기로 했다.

"오늘은 뭐로 할까? 리온은 고기도 생선도 좋아하는데——아……."

마리에의 저택에서도 요리하는 걸 도왔던지라, 그때의 버릇으로 리온이 기뻐할 것 같은 요리를 떠올리고 말았다.

그게 묘하게 가슴을 옥죄었다.

노엘은 씩씩하게 웃었다.

"나도 안 되겠네~. 끝난 사랑은 곧바로 잊고 마음을 새로이 먹어야 하는데."

노엘은 달력을 봤다.

오늘 날짜에 렐리아가 동그라미를 쳐 놨다.

"렐리아, 오늘은 예정이 있어서 밤에는 돌아오지 않는다고 했지."

무슨 예정인지는 모르지만, 아침부터 기합을 넣고 준비하고 있었다.

에밀이 차로 마중하러 왔었으니, 데이트인가 뭔가일 것이다.

"렐리아는 옛날부터 요령이 좋네. ——나는 옛날부터 둔해 빠졌고."

쌍둥이지만 옛날부터 렐리아는 요령이 좋아 주위에서 인정받고 있었다.

부모님도 렐리아한테 기대하고 있었을 정도다.

"언니까, 정신 똑바로 차리지 않으면 안 되는데."

방에 있어도 기분이 울적해지기에, 노엘은 장을 보기 위해 밖으로 나왔다.

문을 잠갔을 때, 자신의 이름을 부르는 소리가 났다.

"여어, 노엘."

시원시원한 목소리가 들려왔기에, 당황하여 뒤돌아보니 거기에 로이크가 서 있었다.

그의 오른손에는 목줄이 들려 있었다.

노엘은 소름이 끼쳤다.

노엘이 방으로 도망치려 하자, 로이크가 문을 손으로 난폭하게 억눌렀다.

쾅! 하는 소리가 울렸다.

"도망치지 말라고."

로이크의 노란 눈동자가 노엘을 요사스럽게 쳐다보고 있었다.

노엘은 강하게 굴었다.

"너——! 이런 짓 해봤자 헛수고야! 나는 너하고는 사귀지 않아. 애초에, 6대 귀족의 후계자가 나랑 사귈 수 있을 리가 없잖아!"

그러자 로이크는 소름 끼치는 웃음을 지으며 노엘의 뺨을 왼손으로 만졌다.

"내 권력이 있으면 어떻게든 돼. 정략결혼을 해도, 최우선은 너다. 노엘, 너는 내 여자가——"

노엘은 참지 못하고 로이크의 뺨을 올려붙였다.

하지만, 그 순간—— 노엘의 오른손 손등을 가리고 있던 붕대가 풀리고 말았다.

로이크의 눈이 휘둥그레지는 것이 보였다.

'아차?!'

그걸 알아챈 노엘은 곧바로 오른손을 왼손으로 가리고는 로이크를 밀쳐 내고 그 자리에서 뛰쳐나갔다.

로이크가 노엘의 등에 대고 소리쳤다.

"자, 잠깐! 노엘, 그건!"

공포로 노엘의 심장이 쿵쾅쿵쾅 소리를 내고 있었다.

곧바로 도망쳐야만 한다는 생각에, 달렸다.

하지만 로이크는 그 우수한 신체 능력으로 노엘을 따라잡더니, 팔을 붙잡아 비틀었다.

"노엘, 오른손을 보여라!"

"이, 이거 놔!"

로이크는 저항하는 노엘을 억지로 제압하고 기분 나쁜 웃음을 흘렸다.

노엘은 들켰다는 생각에 초조해졌다.

'큰일이야. 이 녀석한테 이 문장을 보였다간, 또 리온한테 민폐가——!'

자기가 무녀의 문장을 가졌다는 사실이 알려지면, 공화국은 성수의 묘목과 무녀를 차지하기 위해 무리를 할 것이다. 그렇게 되면 분명 또다시 리온이 엮이고 만다.

하지만 로이크의 힘이 강한 탓에 그를 뿌리칠 수가 없었다.

"노엘, 그 문장을 자세히 보여라! 나는 알고 있다. 알고 있다고. 그 문장은 본 기억이 있어."

광기가 느껴지는 듯한 로이크의 웃음을 보고, 노엘은 무서워졌다.

노엘이 눈을 감자, 목소리가 들렸다.

"야 이 자식아아아아!!"

눈을 뜨니, 마리에가 달려와 로이크한테 날아 차기를 먹이고 있었다.

마리에는 작은 몸으로 남자인 로이크를 날려 버렸다.

마리에가 착지하더니 격투기 자세를 취했다.

"밝은 대낮부터 무슨 짓이야, 이 자식아! 이 애한테 손대면 리온을 부추겨서 네 본가를 불바다로 만들어 줄 테니까 말이야!"

리온의 이름을 꺼내자, 로이크가 희미하게 웃었다.

마리에의 으름장 따위는 듣고 있지도 않았다.

로이크는 코피를 손으로 닦으며 노엘을 바라보았다.

"노엘, 역시 나와 넌 운명으로 맺어져 있었군."

노엘은 오른손 손등을 눌렀다.

로이크한테 들키고 말았다.

'어쩌지? 이대로는 나와 렐리아가 레스피나스 가문의 생존자라는 사실을 들킬 거야!'

로이크는 일어나더니 마리에를 노려봤다.

"비켜라, 여자. 이건 나와 노엘의 문제다."

그러자 마리에가 눈썹을 움찔움찔 움직였다.

상당히 화가 난 모양이었다.

"변태 스토커 자식이 우쭐거리지 말란 말이야! 이 애가 싫어하고 있는 걸 모르겠어? 피에르처럼 가호 없는 놈으로 만들어버린다?"

로이크가 참지 못하고 오른손 손등을 빛내자, 노엘은 마리에를 지키기 위해 앞으로 나섰다.

"마리에 쨩, 안 돼! 로이크는 정말로 강해!"

하지만 마리에는 물러나지 않았다.

"그런 건 알고 있어! 하지만, 여기서 너한테 무슨 일이 생기면, 내가 오빠한테 혼난단 말이야!"

오빠라니?

노엘은 한순간 그런 생각이 들었지만, 지금은 신경 쓰고 있을 여유가 없었다.

로이크가 마법을 쓰려던 순간, 갑자기 자동차 여러 대가 달려와 근처에 멈추더니, 웬 남자들이 내려 시급히 로이크를 제압했다.

노엘도 마리에도 갑자기 일어난 일에 그저 바라만 보고 있었다.

로이크는 거칠게 저항했다.

"놔라! 너희들, 나한테 이런 짓을 하고서도!"

"로이크 도련님, 벨랑주 님께서 부르십니다! 얌전히 동행해 주십시오!"

당주의 이름이 나오자, 로이크는 저항을 딱 멈추고 얌전해졌다.

"뭣? 아버님이?"

"네, 넵! 곧바로 저택으로 돌아오라는 말씀입니다."

대화로 보아 발리에르 가의 가신들인 모양이었다.

다만 가신들은 노엘을 힐끔힐끔 보고 있었다.

로이크는 잠시간 생각에 잠기더니 차에 올라탔다.

그때 노엘에게 미소를 향했다.

"노엘, 조금 기다리고 있어라. 반드시 맞이하러 가지."

로이크와 가신들이 이 자리에서 떠나가자, 마리에는 큰 목소리로 소리쳤다.

"두 번 다시 오지 마, 멍청아!"

노엘은 자신을 부둥켜안고는 지면에 두 무릎을 찧었다.

얼굴이 새파래져서는 떨고 있다.

그 모습을 보고 있던 마리에가 노엘에게 말을 걸었다.

"노엘, 정신 차려! 우, 우리 집에 와! 반드시 지켜 줄 테니까."

노엘은 그대로 마리에의 저택으로 피난했다.

◇

발리에르 가 저택.

가신들 손에 이끌려 돌아온 로이크는 소파에 앉아 히죽히죽 웃고 있었다.

테이블을 사이에 끼고 반대편에 앉은 벨랑주는 로이크를 앞에 두고 노기를 한층 더 강하게 드러냈다.

"로이크, 내가 오늘은 중요한 날이라고 말하지 않았더냐?"

"예, 알고 있습니다. 라우르트 가와 드루이유 가의 약혼 발표날이지요."

그러자 벨랑주가 로이크를 꾸짖었다.

"그런 날에 대체 무슨 생각을 하는 거냐! 네가 가지고 나간 그 목줄이 어떤 도구인지 알고 있긴 한 거냐! 소란이 일어나면, 커다란 문제로 번졌을 거란 말이다!"

벨랑주가 테이블 위에 놓인 목줄을 가리키며 소리쳤다.

목줄에는 사슬이 달려 있었는데, 사슬 끝에는 팔찌가 달려 있었다. 팔찌는 주인이 착용한다.

"아버님, 이건 저와 노엘의 약혼반지입니다."

"네 눈에는 목줄이 반지로 보이는 거냐? 너는 멍청이더냐? 저기에는 성수의 파편 담겨 있다. 한번 몸에 착용하면 벗을 수 없단 말이다! 그리고 무엇보다, 너는 그 여자애의 태생을 알고는 그러는 거냐?"

벨랑주가 로이크의 약혼 운운하는 이야기를 무시하고, 노엘에 관한 화제를 꺼냈다.

"태생 말입니까?"

"몰랐던 거냐? 그 여자애는 레스피나스 가의 생존자다. 너는 그 당시 만난 적은 없었을 테지만, 레스피나스 가에 쌍둥이 자매가 있었던 건 알고 있겠지?"

로이크는 그런 이야기도 있었지, 하고 기억해 냈다.

"라우르트 가문이 놓칠 거라고는 생각지 않았습니다만, 그렇습니까. ……과연."

벨랑주는 짜증이 치솟았다.

"이 바보 아들 녀석이! 네가 어느 한쪽과 연인 사이가 되면, 저택에 원만하게 맞아들여 레스피나스 가를 다시 일으킬 수도 있었던 거다! 그걸, 너라는 녀석은 겁을 줘선—— 대체 뭘 하는 게야!"

그러나 벨랑주가 소리치는 도중에도 로이크는 노엘의 손에 있던 문장을 떠올리며 생각했다.

'알베르크 경이 언제까지고 의장 대리를 맡고 있어서야, 아버님의 자존심이 용납하지 않나.'

벨랑주는 노엘을 이용하여 의장 대리 자리를 손에 넣을 생각이리라.

아니면 노엘을 무녀로 만들고 그 뒷배가 되어 권력을 휘두르든가.

벨랑주가 말했다.

"알베르크를 실각시킬 재료는 된다. 곧바로 그 여자애를 데리고 올 사람을 보내겠다만, 너는 손대지 마라."

벨랑주는 이렇게 된 이상, 다소 난폭한 수단을 써서라도 노엘을 확보해야겠다는 생각이 들기 시작한 모양이었다.

다만, 로이크는 벨랑주의 말투가 약간 신경 쓰였다.

'무녀로 추대하는 게 아닌 건가? 하지만, 지금은 아무래도 좋다.'

어차피 이후의 이야기와는 상관없다.

노엘한테는 무녀의 문장이 이미 나타났으니까.

"아버님, 그래서는 곤란합니다. 저와 노엘은 결혼해야만 합니다."

"——이 이상 나를 실망하게 하지 마라! 그 여자애와 네가 결혼할 일은 없다."

절대로 용납하지 않겠다고 말하는 벨랑주에게, 로이크는 문장 이야기를 꺼냈다.

"가문을 위해서입니다. 여하간, 노엘한테는 이미 무녀의 문장이 나타났으니 말이지요."

그러자 벨랑주가 자리에서 벌떡 일어섰다.

"그런 말도 안 되는 일이!"

전혀 믿기지 않는다는 표정을 짓고 있었다.

로이크는 마음속으로 즐거워 했다.

'노엘, 너는 나한테서 도망칠 수 없어.'

◇

파티 회장.

거기에는 6대 귀족 관계자들이 모여 있었다.

드레스 차림인 렐리아는 에밀과 함께 참가하고 있었다.

"약혼 발표인데 6대 귀족이 다 모이다니, 신기하네. 정적도 있을 텐데 말이야."

렐리아의 감상에 에밀이 쓴웃음을 지었다.

"그러네. 하지만 적도 아군도, 시대에 따라 계속 바뀌기 마련이니까. 게다가 성수에게 인정받은 일족이니까 사이좋게 지낼 수 있는 구석은 사이좋게 지내야겠지."

"흐음~."

렐리아는 그다지 흥미가 없었다.

지금 렐리아의 온 정신은 노엘의 결혼 상대에 쏠려있었다.

'잘못 생각했네. 로이크가 질투하니까, 언니한테 다른 공략 대상이 접근하지 못하게 막았는데, 그게 잘못이었어.'

그 여성향 게임에서 등장하던 로이크는 질투가 심해, 너무 이 사람 저 사람에게 어중간하게 손대는 플레이를 하면 로이크가 화를 내어 배드엔딩이 된다. 그래서 일부러 브라콘인 위그와의 플래그도 세우지 않았다.

눈을 돌리니 파티 회장에서는 곱게 몸치장한 루이제 옆에, 약간 아무렇게나 입은 위그의 모습이 보였다.

형인 페르낭과 같은 금발이지만, 이쪽은 긴 머리였다.

녹색 눈동자에 나른한 분위기가 아름다운 남자였다. 조금 불량아 같기도 하지만, 그 부분이 왠지 모르게 이끌렸다.

'브라콘이기는 해도, 차라리 로이크보다는 나은 것 같아. 이미 늦었지만.'

위그는 초기에 플래그를 회수하지 않으면 루이제와 약혼하고 만다.

그렇게 되면 정략결혼은 불가능. 현실적으로도 지금 단계에서 정략결혼은 불가능할 것 같다.

에밀이 뭔가 이야기를 하고자 필사적으로 렐리아에게 이것저것 설명했다.

"아, 저기, 그건 그렇고 라우르트 가문과 드루이유 가문의 결속이 강해졌네. 전부터 의장 대리인 알베르크 씨와 드루이유 가의 당주인 페르낭 씨는 친한 사이지만, 정치적으로도 강한 결속이 맺어졌어."

"정략결혼이잖아?"

"으, 응. 그건 그렇긴 한데…… 위그 씨도 이걸로 조금은 자리를 잡는다면 좋겠는데 말이지."

위그는 여성 편력이 심한 캐릭터였다.

그건 현실에서도 마찬가지였는데, 루이제와 약혼 이야기가 나오고 난 뒤에도 여자들과 놀고 있었다고 한다.

'——어차피 라우르트 가는 실각해서 루이제는 귀족 자리를 잃겠지만 말이야. 그건 그렇다 쳐도, 악역 영애는 굉장하네. 내가 가짜라는 걸 아는 걸까?'

악역 영애인 루이제는 무슨 이유에서인지 렐리아에게는 시비를 걸지 않았다.

오로지 노엘만을 표적으로 삼고 있었다.

그것이 렐리아한테는 진짜는 노엘임을 루이제가 직감으로 판단하고 있는 것처럼 보였다.

두 사람이 인사를 하기 위해 에밀한테 다가왔다.

렐리아는 에밀의 대각선 뒤로 물러났다.

위그가 말을 걸었다.

"여어, 에밀. 네가 연인을 데리고 올 거라고는 생각지 않았는데."

귀족답지 않을 정도로 싹싹한 태도였다.

에밀은 난감한 얼굴로 대답했다.

"위그 씨, 복장이 흐트러져 있어요."

"어차피 친척들끼리 모인 거랑 별 다를 바 없잖아? 주위도 옛날부터 아는 사람들뿐이라고."

약혼 발표회장에는 오래전부터 알고 지내는 사람들이 많다.

그 때문에 마음이 풀어져 있는 듯하다.

위그 옆에 있는 루이제가 렐리아를 봤다.

"——네 언니는 잘 지내고 있니?"

루이제는 그게 비아냥처럼 들렸다.

"뭐, 건강히 잘 지내고 있어요."

사실은 실연하여 침울해져 있지만, 굳이 적에게 그런 이야기를 할 필요는 없다.

루이제는 미소를 띠고 있었다.

"그래. 에밀, 소중한 연인이니까 잘 지켜 주렴."

루이제한테 그런 말을 듣고, 에밀은 등을 쭉 폈다.

"네."

두 사람이 다른 곳으로 인사하러 가자, 렐리아는 한숨을 내쉬었다.

"비꼬는 것 같아. 내가 이 자리에 안 어울린다고 말하고 싶은 것뿐일 텐데 말이야."

하지만 에밀의 반응은 렐리아와 달랐다.

"그런가? 나한테는 그대로의 의미로 들렸는데. 게다가, 루이제 양은 옛날부터 다정했어."

"어디가? 언니한테 매일같이 시비를 건다는 건 에밀도 알고 있지?"

"응. 그렇지만, 루이제 양하고도 오랫동안 알고 지냈으니까."

그 태도에 렐리아는 짜증이 났다.

'에밀은 결혼해도 자기 가족을 중요시해서 아내를 소홀히 하는 타입인 걸까?'

문득 장래가 불안해지기 시작했다.

다만, 에밀은 즐겁게 주위와 대화하는 루이제를 조금 슬퍼 보이는 눈으로 쳐다봤다.

"루이제 양, 동생이 죽은 뒤로 정말로 괴로웠던 것 같으니까 말이야. 지금은 극복했지만, 당시에는 차마 보고 있을 수 없었어."

"동생? 어?"

렐리아는 곤혹스러워했다.

'이게 무슨 소리야? 설마 세르주 외에도 동생이 있었던 거야?'

그런 파티 회장에 로이크가 뒤늦게 왔다.

로이크가 루이제와 위그가 있는 곳으로 향했다.

렐리아는 에밀을 데리고 대화가 들리는 위치로 자연스럽게 이동했다.

"위그, 약혼 축하한다."

미소를 띤 로이크에게, 위그는 질렸다는 얼굴을 향했다.

"고작해야 약혼으로 축하고 뭐고 없을 텐데 말이지. 루이제하고도 옛날부터 알고 지낸 사이고, 그냥 정략결혼이잖아."

서로에게 사랑 따위 없다.

하지만 루이제는 아주 조금 슬픈 듯한 표정을 띠고 있었다.

렐리아는 생각했다.

'고소하네.'

렐리아의 눈에는 그 모습이 평소 노엘을 괴롭혀 온 대가를 치르고 있는 것처럼 보였다.

루이제는 두 사람이 즐겁게 이야기하고 있자, 쉬겠다고 말하며 멀어졌다.

그러자 로이크의 어조가 진지하게 변했다.

"위그, 중요한 이야기가 있다. 페르낭 경도 함께 상담하고 싶어."

"형과? 너, 알고 있는 거냐? 지금의 발리에르 가문과 우리는 정적이라고."

"그건 어차피 상황에 따라 변하는 거잖아? 게다가, 나쁜 이야기가 아니야."

로이크가 그 이야기를 듣고 있던 렐리아를 날카로운 시선으로 쳐다봤다.

렐리아는 황급히 시선을 돌리고는 회장을 벗어났다.

"에밀, 쉬다 올게."

"어? 으, 응."

화장을 고치고 나온 렐리아를 기다리고 있던 건 로이크였다.

"여어, 렐리아."

"로이크."

렐리아는 로이크를 노려봤지만, 로이크는 신경 쓰지 않고 미소 띤 얼굴로 렐리아를 대했다.

"그렇게 노려보지 말라고. 실은 너한테도 좋은 이야기가 있어."

"좋은 이야기라고?"

"이대로라면 에밀과 결혼할 수 없다는 건 너도 잘 알고 있겠지?"

에밀은 6대 귀족 출신이다.

지금의 렐리아하고는 신분이 너무 다르다.

이후의 전개 여하에 따라 가능해지지만, 그건 굳이 말하지 않았다.

"그렇긴, 한데. 그게 뭐?"

"너무 까칠하게 굴지 마. 네가 에밀과 결혼할 수 있도록 내가 도와주겠다. 뭣하면 에밀과 같이 이야기하겠냐?"

렐리아는 에밀도 같이 넣어서 이야기한다는 말을 듣고, 로이크가 무슨 생각을 하는 건지 알 수 없게 됐다.

"로이크, 언니는 너를──"

"알고 있어. 내가 나빴다."

"뭐?"

지금까지의 억지를 부리던 로이크가 갑자기 반성하기 시작했다.

"노엘을 겁먹게 한 내 잘못이야. 그러니까 너도 협력해 줬으면 한다."

"진심으로 하는 소리야?"

"당연하지. 나 역시 노엘한테 겁을 주고 싶지 않아. 너희들처럼 연인 사이가 되고 싶은 것뿐이라고. 아니, 미안하다. 그 앞도 생각하고 있었어."

로이크가 조금 장난기 어린 태도를 보이자, 렐리아는 점점 경계심을 풀어 갔다.

"뭘 할 생각이야?"

로이크의 눈이 진지하게 변했다.

"너—— 아니, 너희 자매 둘, 레스피나스 가문의 생존자지?"

"!!"

예상 밖의 말에 렐리아는 초조해졌다.

'설마 이 타이밍에 들킬 줄은!'

로이크가 렐리아의 어깨에 손을 올려놓고 안심시켰다.

"걱정하지 마라. 내가 지켜 주지. 에밀한테도 협력을 구하고 싶은 건, 너희들을 노리는 자가 있기 때문이야."

자신들을 노리는 상대가 누구인가?

렐리아도 알고 있었다.

"라우르트 가문……."

"그래. 의장 대리를 쓰러뜨리는 건 어렵지만, 내 본가가 너희의 뒷배가 되어서 지켜 주마. ——실은, 노엘의 오른손을 봤다."

렐리아는 식은땀이 솟구쳐 나왔다.

'위험해. 위험해, 위험해! 만약 리온한테 수호자의 문장이 나타났다는 사실이 알려졌다간, 로이크가 무슨 짓을 할지 몰라.'

먼저 문장이 나타난 건 리온 쪽이다.

하지만 공화국에서는 수호자를 고르는 건 무녀다.

즉, 무녀—— 노엘이 리온을 선택했다고 오해할 우려가 크다.

그리되면, 질투심 강한 로이크가 어떻게 될지 알 수 없다.

오해를 풀려고 해도, 성가시게도 노엘이 리온을 좋아하게 되었으니 매우 난처한 상황이었다.

"로이크, 저기 말이야——"

"노엘의 오른손에 무녀의 문장이 떠올랐다. 노엘이 무녀로 선택받은 거지. 렐리아, 너도 협력해 줬으면 한다. 이번에는 나도 실수하지 않을 테니까."

"뭐?"

아무래도 로이크는 리온의 문장에 관해 모르는 모양이었다.

"노엘이 나를 수호자로 선택하게끔 하는 거다. 그렇게 되면, 발리에르 가문이 너희들을 지키겠어. 협력해 주겠지, 렐리아?"

렐리아는 혼란스러워하고 있었다.

"미, 미안. 조금 혼란스러워서."

로이크가 사과했다.

"미안하다. 너무 성급했군. 하지만, 무슨 일이 있다면 나를 의지해 달라고."

렐리아는 작게 고개를 끄덕였다.

그리고 떠나가는 로이크의 뒷모습을 바라봤다.

'로이크가 아무래도 정신을 차린 거 같은데⋯⋯. 어쩌면, 지금이라면 언니도——'

지금의 로이크라면, 노엘을 맡길 수 있지 않을까?

렐리아는 그렇게 생각했다.

◇

렐리아에게 등을 보인 로이크는 히죽히죽하며 기분 나쁘게 웃고 있었다.

'노엘, 이제 곧 너를 손에 넣을 수 있을 것 같군.'

로이크가 냉정해진 것처럼 보인 건 노엘을 손에 넣을 수단을 떠올렸기 때문이었다.

지금까지는 신분이라는 걸림돌과 노엘의 거부에 번번이 가로막혀 왔지만, 그것들을 걷어찰 수 있는 대의명분을 손에 넣은 것이다.

로이크는 누군가 다가오는 걸 느끼고 표정을 가다듬은 뒤, 미소를 만들었다.

돌아보니 위그가 페르낭을 데려오고 있었다.

"로이크 군, 오랜만이구나. 많이 컸는걸."

"만날 때마다 그렇게 말씀하시는군요."

악수하자, 페르낭이 웃었다.

"상투어구다. 용서해다오. 그보다도, 뭔가 중요한 이야기가 있다고 들었다만?"

"──아무도 없는 장소에서 이야기하지요. 공화국의 미래에 관한 중요한 이야기가 있습니다."

그러자 페르낭의 눈빛이 살짝 날카로워졌다.

그걸 본 위그가 로이크에게 충고했다.

"형한테 쓸데없는 소리 했다간 용서하지 않을 거다."

"위그, 그만둬라. 이야기만은 듣도록 하지."

페르낭이 로이크의 이야기를 듣겠다고 말하자, 위그는 불만스러운 듯한 표정을 지으면서도 입을 다물었다.

"감사합니다. 이쪽으로 오시지요."

세 사람은 아무도 없는 방으로 사라졌다.

◇

파티 회장에 있는 휴게실.

루이제는 방 안에서 알베르크와 이야기하고 있었다.

알베르크는 곤란한 표정을 짓고 있다.

"위그 군도 참 난처한 짓을 하는군. 약혼자가 있는데도 약혼자를 팽개쳐 둔 채 돌아다니니 말이다."

그 말을 들은 루이제는 처음부터 기대 따위 하고 있지 않았다고 말했다.

"정략결혼에 사랑 같은 건 요구하지 않아요. 저는 라우르트 가를 위해 시집가는 거예요."

"루이제, 그렇다 할지라도 네가 행복해져서는 안 된다는 법은 없다. ──하지만, 나는 조금 신경 쓰이는구나."

"뭔가요?"

드레스 차림의 루이제가 어엿한 여성으로 보였다.

성장한 딸을 보고, 알베르크는 기쁜 듯했다.

"너, 혹시 발트파르트 백작에게 시집가고 싶었던 것 아니더냐?"

놀림을 당한 루이제는 귀까지 빨개졌다.

"바, 바보 아니에요?! 그는 동생 같은 애인데, 무슨 말을 하는 거예요!"

"하하하. 상대가 없었다면 밀어붙여도 괜찮았겠지만 말이다. ──뭐, 사실은 너보다도 내 쪽이 문제로구나."

개인적인 감정으로 연줄을 만들고자 생각한 알베르크는 자신을 창피하게 여기는 기색이었다.

알베르크는 한숨을 내쉬었다.

"결혼은 졸업 후가 되겠지만, 한동안은 위그 군과 같이 살거라."

"알고 있어요."

알베르크는 고개를 숙였다.

"루이제, 미안하구나. 너를 정략결혼의 도구로 삼아 버렸어. 너한테도 좋아하는 상대가 있었을지도 모르는데."

있었을지도 모른다.

나중에 나타날지도 모른다.

하지만, 무의미하다.

"6대 귀족의 딸로 태어났으니까요. 그런 건 한참 전에 포기했어요. 리온은 다섯 살 무렵에 약혼 이야기가 나왔을 정도고요."

루이제는 그렇게 말한 뒤 흠칫하여 자신의 손으로 입을 막았다.

알베르크는 꾸짖지 않았다.

"그렇구나. 리온이 살아 있었더라면, 나도 안심이 되었을 거다. 하지만 지금의 내 아들은 세르주야. 그 애가 어엿한 한 사람 몫을

하게 될 때까지 힘내 보도록 하마.”

루이제는 세르주의 이름을 듣자 기분이 나빠졌다.

“저는 그 아이가 싫어요.”

“남매가 아니더냐. 너도 받아들여 줬으면 하는구나.”

휴식 시간이 길어졌다.

알베르크가 방을 나섰다.

“루이제, 어려우리라고는 생각한다만── 세르주를 받아들였으면 하는구나.”

문이 닫히자, 루이제는 이를 악물었다.

“내 동생은 지금도 옛날도 리온뿐이에요. ──리온, 어째서 죽은 거니.”

눈물이 넘쳐나려는 것을 필사적으로 억눌렀다.

그대로 방에서 나오지 않는 루이제를 걱정하여 사용인이 부르러 올 때까지, 옛날을 떠올렸다.

제05화 「둔감」

"그럼 뭐냐? 디어드리와 클라리스, 둘과도 편지를 주고받고 있었던 거냐?"

호르파트 왕국의 왕도.

사건이 일어난 건 리온이 레드글레이브 공작가 저택에서 방 하나를 빌려 우아하게 티타임을 즐기고 있었을 때였다.

이러고 있으면 정말로 귀족 같군, 하고 방심했던 게 실수였다.

"……네."

내 앞에는 표정이 사라진 안제가 있었고, 그 옆에는 방긋방긋 웃고 있는 리비아가 서 있었다.

"리온 씨, 왕비님과도 편지를 주고받고 있지요? 한 번, 저희한테 편지를 전달시킨 적도 있었고요."

"부탁했었습니다."

자기 취향인 여성에게 편지를 보낼 때, 약혼자에게 부탁하고 말았다.

누가 보아도 '그건 좀 그렇지 않나?' 하는 이야기였다.

분명 도중까지는 차를 마시며 즐겁게 보내고 있었다.

하지만 두 사람이 나를 공화국까지 마중하러 온 이유가 단순한 오해라는 걸 알고 방심하고 말았다.

그리고 나는 무심코 '이야~, 무슨 원인으로 화가 난 건지 몰라서 초조했어'라는 말을 입 밖에 내고 말았다.

나란 놈은 바보다. 바보, 왕멍청이!

나는 루크시온에게 시선으로 도움을 요청했다.

그게 통했는지, 루크시온이 나를 도와줬다.

『마스터를 얕보지 말아 주셨으면 하는군요. ――죄는 아직 더 남아있습니다.』

그 말을 들은 두 사람이 나를 보는 눈이 한층 더 차가워져 갔다.

루크시온을 양손으로 붙잡고, 나는 얼굴을 가까이 댔다.

"넌 뭐야? 응? 뭐냐고?! 내가 그렇게 싫어? 여긴 이심전심으로, 나를 도와줘야 할 장면이잖아!"

『마스터는 더 반성해야만 합니다. 여죄(餘罪)도 포함해서, 자신의 죄와 마주 보는 건 어떤가요? ――뭐, 알아차리지 못한 죄도 많겠지만 말입니다.』

"나한테 무슨 죄가 있다는 거야?!"

『모르는 시점에서 죄입니다. 그리고, 저는 마스터를 위하는 마음에서 엄하게 대하고 있는 거라고요. 저는 마스터를 참 끔찍이 아낀다고 생각지 않습니까?』

웃기지 말라고.

나는 인공지능에 그런 걸 기대하지 않아.

나한테 더 오냐오냐하란 말이다.

그리고, 내가 기대하고 있는 건 이 상황을 타개할 기발한 변명이다.

"리온, 자세한 이야기를 들어보도록 할까. 여죄 건을 포함해서, 공화국으로 돌아가기 전에 잔뜩 들려다오."

리비아가 내 팔을 끌어안았다.

"리온 씨, 저희는 이래 보여도 바쁘다고요."

그렇다. 바쁠 터다.

안제는 2학년 전체를 아우르는 역할이고, 리비아는 특대생들을 아우르는 역할이다.

여름방학에도 여러모로 바쁠 것이다.

"그래도, 리온 씨를 만나기 위해 여름방학 전반에 일을 대부분 끝내고 온 거예요. ──시간은 잔뜩 있으니, 걱정하지 마세요."

"와~, 대단하네. 여름방학 숙제는 끝났으려나?"

나는 여름방학 숙제는 후반에 진심을 내서 하는 타입이다.

인간은 자기 한계를 시험하는 경험을 한 번은 해 봐야 한다.

하지만 안제와 리비아는 다르다.

"안심해라. 이미 일부만 남고 끝났다."

리비아도 고개를 끄덕였다.

"저도 끝낼 수 있는 건 전부 끝냈어요."

굉장한데! 나 같은 건 공화국 학원에서 내준 숙제에는 아직 손도 대지 않았다.

"둘 다 대단하네. 그런 둘에게는 좀 더 좋은 찻잎을 준비할게."

안제가 미소 지었다.

"신경 쓰지 않아도 괜찮다. 우리는 약혼자니까 말이다. 네가 준비해 준 찻잎이라면 싸구려라도 개의치 않아."

말은 아주 기쁘다만, 그건 즉 '놓아줄 생각은 없다'라는 의미지?

얼버무리는 것도 허용치 않겠다는 태도였다.

리비아도 마찬가지다.

"그래요. 그러니까, 여죄에 관해 확실하게 이야기해 주세요."

──어쩌지.

죄가 될 듯한 게 많아서, 어느 걸 이야기해야 좋을지 모르겠다고.

◇

리온이 죄를 추궁당하는 모습을 한 메이드 무리가 지켜보고 있었다.

왕도에 있는 레드글레이브 공작가 저택에는 안제의 시중을 드는 사람들이 많이 있다.

대다수가 기사 가문에서 온 딸들이며, 학원에서 교육을 받은 사람들이다.

개중에는 백작가나 자작가, 남작가 같은 진짜 귀족 출신자도 있었고, 안제가 어렸을 때부터 신변을 돌봐 온 여성도 있었다.

그중 유독 리온을 노려보고 있는 것이 【코델리아 포우 이스턴】.

올해 24살로, 어릴 적부터 공작가에서 예의범절을 배우는 겸 메이드로서 일해 왔다.

안제와는 나이 차이가 있어 측근으로서 함께 학원에 다니지는 못했지만, 오랫동안 안제를 모셨다는 점은 틀림없었다.

코델리아는 방을 엿보며 가면 같은 무표정한 얼굴을 하고 있었다.

"저 남자―― 안젤리카 님이 있으면서도 외국뿐만 아니라 이 나라에서도 여성에게 손을 대다니!"

주위 메이드들이 난처한 얼굴로 그녀를 말렸다.

"코델리아 님, 진정하세요!"

그러자 코델리아는 가면 같은 무표정한 얼굴을 분노에 물든 얼굴로 바꾸었다.

"이게 진정할 수 있는 일입니까?! 안젤리카 님이 마리에라는 그 마녀에게 얼마나 심한 처사를 당했는지 모르시나요? 그 여자한테 전 왕태자인 바보 왕자를 빼앗기고, 공중의 면전에서 바보 취급당했다고요!"

"바, 바보 왕자는 말이 지나친 것 아닌―― 아, 아무것도 아닙니다."

메이드가 끼어들었지만 코델리아의 분노 앞에서 얌전해지고 말았다.

"안젤리카 님은 약혼자가 바람을 피우지 않을까 걱정이 이만저만이 아니실 텐데, 그걸 알고 있으면서도 저 남자가 바람 따위를!"

"저, 저기, 일단 바람이 아니었다고 하시는데……."

"의심받을 만한 행동을 하는 게 문제입니다!"

작년에 안제는 율리우스한테서 일방적으로 약혼을 파기당했는데, 이유가 너무 당치도 않던지라 레드글레이브 가에서도 왕가를 향한 불만이 높아져 있었다. 당시, 안제의 측근들이 그녀를 배신했을 때도 코넬리아는 분노에 불탔다.

　"안젤리카 님은 가까운 사람들한테도 배신당해서, 얼마나 마음의 상처를 받으셨는데! 그걸 알고 있으면서도 약혼하자마자 바람이라니——! 용서할 수 없습니다!"

　주변에 있던 메이드들도 말이 지나치다고 생각했지만, 안제가 작년에 무척 괴로워했던 것을 생각하면 내심 리온한테 화가 났다.

　다만, 작년의 구 판오스 공국과의 전쟁 후 공작가를 배신한 가문은 대부분이 처벌을 받았다.

　안제를 배신한 학원 학생들도 마찬가지다.

　그로 인해 상급 메이드의 수도 상당히 줄어들었다.

　그러나 공작가의 내부 사정이 어찌 되었든, 코넬리아는 리온에게 뭔가 대책을 세워야만 한다고 생각했다.

　"공화국에 누군가 감시역을 둘 수 있다면 좋을 텐데."

　그 무렵, 발트파르트 가에서도 리온의 일이 문제가 되어 있었다.

　학원을 졸업하고 바르카스 밑에서 영주가 되기 위해 공부 중이던 닉스가 초조한 얼굴로 말했다.

"아버지, 이대로 방치해도 괜찮겠어? 리온 녀석, 무슨 짓을 할지 모른다고."

바르카스도 식은땀을 흘리고 있었다.

리온한테서 들은 이야기가 사실이라면, 공화국 대귀족 상대로 싸움을 건 것이나 마찬가지다.

어디 그뿐이랴——.

"레드글레이브 공작가에 면목이 없다……."

——바람 의혹까지 있었다.

본인은 부정하고 있었고, 안제나 리비아도 그걸로 일단은 믿어준 눈치였지만, 바르카스는 불안해서 어쩔 수가 없었다.

바로 '그' 리온이니까.

닉스 역시 안절부절못한 심정이었다.

"나는 리온이 바람을 피울 거라고는 생각지 않아. 그 녀석, 여성 관계 문제에는 엄청난 겁쟁이니까."

그러자 바르카스가 닉스를 무슨 소리 하냐는 얼굴로 쳐다보며 말했다.

"그건 너도 마찬가지잖냐. 학원을 졸업하도록 결혼 상대도 찾지 못한 녀석이."

"내 경우는 특수하잖아! 애초에, 루트아트 형——아, 이젠 아니지. 아무튼, 루트아트가 장남이 아니게 될 줄 누가 알았겠냐고!"

닉스한테는 사정이 있었다.

"어쨌든, 나는 리온이 바람피웠다고 생각하지 않아. 다만 그 녀석, 묘하게 여자한테 사랑받는다고 할까, 일부한테 이상하게 인기가 있으니 말이지…….”

안제나 리비아, 두 사람뿐만이 아니다.

리온은 클라리스, 디어드리 등 영애들과도 친밀했다.

바르카스가 양손으로 얼굴을 덮었다.

“말도 마라. 떠올리고 싶지 않다고. 속이 쿡쿡 쑤신단 말이다. 버나드 대신(大臣)한테 ‘우리 딸은 어떻습니까?’라는 말을 들었어. 대신이라고?!”

구름 위에 있는 듯한 존재한테서 결혼 상담을 받은들, 바르카스는 곤란할 뿐이었다.

발트파르트 가는 고작 변경의 시골 남작이니까.

“아버지, 리온한테 공화국에서 똑같은 일이 일어나면 어쩔 거야? 저쪽에서 귀족 여성이 접근하면, 엄청나게 성가신 일이 될 것 같지 않아? 게다가 그 녀석도 일단 남자니까── 만에 하나가 없다고 단언할 수는 없잖아.”

그렇게 되면, 레드글레이브 공작가가 어떻게 움직일지 알 수 없다.

닉스나 바르카스가 할 수 있는 일은 동생이나 아들의 불미스러운 일을 사과하는 것뿐이었다.

두 사람이 의기소침해져 있던 차에, 리온의 모친인 류스가 다가왔다.

“남자 둘이 모여서 뭘 침울해져 있는 건지.”

바르카스는 류스를 쳐다봤다.

"그만큼 심각한 문제라고."

"그러면 우리 집에서도 감시자를 보내면 되잖아요?"

"감시자?"

바르카스가 고개를 갸웃하자, 방으로 메이드인 유메리아가 들어왔다.

얼굴이 다소 어려 보이는 데 비해 가슴의 존재감이 대단했다.

물론, 얼굴이 앳되다고는 해도 엘프 출신이라 이 자리에 있는 누구보다도 연상이지만, 외모와 본인의 언동으로 종종 연하 취급을 받고 있었다.

"저, 저기! 제가 입후보할게요!"

닉스가 난처한 얼굴로 말했다.

"아니, 유메리아 씨는 성실하긴 하지만, 감시자는 리온을 지켜보는 일이잖아. 유메리아 씨가 할 수 있을 거라고는—— 아파!"

닉스의 머리를 손바닥으로 때린 류스는 작은 목소리로 설명했다.

"왜 이리 눈치가 없니! 이 애의 아들이 공화국에 있으니까, 리온의 신변을 돌보게 하는 김에 만나게 해주려는 거 아니야."

그 말을 듣고 닉스는 고개를 끄덕였다.

유메리아한테는 외동아들인 카일이 있다.

지금은 마리에의 시중을 들고 있는지라, 떨어져서 살고 있었다.

"그, 그런 거군. 알았어. 그렇다면 유메리아 씨를 보내자."

바르카스도 고개를 끄덕였다.

그건 단순히, 유메리아가 아들 근처에서 일하게 해주려는 세 사람의 선의였다.

──선의였을 터다.

◇

공화국에 돌아가기 전에, 한번 본가에 들르게 되었다.

안제와 리비아하고는 거기서 작별이다.

이후로는 다시 공화국에서의 유학 생활로 돌아가게 된다.

"──모처럼의 여름방학이 상의와 협의로 거의 다 사라졌군."

왕국으로 돌아오면 느긋하게 지낼 수 있겠지 싶었는데, 앞날을 위한 협의가 며칠이나 계속될 줄은 몰랐다.

루크시온은 나의 낙관적인 태도에 충고를 건넸다.

『마스터의 처지에서 휴가를 만끽할 수 있을 거라고 진심으로 생각하고 계셨던 겁니까? 현재, 표면상으로는 왕국과 공화국의 외교 관계에 전환기가 찾아왔습니다. 왕국도 공화국도 몹시 분주할 것으로 판단합니다. 또한, 이면── 마스터가 말하는 여성향 게임의 측면으로도 매우 중요한 시기입니다만?』

"그야 알고는 있지만 말이야……. 나도 쉬고 싶은데."

『충분히 쉬었다고 봅니다만?』

지금이 중요한 시기라는 건 이해하고 있다.

노엘의 상대를 찾아야만 한다.

그러지 않으면 세계의 위기다.

그 여성향 게임 2탄의 최종 보스는 성수를 조종한 알베르크 씨였던가?

성수가 괴물이 되어 마구 날뛴다는 듯하다.

좀 봐달라고.

최악의 사태가 되더라도 루크시온의 무력을 쓰면 대처할 수 있을지도 모르지만—— 성수의 은혜로 성립하던 공화국은 지옥에 빠질 것이다.

마리에가 말하길, 그 2탄에서는 '묘목이 공화국의 새로운 성수가 된다'고 한다.

그런데 그 묘목—— 성수의 묘목이 성수와 같은 일을 할 수 있는지는 불명이다.

그리고 성수의 묘목—— 이젠 그냥 묘목이라고 하자. 아무튼, 묘목이 그 능력을 발휘하기 위해서는 무녀가 필요하다.

노엘이 무녀가 되고, 묘목을 지켜 줄 수호자를 선택함으로써 해피 엔딩이 되는 것인데——.

나는 자신의 오른손을 봤다.

"이 문장은 영영 안 사라지는 건가? 이거, 수호자의 문장이지? 이게 왜 나한테 나타난 걸까?"

묘목이 나를 수호자로 인정한 게 신경 쓰인다.

보통은 무녀부터 고르고, 무녀가 수호자를 선택한다고 들었는데.

하지만 루크시온한테는 다른 생각이 있는 모양이다.

『마스터, 성수가 수호자를 선택하는 이유를 알고 있습니까?』

"이름 그대로라면 자신을 지키게 하기 위해서겠지."

『네. 그리고, 그 묘목을 확보하여 지켜 온 것은 누구입니까?』

"……나지."

『묘목이 마스터를 자신의 수호자에 걸맞다고 판단한 것이 이상하다고는 생각되지 않습니다.』

"그래도 무녀가……."

『애초에 저는 그 점이 이해되지 않는군요. 반드시 무녀부터 고를 필요가 있는 것일까요? 성수가 인간을 이해하기 위해 무녀를 먼저 선택하는 건 합리적입니다. 하지만, 묘목은 자신의 생존이 최우선이었습니다.』

묘목들은 무슨 이유에서인지 방치되어 있으면 말라 버리고 만다.

뽑아서 엄중하게 관리해도 마른다.

여하튼, 성장하지 않는 것이다.

그 이유가 재미있다.

"성수에서 태어났는데, 그 성수가 묘목을 죽인다는 게 참……."

『식물로서 잘못되어 있는 느낌이 드는군요.』

성수의 영양원은 마소—— 대기 중에 있는 마력의 근원이다. 흙과 물, 영양만으로는 자라지 않는다.

하지만, 성수는 주변 대기 중의 마소를 전부 빨아들이고도 묘목에 마소를 나누어주지 않는다.

마치 성수 스스로 묘목을 말려 죽이고 있는 듯했다.

『묘목에 중요한 건 생존을 약속해 주는 마스터의 존재입니다. 무녀 같은 존재는 나중으로 미루어도 문제없습니다.』

"게임과는 다르다는 건가. 그보다도, 이제부터 어떻게 하지? 무녀와 수호자는 연인 사이가 되는 거잖아? 난 약혼자가 있고. 아, 혹시 무녀를 언제나 리비아한테 맡긴다든가?"

그런 생각이 떠올랐기에 말해 봤지만, 루크시온이 곧바로 외눈을 가로저었다.

『두 사람한테는 무녀에게 필요한 자질이 없었습니다.』

"조사해 본 거냐?"

『네. 이후 전개 여하에 따라서는 필요해지는 정보였기에.』

확실히 필요하지만, 납득이 안 되는군.

"——조사하기 전에 나한테 말해. 멋대로 조사당하면 기분이 안 좋아."

『정기 검진을 하는 김에 조사해 본 것이지만 말이죠. 그것보다도, 저한테는 의문이 하나 있습니다.』

"의문뿐이잖냐. 그보다, 뭔데?"

『마스터, 기본적인 규칙으로서 성수가 부여하는 문장에는 격이 매겨져 있습니다. 맨 위에 수호자의 문장이 있고, 그다음으로 무녀의 문장이 이어지지요.』

"응."

『세 번째로 6대 귀족이 지니는 문장이 옵니다만—— 성수는 상위자를 우선하여 지킵니다. 그렇게 되면, 한 가지 이상한 이야기가 있습니다.』

"뭔데?"

『모르겠습니까?』

난감해하는 나한테, 루크시온은 구체 보디로 어이가 없다는 듯한 태도를 지어 보였다.

어쩌지── 엄청나게 열 받는데.

"그러니까, 얼른 말하라고!"

『──수호자와 무녀, 두 문장을 지닌 레스피나스 가문이 어째서 하위 문장을 지닌 라우르트 가문에 패배한 것일까요?』

그 말을 듣고 나도 그제야 이해했다.

그렇다.

어째서 레스피나스 가문은 멸문당했지?

마리에나 렐리아의 이야기에서도 그 부분은 언급되지 않았다.

원래 설정이 그런 거, 라는 취급이었다.

"라우르트 가문이 성수의 힘에 의존하지 않는 병기를 개발했다든가?"

『공화국에 그만한 기술력은 없습니다. 문장에 대한 카운터가 되는 병기나 대책도 존재하지 않는다고 판단합니다.』

공화국에는 성수로부터 에너지를 받아 움직이는 병기가 많다.

상위자에게 거역하면, 성수는 인정사정 따지지 않고 상위자를 지키기 위해 그것들에 대한 에너지 공급을 멈출 것이다.

더군다나 레스피나스 가문 역시 성수의 힘을 이용한 병기가 있었을 터다.

아무리 예상치 못한 기습을 받았다고 해서, 일방적으로 진다는 게 말이 되는 이야기인가?

렐리아의 이야기로는 거의 일방적으로 멸문당했을 터다.

『마스터, 이건 가정입니다만—— 레스피나스 가는 문장을 잃은 상태였던 게 아닐까요?』

이야기가 복잡해지기 시작했다.

레스피나스 가문이 문장을 가지고 있지 않았던 거라면—— 빼앗겼다는 말인가?

그저 잃어버린 건가?

아니, 어쩌면.

"피에르가 성수의 힘을 이용해서 제멋대로 설치고 다녔었지? 그것과 마찬가지로, 라우르트 가문이 일반적으로는 알려지지 않은 방법으로 레스피나스 가를 멸문시켰을 가능성은?"

『없다, 고는 말할 수 없겠군요. 하지만 그 가능성은 작지 않겠습니까? 만약 그러한 방법이 존재한다면, 6대 귀족들이 뭔가 알고 있을 겁니다. 그리고, 이것도 신경 쓰이는 점이군요. 라우르트 가문이 레스피나스 가문을 멸문시킨 사실을 완벽하게 지우는 건 불가능합니다. 그런데도 알베르크는 의장 대리의 자리에 앉아 있습니다.』

레스피나스 가를 멸문시킨 라우르트 가문을, 다른 다섯 가문이 인정했다?

더더욱 알 수가 없어졌다.

"──루크시온, 어째서 좀 더 빨리 말해 주지 않았지?"

『마스터에게 상담하려고 했습니다만, 타이밍이 맞지 않았습니다. 또한, 이 문제에 관해 조급히 이야기를 나눌 필요성은 없습니다. 그래 봤자 과거의 일입니다.』

"아니, 중요하잖냐!"

『알게 된다고 한들 큰 변화는 없습니다. 마스터가 목표로 삼고 있는 것은 그 여성향 게임의 엔딩이지요?』

확실히, 알아봤자 이후의 방침이 크게 변할 거라고는 생각되지 않는다.

"그렇다고 해도, 말하라고! 뭔가 이유가 있다면 알고 싶잖냐!"

그래.

우리가 착각했을 가능성도 있다.

그 덕에 작년에도 실컷 고생했다고.

『정말로 자세한 사정을 알고 싶은 겁니까? ──이 이상 라우르트 가를 동정하면, 괴로워지는 건 마스터라고요. 최종적으로 알베르크는 죽습니다. 그리고 라우르트 가도 파멸합니다. 그것이 마스터를 비롯한 사람들이 바라는 결말입니다.』

나는 라우르트 가의 저택에 모여 식사했을 때의 일을 떠올렸다.

고개를 숙이자, 루크시온이 내게 마음을 써 줬다.

『마스터, 외국 사정까지 짊어질 필요는 없습니다. 우선해야만

하는 것을 그르쳐서는 안 됩니다.』

나는 그 자리에 주저앉았다.

난 대체 어떻게 하면 좋지?

◇

본가로 돌아가는 아인호른 선내.

침울해진 내게 리비아가 말을 걸었다.

"리온 씨, 이제 곧 도착해요."

나를 부르러 온 리비아는 조금 외로워하는 것처럼 보였다.

"또 한동안 떨어지게 되겠네요. 그것보다 무슨 일이신가요? 어쩐지 기운이 없어요."

리비아가 의기소침한 나를 보며 걱정하고 있다.

"아, 티가 났나? 실은 돌아가고 싶지 않거든. 역시 고향이 제일이네."

웃어 보였지만, 리비아의 진지한 눈을 앞에 두고 주춤했다.

그러자, 리비아는 고개를 숙이고 말았다.

"저쪽에서 뭔가 일어나고 있는 건가요?"

"어? 왜?!"

리비아한테는 그 여성향 게임 이야기는 하지 않았다.

그러니 내가 뭘 하고 있는지는 눈치챌 방도가 없을 터다.

리비아가 고개를 들고 나를 봤다.

"리온 씨는, 무슨 일이 있으니까 공화국에 간 것 아닌가요?"

"아, 아니야. 그 왜, 율리우스랑 다른 애들을 지켜 주는 역할이
라고."

순간적으로 거짓말을 하고 말았다.

내가 유학을 결정한 후에, 왕궁에서 율리우스를 비롯한 다른
녀석들을 떠맡긴 것이다.

"……안제한테서 들었어요. 율리우스 전하랑 다른 사람들을 떠
맡게 된 건 리온 씨가 유학을 결정한 뒤다, 라고요. 리온 씨, 저
희한테 뭔가 숨기고 있지 않나요?"

고개를 돌렸다.

실은 난 전생자야! 라고 말할 수 있다면 얼마나 편할까.

이 세계는 여성향 게임 세계고, 너는 주인공이야.

──라고 말하는 녀석이 있다면, 나부터 거리를 둘 거다.

다만, 리비아는 화내고 있지 않았다.

"리온 씨가 뭘 하고 있는지는 몰라요. 하지만, 분명 그건 중요
한 일이겠죠."

"아니, 저기, 리비아?"

"왜냐면 리온 씨는 다정한 사람이니까요."

미소를 띤 리비아한테서 그런 말을 들은 나는, 무척이나 마음
이── 가벼워진 느낌이 들었다.

리비아는 계속해서 말했다.

"분명 리온 씨에게는 저희한테 말할 수 없는 게 있는 것 아닐까

하고 생각해요. 하지만, 부탁이니까 무모한 행동만큼은 하지 마세요."

뭐라고 대답해야 할지 망설이고 있자, 리비아가 나를 부드럽게 끌어안아 주었다.

"언젠가 리온 씨가 저희를 의지해 주실 수 있도록, 저희도 노력할게요. 그러니까 그때까지 기다려주세요."

"리비아."

부드럽게 끌어안겨 기뻤는데, 리비아가 아주 약간이지만 끌어안는 힘을 강하게 했다.

"그리고 안제는 입 밖으로 꺼내지 않을 뿐이지, 바람에 민감해요."

"어? 아, 아아. 응."

그런 말을 들어도 말이지.

애초에 나는 바람 따위는 피우지도 않았는데.

"안제는 걱정하고 있었어요. 그러니까 슬프게 하지 마세요."

"알고 있어."

안제가 바람에 민감한 건 마리에 탓이다.

그 마리에와 가까운 장소에 내가 있으면, 마음이 편안하지 못할 것이다.

좀 더 신경을 써야만 했었다.

리비아가 내게서 떨어졌다.

"다음 방학 때도 만나러 갈게요. 그때는 느긋하게 관광이라도 해요."

웃어 주는 리비아에게, 나는 맡겨 달라며 가슴을 두드렸다.

"그때까지 관광지를 알아봐 둘게."

"기대하고 있을 테니까요."

◇

아인호른 선내의 별실에는 안제와 코델리아, 두 사람이 있었다.

안제는 한숨을 내쉬고는 속이 타는 듯한 표정을 짓고 있었다.

이유는 친오빠가 건넨 말 때문이었다.

"애인 한 명이나 두 명쯤은 용서하라니……."

리온이 마리에의 저택에서 살고 있다는 말을 듣고, 불안하니 누군가 사람을 보내고 싶다고 말했다.

아버지도 오빠도, 확실히 그건 곤란하다고 생각해 주었다.

그래서 레드글레이브 가에서 사람을 보내겠다, 고.

하지만, 동시에 안제의 오빠인 길버트는 '마리에는 예외로 쳐도 좋지만, 그 밖의 것에는 그다지 참견하지 않는 편이 좋다'는 말을 꺼냈다.

아버지도 오빠도 남자다.

리온이 바람을 피우는 게 이해되는 것이리라.

두 사람 다 넌지시 주의는 해 두겠다고 말해 줬지만, 리온 본인이 눈치채지 못하고 있었다.

안제도 귀족의 딸이라, 남편에게 애인이 있어도 문제없다──

고 생각하고 있었다.

하지만 실제로 경험하니 마음속이 떨떠름하고 답답했다.

"아버님이나 오라버니에게 상담한 것이 잘못이었던 걸까?"

그렇게 묻는 상대는, 본가에서 자신의 시중을 들어 주었던 코델리아였다.

코델리아는 상급 메이드로, 교양도 있다.

"귀족으로서는 잘못되지 않았다고 생각합니다만, 개인적으로는 ──여자로서는 납득이 되지 않는 것도 어쩔 수 없는 일입니다."

안제가 코델리아와 이야기하는 이유는, 리온한테 보내기로 한 사람이 바로 코델리아였기 때문이다.

아버지도 오빠도 젊고 예쁜 메이드를 고를 생각이었다.

이유는 리온이 손을 대도 문제없는 사람을 곁에 두기 위해서다.

안제가 코델리아를 봤다.

"그건 그렇고, 코델리아가 입후보하리라고는 생각지 않았다."

누구를 보낼지 하는 이야기가 되었을 때, 조건이 갖추어진 자를 저택에서 모았다.

그때 코델리아는 자진해서 지원했다.

"안젤리카 님, 맡겨 주십시오. 이 코델리아가 발트파르트 백작을 확실하게 감시하겠습니다."

"그, 그런가."

기합이 들어간 코델리아를 보고, 안제는 약간이지만 안심했다.

'너, 넌지시 리온을 조사시키려고는 생각했지만, 이렇게까지

기합이 들어가 있을 거라고는 생각지 않았는데.'

코넬리아는 안제도 신뢰하고 있는 사람이기에, 리온에게 보낼 인재로서는 나쁘지 않았다.

"솔직히, 리온을 얽매려고는 생각지 않는다. 그러니 다소의 유흥은 용서해 줄 생각이야."

"괜찮겠습니까?"

"괜찮다. 마지막에 우리가 있는 곳으로 돌아와 준다면야, 그 이상은 바라지 않아."

솔직히 별로 내키지는 않지만, 진짜로 속박했다가 미움을 사는 편이 더 두려웠다.

하지만.

"단, 마리에한테는 주의해라. 전하와 측근들을 단기간에 다섯 명이나 농락한 여자다. 만에 하나도 리온이 마리에의 손에 떨어지는 일은── 없다고 생각하지만, 그것만이 마음에 걸리는군."

안제도 마리에만큼은 요주의였다.

코넬리아가 가슴에 손을 댔다.

"명심해 두겠습니다."

◇

본가로 돌아가자 어머니로부터 공화국에 사람 한 명을 더 데리고 가라는 말을 들었다.

주변을 둘러보니 유메리아 씨는 커다란 여행 가방을 들고, 긴 장한 얼굴로 날 바라보고 있었다.

"——어? 유메리아 씨가 가는 거야?"

"자, 잘 부탁드립니……! ——혀 깨물어 버렸어요."

부탁드린다는 말을 끝까지 제대로 하지 못해 울상이 되었다.

아니, 혀를 깨물어서 아팠던 건가?

아무래도 좋다만, 애가 한 명 있는데도 귀여운 사람이다.

어머니가 내게 말을 건넸다.

"네 감시자야. 만약 저쪽에서 유메리아 씨한테 손을 댔다가는 용서하지 않을 거야."

가족이 나에 대한 믿음이 없어!

"손댈까 보냐고. 약혼자도 있는데."

"그러니까 난처한 거잖니. 그 두 사람을 울릴 짓은 하지 마."

"알고 있다니까."

그렇게 말하자 어머니는 '정말로 이해하고 있는 걸까?'라는 표 정을 짓고 있었다.

이번에는 아버지가 내게 말을 걸었다.

"뭐, 감시자라고 했다만, 반쯤은 다른 이유다. 그 왜, 유메리아 는 우리 집에서 열심히 일하고 있으니, 포상 같은 거야."

"포상? 아아, 그렇구먼."

공화국에는 유메리아 씨의 아들인 카일이 있다.

모자가 같이 있게 해주고 싶은 것이리라.

"알았어. 이해했어."

"정말로 이해한 거냐? 감시자라는 것도 진짜니까 말이다."

"아버지까지 내가 바람을 피운다고 생각해?!"

"응."

즉답을 받은 나는 부들부들 떨며 조금 전부터 입을 다물고 있는 닉스 형에게 시선을 향했다.

닉스 형은 나를 보며 바보 취급하는 것처럼 웃고 있었다.

"클라리스 씨와 디어드리 씨가 있는데, 의심받지 않을 줄 알았냐? 네 머릿속은 정말 행복할 정도로 낙관적이군. 아니, 그보다 진짜로 부러워. 나는 친한 여자조차 없는데 말이다."

클라리스 선배와 디어드리 선배의 이름이 나오자, 나는 반론할 수 없었다.

아니 뭐, 그야 편지는 주고받고 있긴 한데…….

편지를 주고받았다고 바람을 피우는 게 되는 걸까?

"아니, 잠깐? 얼마 전에 듣기로는 요즘 남자 구하기가 어려워서 가만히 있어도 여자가 다가온다고 들었는데?"

"네가 있으니까 성가신 상황이 되어 있는 거잖냐…….'

닉스 형은 얼굴에 손을 대고 복잡한 표정을 지으며 말했다.

◇

자, 출발이다── 하려던 차에, 이번에는 안제한테서 메이드인 코델리아 씨를 소개받았다.

"코델리아 포우 이스턴입니다. 편하게 코델리아라고 불러 주십시오, 백작님."

인사는 정중했지만, 어딘가 벽 같은 것이 느껴졌다.

유메리아 씨가 코델리아 씨를 보더니 눈을 반짝였다.

"백작님, 진짜 메이드예요. 굉장하네요!"

"유메리아 씨도 메이드지만 말이야. 뭐, 내가 보기에도 착실한 사람 같네."

동작이 깔끔한 것은 물론이거니와, 중간 이름에 포우라는 단어가 있으면 왕국에서는 영주 귀족 출신자를 의미한다.

좋은 곳의 아가씨, 라는 말이다.

공작가 규모쯤 되면 일하는 사람들도 비교적 신분이 높을 때가 있다.

물론 모든 사람이 다 그런 건 아니지만, 이런 사람이 간혹 섞여 있다.

"코델리아는 내가 신뢰하는 사람이다. 저쪽에서 네 시중을 들어줄 거다."

"어? 난 이미 유메리아 씨가 있는데?"

그러자, 유메리아 씨가 작게 손을 들었다.

"저, 저기, 저도 시중을 들라는 분부를 받았는데요?"

그러자 리비아가 난처한 얼굴로 안제를 쳐다봤다.

"아버님께 먼저 이야기를 드렸어야만 했네요."

안제도 고개를 끄덕였지만, 딱 좋다고 말했다.

"두 명 있으면 그만큼 더 좋지 않겠나. 인원이 많아서 나쁠 건 없으니. 너무 많으면 오히려 문제겠지만."

착실한 코델리아 씨가 나를 봤다.

"잘 부탁드립니다, 백작님."

유메리아 씨도 그걸 따라 하여 머리를 숙였다.

"부, 부탁드립니다! 백작님."

나는 두 사람을 앞에 두고, 백작이라 부르는 건 그만뒀으면 한다고 부탁했다.

"리온이면 돼. 백작이라 불리는 건 익숙하지 않아."

그러자, 아인호른의 준비가 끝났는지 루크시온이 내게로 가까이 다가와 오른쪽 어깨 근처에서 멈췄다.

『마스터, 출발 준비가 다 되었습니다. 선적(船積)도 문제없습니다.』

"그러냐."

나는 안제와 리비아 쪽을 보고, 다시금 작별 인사를 했다.

"그럼, 다녀올게."

리비아가 손을 등 뒤로 돌리고, 가슴을 펴며 미소를 지어 보였다.

"건강에 신경 써 주세요."

안제는 무슨 말을 할지 망설이고 있었으나, 이내 자신감으로 가득 찬 평소의 표정으로 돌아왔다.

"다녀와라. 다음 방학 때는 이쪽에서 또 만나러 가마."

손을 흔들며 두 사람과 헤어진 나는 유메리아 씨와 코델리아 씨를 데리고 아인호른에 올라탔다.

돌아가는 곳은 문제가 산더미처럼 쌓인 알제르 공화국이다.

솔직히―― 돌아가고 싶지 않네.

제06화 「운명의 상대」

마리에의 저택은 조용했다.

소란스러운 다섯 명이 없어졌다는 것도 있지만, 마음이 어둡게 가라앉아 있다는 게 가장 큰 이유였다.

그날, 마리에는 가계부를 쓰기 위해 책상에 앉아 있었다. 이것만 마치면 잠자리에 누울 생각이었다.

그때, 카라가 말을 건넸다.

"마리에 님, 노엘 씨 말인데요."

"무슨 일 있었어?"

"전에도 같이 살았으니까, 곤란한 건 없어요. 하지만, 애써 밝게 행동하려는 것 같다고 할지, 가끔 무척 침울해지고는 해서요."

마리에가 노엘을 구한 날.

실은 크레아레가 노엘을 감시하고 있어서 로이크의 접근을 빨리 알아차릴 수 있었다. 덕분에 늦지 않게 노엘을 지켜냈는데, 아무래도 노엘의 상태가 이상했다.

"그래. 그쪽은 내가 살필 테니까, 카라는 얼른 쉬도록 해."

"네, 넵."

카라를 물러가게 한 마리에는 가계부 작성을 멈추더니 머리를 감싸 쥐고 책상에 엎드렸다.

"바보 오빠. 이 일을 대체 어쩔 거야!"

──노엘의 오른손 손등에 무녀의 문장이 나타났다.

그리고 그걸 알기 전에, 리온이 왕국으로 돌아가고 말았다. 루크시온 본체도 일시적으로 귀국하여, 이 사실을 아직 전하지 못한 상태였다.

리온이야 금방 돌아올 테니 그건 나중에 보고하면 그만이긴 하지만, 지금의 문제는 문장이 아니라 노엘 본인이었다.

'어째서 오빠한테 반하는 거야! 오빠의 어디가 좋은 건데? 성격은 나쁘지, 입은 험하지, 외모는 평범하고, 그야 번 돈은 많지만. 능력이라면 발군으로…… 어라, 오빠는 실은 굉장할지도?'

율리우스나 측근들에 비하면 리온 같은 건 안중에도 없다──고도 할 수 없다.

리온은 루크시온을 손에 넣었고, 지금 신분은 백작이며, 공화국으로부터 배상금도 받아 부자이기까지 했다.

성격이나 험한 입에 눈을 감는다면, 상당한 인물이었다.

'헉! 그게 아니야. 문제는 오빠라고! 노엘이 전부터 오빠한테 마음이 있다는 건 알고 있었지만, 오빠가 그걸 전혀 눈치채질 못하니.'

마리에는 리온과 노엘이 이 저택에 온 순간 바로 눈치챘다.

노엘은 리온을 잔뜩 의식하고 있었다.

하지만 리온은 전혀 모르고 있다.

노엘이 여름방학을 앞두고부터는 정말 노골적으로 어필했는데도 전혀 눈치를 못 챘다.

'진짜. 뭐가 둔감계 주인공은 싫어한다는 건지. 네가 그 둔감계 주인공이라고. 그것도 상당한!'

리온은 이야기 속에 등장하는 이성의 마음을 알아차리지 못하는 둔감한 캐릭터를 싫어했는데, 자기가 그 캐릭터가 되어 있다는 사실은 전혀 알아차리지 못하고 있었다.

마리에는 이 일에 참견해야 할지 고민이 되었다.

리온에게는 약혼자가 두 명 있다고 말할 수 있다면 좋았겠지만, 노엘이 무척 즐거워하는 모습을 보고 있노라면 말할 수가 없었다.

노엘은 정말로 좋은 애다.

저택에서는 가사를 도와주며, 밝고 싹싹한 성격은 같은 여자라도 아니꼬운 기분이 들지 않는다.

솔직히 노엘을 응원하고 싶을 정도였다.

그래서 더욱 노엘한테 사실을 전할 수 없었다.

마리에는 그 탓에 노엘에게 부채 의식을 느끼고 있었다.

'내가 빨리 알려줬더라면 좋았을 텐데.'

노엘의 마음을 전혀 알아차리지 못하는 리온에게 화를 냈다.

'오빠도 오빠야. 노엘이 얼마나 어필하고 있었다고 생각해? 보고 있자니 이쪽이 짜증이 난다고.'

화를 냈지만, 그래서는 문제가 해결되지 않는다.

마리에는 포기하고 노엘과 이야기하기로 마음 먹었다.

그리고는 의자에서 일어나 조용히 노엘의 방으로 향했다.

◇

　노엘이 방에서 멍하게 있자, 마리에가 찾아왔다.

　노엘은 억지로 미소를 짓고는 마리에를 방에 들인 뒤 서로 마주 보고 앉았다.

　노엘은 침대에 앉고, 마리에는 의자에 앉았다.

　"이런 밤에 무슨 일이야?"

　마리에가 어째서 방에 찾아온 건지 몰라 이유를 묻자, 마리에가 다짜고짜 사과하기 시작했다.

　"미안해. 내가 좀 더 빨리 알려줬더라면……."

　노엘은 그것만으로 마리에가 무슨 말을 하고 싶은 건지 알아차렸다.

　노엘도 마리에가 빨리 알려주길 바랐었지만, 고개를 숙이고 좌우로 가로저었다.

　"괜찮아. 내가 혼자서 들떴던 것뿐이고. 리온이라면 약혼자가 있어도 이상하지 않으니까. 여, 역시, 좋은 남자는 팔리는 게 빠르네."

　아하하하, 하고 쾌활하게 웃어 보였지만── 노엘은 울고 싶어졌다.

　마리에는 슬픈 듯이 노엘을 보고 있다.

　"리온의 어디가 좋았던 거야?"

"그걸 지금 와서 물어? 뭐, 괜찮지만 말이야. 같이 있으면 즐거웠거든. 여러 가지 것들을 신경 쓰지 않고 곁에 있을 수 있다는 건 나한테는 귀중해서 말이야. 이대로 리온네 나라에 따라가는 것도 나쁘지 않으려나, 하고 생각했었어."

레스피나스 가문에 관한 것.

무녀에 관한 것.

그리고 알제르 공화국에 관한 것.

여러 가지 것들을 버려서라도, 따라가고 싶다는 생각이 들었다.

'결국, 성수로부터는 도망칠 수 없는 걸까.'

한 번 연관된 사람은 성수가 놓아주지 않는 걸까? 하는 생각이 들었다.

노엘은 붕대를 감은 오른손을 힐끔 봤다.

그리고 마리에한테 어떤 이야기를 했다.

"마리에 쨩은 알고 있으려나? 공화국에는 유명한 이야기가 있어."

"뭔데?"

"지금은 없지만, 공화국에는 수호자와 무녀가 존재해. 무녀는 대대로 어느 일족의 여성 중에서 선택받고 있었어."

레스피나스 가는 여성이 당주인 가문이다.

그건 여성만이 무녀의 문장을 이어받을 수 있었기 때문이다.

"하지만, 수호자만큼은 계승할 수 없어. 그 시대에서 가장 걸맞다고 생각하는 남성을 무녀가 선택하는 거야."

무녀도, 대귀족의 문장도 혈연으로 계승되지만, 수호자만은 실력으로 선택됐다.

그리고, 수호자를 고르는 것은 항상 무녀였다.

느닷없는 이야기인데도 마리에는 침착한 태도였다.

"자세히는 모르지만, 들어봤던 느낌이 나네."

"아, 알고 있었구나. 그럼, 결론부터 말하자면 말이야―― 무녀가 좋아하게 되는 상대가, 수호자로 선택돼. 그리고, 수호자도 무녀를 사랑하게 되고 나서 비로소 수호자의 문장이 나타난다는 것 같아. 제법 로맨틱하지?"

마리에는 동의했지만, 표정이 어딘가 시원하지 않았다.

"무녀가 고른다고 해도, 대체로는 6대 귀족 관계자 중에서 선택되는 거지?"

"응. 뭐어, 수호자는 실력 있는 사람이 선택받으니까, 공화국에서 실력자라고 하면 문장을 지닌 사람이 대부분이니까 말이야. 예외는―― 한 명이려나?"

그건 자신의 아버지였다.

아버지는 6대 귀족은커녕 문장조차 지니고 있지 않았다.

어머니는 그런 아버지를 선택했다.

"――그러니까, 결국은 '무녀가 되면 어떠한 이루어질 수 없는 사랑이라 하더라도 성취된다' 하는 식의 전설이나 마찬가지인 건데……."

하지만, 노엘의 사랑은 이루어지지 않았다.

'역시 전설은 전설일 뿐인가.'

노엘은 말했다.

"만약, 만약에 말이야── 나한테 무녀의 문장이 나타나면, 리온한테 수호자의 문장이 나타날까?"

그렇게 묻자, 마리에는 진지한 표정을 하더니 이윽고 눈을 감고는 고개를 끄덕였다.

"분명 나타날 거야."

"그럴까? 그랬다면…… 좋았을 텐데."

마음이 약해져 있었다.

지금 당장이라도, 누군가에게 무녀의 문장에 관해 털어놓고 도움을 받고 싶었다.

노엘의 머릿속에 떠오른 건 리온이었지만, 이내 고개를 가로저었다.

"아~, 역시 실연은 힘드네. 미안, 조금만 더 시간을 줘. 그러면 리온에 관한 것도 잊을 수 있으니까."

솔직히 리온이 곁에 있지 않아서 다행이라고, 지금은 그렇게 생각하는 노엘이었다.

◇

마리에는 노엘의 방을 나선 뒤 머리를 감싸 쥐었다.

'중증이야아아아! 아니, 그보다 무녀의 문장이 나타났을 때 내가 옆에 있었다는 사실도 잊어버리지 않았어?! 확실히, 내가 무

녀의 문장을 알고 있다면 이상하지만 말이야! 좀 더 경계하자고!'

지금까지 같이 생활해 왔지만, 노엘은 자기가 레스피나스 가문의 생존자라는 티를 내지 않고 있었다.

그런데도, 문장을 얻었다는 게 훤히 보인다.

자주 오른손 손등을 보며 한숨을 내쉬고 있다.

'바보 오빠아아아아!! 왜 수습이 안 될 짓을 하는 거냐고!'

마리에는 이 자리에 없는 리온을 매도했다.

하필이면 노엘이 선택한 상대는 리온이다.

이 상황에 약혼자가 없었다면 마리에도 쌍수를 들어 응원했을 것이다.

하지만 안제와 리비아가 있기에 그건 불가능하다.

'어쩌지. 저 느낌이라면, 노엘이 진짜로 다음 사랑을 찾을 수 있을지 어떨지 알 수가 없어.'

자칫 잘못하면 몇 년은 질질 끌 것 같다.

그래서는 안 된다.

학원을 졸업하고 만다.

까딱 잘못하면, 이대로 혼자여도 괜찮으려나? 같은 말을 하기 시작할 듯한 분위기가 있었다.

'남자. 여하튼 남자를 노엘한테 소개해서—— 아아, 안 되겠어. 잘 될 것 같은 느낌이 안 들어. 아, 진짜! 나는 어쩌면 좋은 거야!'

◇

드루이유 가의 저택.

초대를 받아 온 로이크가 표정이 딱딱한 페르낭과 이야기를 나누고 있었다.

"──라우르트 가를 의장 대리의 자리에서 밀어내겠다니, 참으로 과격한 말을 하는군."

"그렇습니까?"

로이크는 냉정하게 노엘을 손에 넣기 위한 수단을 생각하고 있었다.

이 일에 있어 가장 방해되는 사람이 있다.

알베르크가 아니다. 루이제다.

루이제는 자주 노엘에게 시비를 걸었는데, 그 탓에 번번이 노엘에게 손을 댈 기회를 잃고 말았다.

게다가 아버지를 설득하려면 우선 라우르트 가문을 의장 대리 자리에서 끌어내려야만 한다.

페르낭은 예리한 시선으로 로이크를 쳐다봤다.

"드루이유 가는 라우르트 가에 은혜가 있어. 내가 젊은 나이에 당주 지위를 이었을 때, 알베르크 경이 뒷배가 되어 주었지."

"알고 있습니다. 분명, 선선대 무렵에는 관계가 돈독했다던가."

"이해해 주어서 다행이군."

6대 귀족은 혈연으로 이어진 관계도 두텁다.

6대 귀족에 어울리는 건 6대 귀족, 이라는 것이다.

다만, 그 때문에 피가 너무 가까워지고 말았다.

루이제가 페르낭에게 시집가지 않았던 것도 그것이 큰 이유다.

위그는 배다른 동생으로, 어머니 쪽 핏줄이 멀리 떨어져 있어서 약혼이 성립되었다.

처음부터 페르낭이 드루이유 가문 당주로 지명되어 있었고, 위그도 그것을 받아들였기에 형제 사이가 좋았던 것이다.

다만, 이 혈연으로 이어진 관계라는 것도 대를 거듭하면 변하게 된다.

실제로 드루이유 가는 상당히 오래전에 라우르트 가와 분쟁을 벌인 시기가 있었고, 발리에르 가와 라우르트 가의 관계가 강했던 시기도 있었다.

시대에 따라 관계는 각양각색이다.

페르낭이 알베르크에게 입은 은혜가 있는 건 로이크도 알고 있었다.

그리고 페르낭의 성격도 잘 이해하고 있다.

'온화한 것처럼 보여도, 이 사람이 공화국을 향한 애국심이 가장 강하다.'

"은혜가 있음을 알고서 말씀드린 것입니다. 페르낭 씨도 알고 계실 겁니다. 알베르크 경은 의장 대리에 걸맞지 않다는 것을 말이지요. 왕국에 저자세로 나가는 태도가 그 증거입니다."

페르낭의 표정이 매섭게 변했다.

"단순한 저자세가 아니다. 아인호른── 그 비행선은 동형함이 이미 양산되어 항구에 정박하고 있다는 것 같지 않나. 그런 나라에 강경한 태도를 계속 보였다가는 어떻게 되겠나?"

"그런 걸로 저자세가 되어서는 곤란합니다. 이후의 교섭에 문제가 발생할 겁니다."

페르낭이라는 인간은 애국심이 강하다.

강자인 공화국이 왕국에 패배했음을 인정하는 건 그에게 상당한 굴욕이었으리라.

하지만 동시에 위정자로서 현실을 직시할 줄도 안다.

로이크는 그 부분을 파고들었다.

"――왕국은 만만치 않은 상대입니다. 바로 그렇기에, 상응하는 태도를 보일 필요가 있지요. 이후의 교섭도 포함하여, 알베르크 경의 태도는 악수(惡手)였습니다."

페르낭도 그렇게 생각하고 있는지, 로이크에게서 고개를 돌렸다.

로이크는 교섭의 카드―― 더할 나위 없을 카드를 꺼냈다.

"――무녀를 찾아냈습니다."

그 말을 들은 페르낭이 로이크 쪽을 향해 돌아보며 눈을 휘둥그레 떴다.

로이크는 이야기를 계속했다.

"과거 라우르트 가문이 멸문시킨 레스피나스 가문의 생존자――쌍둥이 자매가 바로 그렇지요. 이름은 각각 노엘, 렐리아라고 하는데, 현재는 성씨를 바꾸어 학원에 다니고 있습니다."

그걸 들은 페르낭이 또다시 놀랐다.

"알베르크 경이 그런 실수를 했다고 생각하긴 어렵지만—— 과연, 살아남아 있던 건가."

라우르트 가문이 레스피나스 가문을 멸문시켰다.

젊은 세대는 그것만은 알고 있지만, 당시의 자세한 사정은 듣지 못했다.

관계자들이 입을 다물었기 때문이다.

전 세대 당주들이라면 더 자세한 이야기를 알고 있겠지만, 아무도 이야기하지 않았다.

발리에르 가의 선대 당주는 이미 죽었고, 드루이유 가도 마찬가지다.

조사할 방도가 없다.

다른 가문에 가서 이야기를 듣는다는 것도 어렵다.

하지만, 실제로 라우르트 가가 의장 대리를 맡고 있다.

그걸 의문으로 여기는 젊은 세대는 많았다.

로이크도 그것이 신경 쓰였다.

'알베르크 경이 그 둘을 놓쳤을 것 같진 않은데. 뭔가 달리 이유가 있는 건가?'

가문을 멸문시킨다면, 그 가문의 후계자는 절대로 놓쳐서는 안 된다.

그걸 놓쳤다는 건 실패했다는 의미나 마찬가지다.

다만, 그건 로이크에게 그다지 중요한 부분이 아니었다.

지금 중요한 건 노엘이 무녀로 선택받았다는 점이다.

"무녀로 선택된 건 노엘입니다. 페르낭 씨, 저는—— 노엘을 발리에르 가에 맞아들이고자 합니다."

그 말을 듣고 페르낭이 차가운 시선을 향했다.

"만약 후계자가 살아 계시고, 더욱이 무녀로 선택되었다면, 이는 여섯 가문에서 보호해야만 한다. 한 가문이 독점하는 건 있어서는 안 되는 일이야."

말은 그렇게 했지만, 속에는 발리에르 가에 큰 권력을 넘기고 싶지 않다, 는 페르낭의 의도도 담겨 있었다.

하지만 로이크 역시 무작정 온 것은 아니었다.

"위그 말입니다만, 학원을 졸업한 뒤에는 페르낭 씨를 돕게 하실 생각입니까?"

화제가 갑자기 변한 걸 의아쩍게 여기는 페르낭이었으나, 고개를 끄덕였다.

"그럴 예정이다."

"위그는 불성실한 면은 있어도 유능한 남자입니다. 6대 귀족의 당주가 되어도 충분히 제 할 일을 해주겠지요."

페르낭이 경계심을 높였다.

"내가 거부한다면 위그를 드루이유 가의 당주로 만들 생각이냐?"

"그럴 리가 있겠습니까. 페르낭 씨는 굳건한 공화국을 위해 꼭 필요합니다. 드루이유 가의 당주는 페르낭 씨 이외에 생각할 수 없지요. 하지만, 위그가 당주가 되지 말라는 법은 없지 않겠습니까? 마침 약혼도 마쳤으니 말입니다."

그 말을 들은 페르낭이 곧바로 이해했다.

"라우르트 가를 노릴 생각이라면 헛수고다. 세르주 군이 있어."

세르주의 이름이 나오자, 로이크는 코웃음을 쳤다.

"모험가 따위를 목표로 하는 남자가 정말로 6대 귀족에 걸맞다고 생각하십니까? 게다가, 그 녀석은 6대 귀족을 혐오하고 있습니다. 페르낭 씨도 차기 라우르트 가의 당주와는 우호적인 관계를 계속해 나가고 싶으시겠지요?"

그것이 사이가 좋은 이복동생이라면 페르낭에게는 좋은 이야기다.

위그는 유능하지만, 페르낭에게 맹목적인 면이 있다.

페르낭도 그걸 이해하고 있었다.

로이크는 한 번 더 쐐기를 박았다.

"라우르트 가를 잇는 건 위그와 루이제입니다. 두 사람의 아이라면, 라우르트 가를 이어도 아무도 불만을 표할 수 없겠지요. ——의장 대리를 제외하면, 말입니다."

페르낭은 조금 생각한 뒤, 결단했다.

"좋다. 그 거래에 응하지. 하지만, 무녀님이 학원을 졸업한 뒤 자립하면 무녀님을 의장 자리에 앉힌다. 의장은 레스피나스 가문이 맡아야 해."

페르낭은 그렇게 말했지만, 로이크에게는 아무래도 좋은 이야기였다.

'발리에르 가의 전횡을 경계하는 모양인데, 내가 수호자가 되면 싫어도 레스피나스 가의 뒷배는 발리에르 가문이 된다. 뭐, 저쪽도 장래를 내다보고 하는 소리겠지만.'

"물론입니다. 뭐, 수호자로서 있을 때는 노엘의 뒷배 역할을 하겠지만 말입니다."

공화국에서는 수호자를 배출한 가문이 권력을 지니는 게 그다지 생소한 이야기가 아니다. 페르낭의 의도는 앞으로도 레스피나스 가문의 무녀를 발리에르 가에서 독점하는 걸 막는 데 있다.

다만, 여기까지 와서도 페르낭은 괴로워 보이는 표정을 짓고 있었다.

알베르크를 배신하는 것에 양심의 가책을 느끼고 있는 것이리라.

하지만 로이크와는 상관없는 일이었다.

'은혜가 있다고 해도 이 정도군. 라우르트 가의 힘이 손에 들어온다는 걸 알게 되자 곧바로 배신하는 꼴이라니. 하지만, 날 위해 도움이 되어 줘야겠다── 페르낭.'

◇

드루이유 가의 저택에 마련된 루이제의 방.

루이제는 여름방학을 거기서 보내고 있었다.

위그와의 사이를 돈독히 하기 위해서라는 건 표면상의 이유고,

이제 거의 시집온 것이나 다름없다.

그걸 다른 6대 귀족들에게 보여주고 있는 것에 불과하다.

이유는 라우르트 가문이 시급히 드루이유 가문과의 연줄을 원했기 때문이다.

의장 대리로서 일하는 알베르크 입장에선, 아군이 될 가문이 없으면 곤란하다.

하지만 위그는 루이제의 방에 찾아오지 않았다.

여름방학이 한 달 이상이나 되는데도, 단 한 번을 찾아오지 않았다.

창밖을 바라보니, 위그가 차에 올라타 외출하려던 참이었다.

"또 계집질이구나."

루이제는 그걸 비난하지 않았다.

서로 애정이 없다는 건 잘 알고 있기 때문이다.

얼른 손이라도 대 준다면, 이야기가 순조롭게 진척될 텐데──라는 정도의 마음밖에 없었다.

루이제는 방에 있어도 할 것이 없었기에, 밖에 나가 쇼핑이라도 하려고 했다.

그러자, 루이제의 방 앞에 몇 명의 사용인이 있었다.

"루이제 님, 어디로 가시는지요?"

조금 초조해하고 있는 것처럼 보였다.

"물건이라도 사러 나갈 거야. 차를 준비해 주겠어?"

사용인들이 서로 얼굴을 마주 보았다.

그리고 곧바로 루이제에게 대답했다.

"잘 알겠습니다. 준비될 때까지 방에서 기다려 주십시오."

"어차피 현관 앞에서 탈 거면 거기서 기다리겠어."

"아뇨, 방에서 기다려 주십시오."

방으로 돌려보내진 루이제는 어쩐지 묘한 기분이 들었다.

'뭘까? 어제와 분위기가 다르네.'

무언가를 루이제로부터 감추려 하는 것처럼 느껴졌다.

그날 밤.

위그와 저녁을 함께 먹기로 되어 있었는데, 아무리 시간이 지나도 나타나지 않았다.

급사를 담당하는 사용인들도 곤란해하고 있었다.

"위그는 아직도 안 돌아왔어?"

루이제가 묻자, 사용인 중 한 명이 대답했다.

"돌아와 계시기는 합니다만, 페르낭 님께 불려가셨다고 합니다."

"페르낭 씨한테?"

보통 저녁 식사 전에 불러내나?

페르낭은 오히려 루이제를 상대하지 않는 위그를 꾸짖고 있었을 터다.

뭔가 중요한 용건이라도 있는 건가?

그렇게 생각하고 있었더니, 위그가 방에 들어왔다.

난폭하게 자기 자리에 앉고는, 급사들이 가지고 온 술병을 빼앗아 잔에 따라 마시기 시작했다.

루이제가 지적했다.

"태도가 나빠."

위그는 웃음을 띠고 있었다.

루이제는 그게 신경 쓰였다.

평소라면 흥미 없다는 듯이 '아아, 그렇군' 정도로밖에 대답하지 않을 터였다.

"무슨 일 있었어?"

"루이제, 이제부터 재미있는 일이 일어날 거다."

위그는 그렇게 말하고는, 급사들이 가져온 식사에 손을 댔다.

루이제는 무슨 말인지 알 수 없었다.

위그는 잔을 기울이고는 즐거워 보이는 표정을 짓고 있었다.

"내일은 공화국에 있어 좋은 날이 될 거야."

◇

마리에의 저택 앞에 수많은 차가 와 있었다.

저택 문밖에는 의례용 장비를 착용한 병사들이 나와 있었고, 그 뒤로는 완전 무장한 병사들의 모습이 보였으며, 하늘에는 비행선이 떠 있었다.

저택은 지상도 하늘도 포위되어 있다.

카일이 창밖을 손가락으로 가리켰다.

"주인님, 다른 비행선도 모여들고 있어요!"

가문(家紋)이 다른 비행선이 모이고 있다.

마치 관전하고 있는 것 같았다.

카라가 떨며 말했다.

"마리에 님, 갑옷까지 날아다니고 있어요!"

완전히 포위당했다.

이른 아침부터 소란스럽기가 그지없었다.

잠옷 차림에 머리카락이 뻗쳐 있는 마리에는 황급히 일어난 탓에 베개를 껴안고 있었다.

"치, 침착하렴! 이럴 때는 뺨을 꼬집어서 꿈인지 어떤지를 확인하는 거야!"

세 사람이 뺨을 꼬집었다.

——아프다. 현실이었다.

카일이 머리를 감싸 쥐었다.

"어떻게 하실 건가요! 백작은 일시 귀국 중인데!"

카라도 마찬가지였다.

"으아앙~, 발트파르트 백작님, 빨리 돌아와 주세요!"

이 자리에 없는 다섯 바보한테는 아무도 기대하지 않았다.

마리에도 마찬가지였다.

"크레아레, 리온은 아직 멀었어?!"

『으음~, 이제 곧 돌아온다는 연락이 왔는데, 아직 좀 더 걸리겠네. 좋아, 리코른을 출격시켜서 이 녀석들을 불태워 버리자!』

마리에는 크레아레한테도 공포를 느꼈다.

'이 녀석들, 태연하게 사람을 죽일 수 있는 게 위험해! 아니, 그보다 그런 짓을 해도 괜찮은 거야? 외교 문제가 되지 않아? 어, 하지만 이건 문제 아니야? 그보다, 어째서 오빠가 없을 때 쳐들어오는 거야! ——자, 잠깐, 이건 오빠가 없으니까 쳐들어온 것 아닌가? 오빠 바보 자식아아아!!'

마리에가 리온이 없는 틈을 타서 공격을 받았다고 착각하고 있자니, 저택에 연미복 차림의 사자가 왔다.

『어라, 선전포고이려나? 리코른이 아인호른에 뒤진다고 생각하고 있는 걸까? 그렇다면 너희들로 시험해 주지! 내 리코른은 아인호른 이상으로 유능한 애라는 걸 증명하겠어!』

마리에는 저 녀석들한테 대포와 미사일을 쏟아부어 주마! 라며 의기양양해서 떠드는 크레아레를 베개로 억눌렀다.

"이 바보! 그런 짓을 했다간 전쟁이 나잖아! 어, 어쨌든 저 사람을 저택에 들이겠어!"

마리에가 허둥지둥하고 있었더니, 사자가 목소리를 높였다.

"저는 발리에르 가문에서 시중을 드는 자입니다. 노엘 질 레스피나스 님—— 마중하고자 찾아뵈었습니다!"

마리에는 그 말을 듣고 눈을 휘둥그레 떴다.

"어, 어째서 저 녀석들이 그걸 알고 있는 거야?!"

이런 전개, 마리에는 전혀 예상하지 못했다.

◇

이름을 불린 노엘이 밖으로 나오자, 사자가 무릎을 꿇고 머리를 숙였다.

발리에르 가의 가신 중에서도 신분이 높을 터인 그 인물은 오른손 손등에 문장을 깃들이고 있다.

그리고, 노엘을 앞에 두고 말했다.

"무사하셔서 참으로 다행입니다. 레스피나스 가문의 후계자이신 당신을 모실 수 있어 무척 기쁘게 생각합니다."

노엘은 아연해서는 저택을 둘러싸고 있는 발리에르 가의 병사들을 쳐다봤다.

주위에 구경꾼들이 모여들고 있었다.

"레스피나스 가문이래!"

"생존자가 있었던 건가?"

"어? 그런데 후계자라는 건—— 무녀님?!"

병사들이 재빨리 구경꾼들을 쫓아냈지만, 이미 자신이 레스피나스 가문의 생존자임이 알려지고 말았다.

'아~, 이제 다 틀렸어.'

오른손을 본 노엘은 자신을 마중하러 왔다고 주장하는 남자를 앞에 두고 물었다.

"제법 살벌하네. 이곳 사람들을 어떻게 할 생각이야?"

사자는 고개를 들지 않고 대답했다.

"무녀님을 되찾기 위해, 목숨을 걸고 찾아왔습니다. 무녀님을 되찾기 위해서라면, 설령 왕국의 기사가 상대라 할지라도 싸울 뿐입니다."

노엘은 고개를 숙였다.

'리온이 여기엔 없다는 걸 알고 있는 주제에.'

노엘이 가만히 서 있자, 문에서 한 청년이 걸어왔다.

──로이크였다.

"노엘, 데리러 왔다."

"로이크, 너……."

로이크는 저택을 둘러싼 발리에르 가의 군대를 봤다.

대포는 겨누고 있지 않지만, 언제라도 쳐들어갈 수 있는 준비가 된 상태였다.

노엘이 로이크에게 분노를 쏟아냈다.

"너, 페베르 가에 뒤이어서 이 사람들한테 싸움을 걸 생각이야? 페베르 가문이 어떻게 되었는지 잊었어? 이런 짓을 하고 있으니까, 공화국은 아무리 시간이 지나도 야만적인 나라라는 말을 듣는 거야."

로이크는 미소를 지으며 노엘이 하는 말을 듣고 있었다.

무척 꺼림칙했다.

노엘이 무서워하고 있자, 로이크가 양팔을 펼치고 입을 열었다.

"너한테는 그만한 가치가 있어!"

"뭐?"

당황스러워하는 노엘을 내버려 두고, 로이크는 속이 뻔히 보이는 연극을 하며 이야기를 계속했다.

"설령 우리가 전멸하더라도, 너를 구하기 위해 목숨을 내던질 거다. 발리에르 가문뿐만이 아니야. 다른 다섯 가문도 싸울 수밖에 없겠지. 아니—— 온 나라가 너를 구하고자 싸울 거다."

무녀라는 건 그만큼 공화국에서 중요한 존재다.

무녀가 부재 상태가 되고 10년이 넘게 흘렀다. 공화국에서는 이를 불안하게 여기는 사람들이 많았다.

귀족뿐만이 아니라 공화국에 사는 백성들도 마찬가지다.

사람과 성수를 잇는 존재.

무녀란 성수를 숭배하는 나라에서는 매우 중요한 존재였다.

노엘을 되찾기 위해서 수많은 사람이 싸우게 될 것이다.

설령 그 상대가 공화국을 패배 직전까지 몰아넣은 리온이라 하더라도.

'이 녀석, 수많은 사람의 목숨을 방패 삼아서……!'

그게 바로 로이크의 노림수였다.

전쟁이 일어나면 수많은 사람이 죽는다. 노엘이 그걸 묵인할 수 있을 리 없다.

로이크는 이 자리에 모여든 수많은 사람을 방패로 삼아 노엘에게 압박을 가했다.

"노엘, 우리는 너를 위해 마지막 한 사람이 남을 때까지 싸울 거다. 너는 어떻게 할 거냐? 우리의 마음을 무시하고—— 아니, 내 손을 뿌리쳐도 괜찮겠어?"

그때, 쿵쾅쿵쾅하며 계단을 내려오는 발소리가 들려왔다.

마리에였다.

서둘러 갈아입고 온 건지, 마리에는 머리카락이 뻗쳐 있었다.

마리에가 로이크를 보고 고함을 질렀다.

"야 인마, 이 자식아! 해도 괜찮은 일과 안 되는 일이 있잖아! 오——리온이 없다고 해서, 우쭐거리지 말라고!"

그러자 로이크가 코웃음 쳤다.

"이야~, 무섭군. 무서워, 무서워. 그러고 보니 항구에 하얀 배가 정박해 있었지? 그것도 멋대로 움직여서 우리를 잇달아 쓰러트려 나가려나? 하지만 우리는 마지막 한 명이 남을 때까지 싸울 거다. 너는 알제르의 무녀니까 말이다."

노엘의 얼굴에서 핏기가 가셨다.

자신을 위해 수많은 사람이 죽을 거라고 상상하니 다리가 떨렸다.

로이크가 노엘에게 다가가 귓가에 대고 속삭였다.

"노엘—— 내 것이 되어라. 그것이 너의 운명이다."

"운……명?"

"그래. 무녀로 선택받은 네가 선택할 수 있는 길은 이제 두 가지밖에 없어. 도망쳐서 수많은 사람을 죽일 것인가, 내게 와서 공화국에 평화를 가져다줄 것인가. 자, 원하는 걸 골라."

로이크는 그렇게 말했지만, 노엘이 선택할 수 있는 건 하나뿐이었다.

"너, 정말로 최악이야!"

"너를 사랑하기 때문이다. 그걸 위해서라면, 뭐든 하겠어. 내 사랑이 얼마나 큰지 이해됐나?"

뺨따귀를 날리고자 손을 들었지만, 노엘은 이내 힘없이 손을 내렸다.

마리에가 뒤에서 소리쳤다.

"노엘, 그 자식이 하는 말에 놀아나서는 안 돼! 금방 리온이 와서 해결해 줄 거야!"

로이크가 리온의 이름을 듣고 눈살을 찌푸렸다.

"리온…… 아, 발트파르트 백작인가? 확실히 그 녀석은 강하겠지. 하지만 널 위해 어디까지 진심으로 싸워 주려나? 기껏해야 외국 사람이다. 이 나라를 위해 진심을 내진 않아. 뭐, 진심을 내더라도 상관없지만."

리온이 자신을 위해 목숨을 걸고 싸워 줄까?

──그럴 일은 없다.

리온에게는 입장이 있고, 고향에 약혼자도 있다.

노엘을 구하기 위해 로이크와 싸우지는 않으리라.

만약 싸운다고 하더라도── 노엘은, 리온이 싸우게끔 하고 싶지 않았다.

'이 이상 민폐를 끼칠 수 없어.'

노엘은 뒤돌아봤다.

"미안, 마리에 쨩—— 나, 난, 갈게."

마리에의 표정이 굳었다.

노엘이 걸음을 내딛자, 로이크가 그 옆에 서서 허리에 손을 감
더니 난폭하게 노엘을 끌어당겼다.

"그래! 우리의 마음에 답해 주리라 믿고 있었다, 노엘! 자, 무녀
의 탄생을 온 나라에 알리자! 이걸로 공화국은 평안해진다!"

로이크와 노엘이 걸어오는 광경에 주위에서는 환성을 지르고
있었다.

노엘은 혼자서 고개를 숙였다.

'나 하나가 참으면, 더는 아무런 문제도 없어. 렐리아—— 미안,
끝까지 숨기지 못했어.'

노엘은 쌍둥이 여동생에게 사과하면서, 로이크가 준비한 차에
올라탔다.

제07장 「목줄」

노엘과 렐리아가 사는 맨션에 클레망이 찾아왔다.

학원 교사인 클레망은 근골이 우람하면서도 화장을 하며, 근육의 형태를 알 수 있을 정도로 꽉 끼는 셔츠를 입고, 여성스러운 말투를 쓰는 키가 큰 남성 교사다.

그러나 그의 진짜 정체는 레스피나스 가문을 섬기던 기사로서, 학원에서 은밀하게 노엘과 렐리아를 지키고 있었다.

노엘과 렐리아가 학원에 입학할 수 있었던 것도, 레스피나스 가의 전 가신들이 힘을 쓴 덕분이었다.

"렐리아 님—— 노엘 님이 발리에르 가에 붙잡히고 말았습니다."

비장감이 감도는 클레망이 파래진 얼굴로 말했다.

그러나 이미 상황을 알고 있었던 렐리아는 담담한 대답을 내놓았다.

"그래."

"——알고 계셨습니까?"

클레망은 평소에는 여성 같은 말투를 쓰지만, 지금은 진지하게 이야기하고 있어서인지 남성의 말투를 쓰고 있었다. 렐리아는 거기에 위화감을 느꼈지만, 굳이 말할 내용은 아니었다.

렐리아는 내심 침착했다.

'지금의 로이크라면, 분명 언니도 납득할 거야. 애초에 리온 같은 남자가 수호자로 선택된 게 잘못인걸.'

노엘의 상대는 리온이 아니다. ──로이크다.

그것이 올바른 시나리오다.

"너희들이 우리를 감싸 주고 있다는 건 알고 있었어. 학원에 문제없이 입학할 수 있었으니까 말이야. 게다가── 클레망 선생님은 우리를 보살펴 줬으니까 말이지."

클레망은 렐리아를 앞에 두고 무릎을 꿇었다.

클레망은 평소에도 두 사람을 신경 쓰고 있었다.

맨션에 몇 번이나 상태를 보러 왔고, 학원에서도 자연스럽게 도와주고 있다.

"알고 계셨습니까."

"조금 생각하면 알아챌 수 있는 일이야. ──뭐, 언니는 모르고 있었지만."

"그렇겠지요."

클레망은 노엘이 모르고 있다는 걸 왠지 모르게 알아채고 있었던 모양이다.

렐리아가 알고 있었던 건 그 여성향 게임의 지식이 있기 때문이다.

주인공은 레스피나스 가문이라는 7대 귀족 필두 가문 출신이다.

그 가문의 전 가신들이 주인공을 받쳐 주고 있었다.

"그나저나, 노엘 님이 무녀로 선택받은 건 의외였습니다."

"의외라고?"

클레망의 말에 렐리아가 고개를 갸웃했다.

"어째서? 어머님도 아버님도, 나한테는 적성이 없다고 말했는데."

클레망은 당혹스러워했다.

"아, 아니요. 왠지 모르게입니다만, 선택받는다면 렐리아 님이겠지, 하고 생각하고 있었습니다. 적성에 관한 건 몰랐습니다. 당시의 저는 레스피나스 가문을 섬기는 기사 중에서도 아래쪽이었으니까 말입니다."

렐리아는 한숨을 내쉬었다.

"언니가 무녀야. 그래서, 너희들은 어떻게 할 거야?"

"저희보다 렐리아 님의 신변 안전이 최우선입니다. 발리에르 가문이 어떻게 움직일지 알 수 없습니다. 어쨌든, 곧바로 이곳을 떠나도록 하지요."

클레망은 렐리아를 숨겨줄 생각인 모양이다.

하지만 렐리아는 여전히 담담했다.

처음부터 알고 있었으니까.

"괜찮아. 에밀이 마중하러 와 줄 거야."

"예?"

렐리아의 말을 기다렸다는 듯 바깥이 소란스러워졌다.

클레망이 신중하게 창밖을 보니, 거기에는 플레벤 가의 가문이 그려진 차가 몇 대나 서 있었다.

플레벤 가의 기사들이 의례용 장비를 몸에 걸치고 있었고, 에밀이 정장 차림으로 나타났다.

"에밀 군?"

클레망이 퍼뜩 렐리아에게 시선을 향했다.

렐리아는 말했다.

"너도 올래? 나는 에밀네 집에서 신세 질 거야."

학원에 있는 레스피나스 가문 관계자들에게 사정을 알리기 위해, 클레망한테는 이것저것 이야기해 두어야만 한다.

렐리아는 여기에 와서 겨우 시나리오가 진전되었다며 안도했다.

마리에는 몹시 허둥대고 있었다.

'꺄아아아아!! 오빠가 없는 사이에 노엘을 빼앗기다니이이이!! 나, 나 오빠한테 죽을 거야아아아!!'

로이크한테 노엘을 빼앗기고 말았다.

설마 로이크가 앞뒤 재지 않고 노엘을 빼앗으러 오리라고는 생각지 않았다.

그렇다고 거기서 철저히 항전하기도 어려운 노릇이긴 했지만.

크레아레가 머리를 감싸 쥐고 몸부림치는 마리에를 보며 말했다.

『마리에는 보고 있으면 질리지를 않네. 난 마리에가 좋아.』

"거참 고맙네! 그것보다도, 어째서 빨리 알려주지 않았던 거야!

189

로이크가 쳐들어온다면 도망쳤을 텐데! 노엘을 데리고 도망쳐다
녔을 텐데!"

크레아레는 마리에의 생각을 정정했다.

『어디로? 보나 마나 항구에도 사람을 배치해 뒀을 텐데? 그러
고 보면 최근 리코른을 감시하는 경비정이 늘어났다 싶었는데,
이걸 위한 포석이었구나.』

"알고 있었으면 말하란 말이야! 너, 오빠가 화나면 같이 사과해
줄 거야?! 그거, 중요한 부분이라고!"

『자기 몸보신으로 치닫는 그런 부분, 굿이야! ──뭐, 솔직하게
이야기하자면 마스터가 있었어도 넘겨줄 수밖에 없었을걸?』

"어?"

크레아레는 로이크와 노엘의 대화를 도청하고 있었다.

『나도 정보를 모으고 있으니까. 마스터가 없는 타이밍을 노린
건 사실이지만, 저 녀석들은 늦든 빠르든 움직였을 거야.』

"역시 오빠가 없으니까!"

『아~, 그게 아니야. 저 로이크라는 애는 노엘이 목적이지만, 6대
귀족들은 다른 의도가 있어. 발리에르 가문이 라우르트 가문의
실각을 노리고 있지.』

정치 이야기를 해도 전후 사정을 모르는 마리에로서는 이해할
수가 없었다.

"──으에?"

『무슨 말인지 모르겠어요, 라는 그 얼굴이 좋아! 뭐, 간단히 말

하자면 공화국 내부 다툼이지. 마스터가 있었어도 이 사태는 피할 수 없었을 거야. 그건 그렇고, 저 로이크라는 애도 대단하네. 자신을 인질로 삼아 노엘과 교섭을 시도하다니.』

로이크가 마지막 한 명까지 싸울 거라고 협박했다는 이야기를 듣고, 마리에는 완전히 질색했다.

"내가 알고 있는 여성향 게임의 공략 대상이 아니야!"

로이크는 좀 더 멋졌다고 생각했는데, 행동이 형편없었다.

『저런 태도라면, 마스터가 봤어도 아주 질색했을 거야. 그러니까 마리에가 신경 쓰지 않아도 돼. 오히려 이건 마리에랑 마스터가 말하는 시나리오대로 아니야? 노엘이 로이크와 맺어지면 해피 엔딩이지. ──노엘 이외에는, 말이야.』

마리에는 고개를 숙였다.

"……나는 노엘도 행복해졌으면 좋겠어."

크레아레가 그걸 부정했다.

『그거야말로 무리야. 모두의 행복과 그 아이의 행복을 양립하는 건, 지금 상황에서는 어려워.』

마리에는 같이 생활했던 노엘을 떠올리고, 아무것도 할 수 없는 자신이 싫어졌다.

그때, 현관에서 느긋한 목소리가 들려왔다.

"다녀왔어~. 다들, 선물 사 왔다고!"

──리온의 목소리였다.

크레아레가 흥분했다.

『아, 마스터가 돌아왔네. 마스터!』

리온을 만나러 가기 위해 글자 그대로 날아갔다.

마리에는 이를 뿌득 갈았다.

'늦어!'

◇

마리에의 저택에 돌아오자, 코델리아 씨가 뺨을 움찔거렸다.

"뭔가요, 이 저택은? 관리가 거의 안 되어 있지 않습니까."

집안의 참상이 메이드로서 참을 수 없는 모양이었다.

계단에서 내려온 카일이 그 말에 반론했다.

"이런 큰 저택을 적은 인원수로 유지하고 있는 것만으로도 칭찬해 줬으면 하네요. 애초에——"

어린애면서도 시건방진 태도.

그런 카일의 말을 누군가가 가로막았다.

"카일!"

"어, 어머니?!"

유메리아 씨가 가방을 내려놓고 카일을 향해 뛰어갔다.

모자의 감동적인 대면.

나는 눈물을 주룩 흘렸다.

코델리아 씨도 분위기를 보아 입을 다물었다.

"카일, 저기 말이야! 나도 백—— 리온 님의 시중을 들기 위해서 이쪽에서 일하게 되었어. 이걸로 같이 있을 수 있겠네!"

유메리아 씨는 무척 기뻐 보였지만, 이내 곧 카일이 유메리아 씨를 떼어 놓았다.

무척 싫은 듯한 표정을 짓고 있지만, 귀가 붉게 달아올라 있었다.

"이, 일하는 중이에요! 그리고, 어째서 어머니가 오신 거죠? 다른 사람이라도 괜찮잖아요?"

그러자 유메리아 씨가 충격을 받았다.

"카일은 엄마가 곁에 있는 게 싫어?"

내가 카일을 보니 카일의 시선이 나나 코델리아 씨를 힐끔힐끔 오가고 있었다. 누가 보아도 우리를 신경 쓰고 있다는 걸 훤히 알 수 있었다.

이 녀석, 사춘기인가.

"시, 싫다는 게 아니라, 전 일하는 중이라고요! 업무에는 사적인 감정은 끌어들이지 않아요!"

대단한 프로 근성이군.

하지만, 유메리아 씨가 진지하게 받아들이고 침울해하기에 나는 결국 도와주기로 했다.

"카일, 사춘기인 건 알겠다만, 좀 더 다정하게 대해 드려. 다소의 공사 혼동은 용서해 주마. 자, 유메리아 씨의 가슴에 뛰어들도록 해!"

내 말에 카일의 얼굴이 새빨개졌다.

"당신도 사춘기잖아!"

바보 자식. 나는 인생 2회차다.

두 번째 인생에 사춘기 따윈 없어.

"너랑 똑같이 취급하지 말라고. 나는 어른이야."

"거짓말하시네!"

그런 내 옆에 떠 있는 루크시온이 바보 취급하는 것처럼 중얼 거렸다.

『마스터는 쭉 사춘기인 거나 마찬가지 아닙니까.』

"야!"

이 인공지능, 마스터한테 전혀 다정하지 않다.

현관에서 소란을 피우고 있자, 크레아레가 날아왔다.

『마스터, 어서 와~.』

"다녀왔어. 그보다, 별일 없었냐?"

내가 없을 때 뭔가 일어나지 않았는지 확인하자, 크레아레는 아무 일도 없었다는 듯한 투로 말했다.

『그러네. 노엘이 발리에르 가에 끌려간 것 정도일까? 아, 선물 이 있네. 마리에가 기뻐할 거야. 귀중한 당분이 손에 들어왔어, 라면서 말이지.』

"그러냐, 노엘이 끌려간 것 정도인가."

나는 아무 생각 없이 중얼거리다가 퍼뜩 정신이 들었다.

"너 그거, 중대사잖냐!"

나는 거기까지 와서야 뒤늦게 위화감을 느꼈다.

저택이 너무 조용했다.

"뭐야? 율리우스랑 다른 녀석들은 어디 있어? 그런 큰일이 있었는데, 그 녀석들은 보고만 있었냐?"

그 녀석들, 평소에는 도움이 되지 않으니까 이럴 때 정도는 도움이 되어야 하는 게 아닌가 하고 생각하고 있었더니, 마리에가 식은땀을 흘리며 다가왔다.

"야, 다들 어디 갔어?"

"——쪼, 쫓아냈어."

"뭐?"

마리에가 눈을 감고 큰소리를 냈다.

"쫓아냈다고! 여름방학이 되고 나서 집안일은 돕지도 않고, 생활비도 멋대로 가지고 나갔단 말이야! 기껏 사 온 건 쓸모도 없는 꽃다발이고! 게다가 대량으로 사 와서—— 처분하는 데 얼마나 고생했는지……."

뒷부분은 거의 다 불평이었는데, 아무튼 결국 그 다섯 명을 쫓아낸 건가.

"괘, 괜찮은 거겠지?"

크레아레가 웃으며 말했다.

『후후, 괜찮아. 내가 감시하고 있으니까. 뭣하면, 나중에 그들의 활약을 볼래? 일견할 가치는 있어.』

"무사하다면 괜찮지만 말이지."

뭐, 마리에가 그 녀석들을 쫓아내고 싶은 마음도 이해는 되고, 그 녀석들은 조금 세상을 배우는 편이 좋다.

그건 그렇고, 정말로 도움이 되지 않는 녀석들이다.

그 녀석들, 정말로 여성향 게임의 공략 대상인가?

◇

마리에와 크레아레한테 자세한 사정을 듣기 위해, 사용하지 않는 방으로 들어갔다.

이 화제는 다른 사람이 들으면 곤란하다.

『──라는 거야. 로이크가 공화국 병사들을 방패 삼아 교제를 강요한 꼴이지.』

"보통 그렇게까지 하냐?"

노엘이 무녀로 선택받은 건 타이밍 문제가 있긴 해도 예정대로였다.

하지만 로이크의 행동은 도가 지나쳤다.

수많은 사람의 목숨을 방패로 삼다니, 대체 무슨 생각이지?

『아, 마리에를 타박하지는 마. 마스터도 그 자리에 있었다면 결국 보내줬을 테니까.』

크레아레 뒤에서 움츠러들어 있는 마리에를 보고, 타박하기보다 먼저 해결책을 모색하는 편이 좋겠다는 생각이 들어 마음을 새로이 다잡았다.

하지만, 한마디 하고 싶다.

"아니, 나라면 오기로라도 노엘을 막아 세웠을 거다."

『글쎄? 노엘은 마스터가 있어도 로이크를 따라갔을걸.』

"뭐?"

마리에가 크레아레 뒤에 숨었지만, 아무런 의미가 없었다. 작은 구체 뒤에 숨는 건 몸집이 작은 마리에라도 무리였다.

"둔감 오빠."

"무슨 의미지?"

내가 웃는 얼굴로 노려보자 마리에가 "히익!" 하며 겁을 먹었다.

루크시온이 어이가 없다는 듯이 빨간 눈동자를 가로저은 후에, 내 쪽으로 다가왔다.

『마스터, 어쩌시겠습니까? 공화국과 일전을 벌일 것인지, 그게 아니면 이대로 흐름에 맡겨 지켜볼 것인지── 마스터의 선택에 달렸습니다.』

크레아레는 공화국 정보를 모으고 있었던 듯하다.

『발리에르 가는 이대로 노엘과 로이크를 결혼시킬 모양이네. 다음 수호자 지위를 노리고 있는 것 아닐까?』

거기서 나는 한 가지 신경 쓰인 게 있었다.

"잠깐 기다려 봐? 노엘이 지닌 무녀의 문장은── 어느 쪽 거지?"

묘목인가, 아니면 성수인가── 어느 쪽에 선택받았는지 확인하는 편이 좋은 것 아닐까?

크레아레에게 시선이 모이자, 크레아레는 데헷! 하며 말하기 시작했다.

『아마, 묘목 쪽 아니야? 데이터가 적어서 특정하지 못했어!』

"너, 거기는 중요한 부분이잖냐!"

그러자 루크시온이 대답했다.

『문제없습니다. 노엘을 선택한 것은 묘목 쪽입니다.』

마리에가 놀라 물었다.

"뭐? 어떻게 아는 거야?"

그러나 루크시온은 마리에를 무시하고 내게 질문을 던졌다.

『여기서부터는 마스터의 선택에 달렸습니다. 지금의 노엘은 시나리오상으로 말하자면 올바른 길을 따라가고 있습니다. 그래도 마스터는 노엘과 접점을 가지실 겁니까?』

시나리오대로 나아가고 있는데, 우리가 관여할 필요가 있는 것일까?

나는 가벼운 어조로 대꾸했다.

"넌 바보냐? 억지로 끌려갔다면, 그건 시나리오대로 간 게 아니야. 오히려, 배드엔딩이라고. 잘못된 길이잖아? ——노엘을 되찾을 거다. 최악의 경우, 일시적으로 왕국에 피신시켜도 좋아."

『결국, 구하시는 거군요.』

로이크 자식은 안 된다.

그 녀석은 노엘에게 어울리지 않는다.

마리에가 무언가 말하려다가, 입을 다물고 말았다.

그리고 크레아레가 다른 한 가지 문제를 전했다.

『아, 그건 그렇고 라우르트 가의 루이제와 드루이유 가의 위그가 약혼했어. 마스터, 루이제와 사이가 좋지? 축하하지 않아도 되는 거야?』

진짜냐. 내가 없는 사이에 이벤트가 여러 가지로 너무 많이 발생하는 거 아니야?

◇

"그 난봉꾼── 공화국에 와서 곧바로 마리에와 같이 방에 틀어박히다니."

메이드복으로 갈아입은 코넬리아는 관리가 잘 되어 있지 않은 새 직장 청소에 착수하려던 도중, 리온과 마리에가 같은 방에 틀어박혀 있다는 걸 알고는 리온을 난봉꾼이라 부르기 시작했다.

같은 지붕 아래 사는 것조차 용납하기 어려운데 같은 방에 들였으니, 코넬리아가 보기에는 안제에 대한 배신이나 다름없었다.

"곧장 안젤리카 님께 보고를…… 응?"

문득 고개를 돌리니 같이 청소하던 유메리아가 식당 테이블에 놓인 투명 케이스 안의 식물을 멍하니 바라보고 있는 모습이 눈에 들어왔다.

"유메리아 씨, 왜 그러시지요?"

코넬리아가 말을 걸자, 유메리아는 흠칫하며 놀라 사과했다.

"죄, 죄송해요! 저기, 그게…… 이 애가 신경 쓰여서요."

코넬리아는 유메리아를 따라 케이스 안에 든 묘목을 바라보았다.

"확실히 이상하군요. 장식치고는 너무 수수해요. 공화국에서는 이런 느낌이 보통인 걸까요?"

곧바로 바꾸고 싶었지만, 이런 일은 저택 주인에게 확인을 구해야만 한다.

"테이블에 장식하기에는 허전합니다만, 멋대로 바꿔서 문제가 일어나면 안 되니, 나중에 확인을 취하도록 하죠."

일은 진지하게 하는 코델리아였다.

하지만, 유메리아의 낌새가 이상했다.

'아드님이 매정하게 대해서 풀이 죽은 걸까? 조금 쉬게 하는 편이 좋겠네.'

분명 카일이 차갑게 대한 것이 원인이리라.

코델리아는 유메리아를 쉬게 하기로 했다.

"유메리아 씨, 지치셨다면 먼저 쉬세요. 이쪽은 제가 정리해 두겠습니다."

"그, 그래도."

"──아드님과 대화해 주세요. 바빠지면 이야기를 나누고 있을 여유도 없습니다."

"네, 네!"

유메리아가 방에서 나갔다.

그리고 코델리아는 떠올렸다.

"아차! 여기에 혼자 남으면 그 난봉꾼을 조사할 수 없어!"

일을 내팽개칠 수도 없어서, 코델리아는 분한 듯한 표정을 지으며 청소를 재개했다.

◇

　유메리아는 카일이 있는 곳으로 가다가 복도에서 우뚝 멈춰 서서 주변을 둘러봤다.

　"누구야?"

　복도에는 아무도 없는데, 누군가가 자신에게 말을 건 듯한 느낌이 들었다.

　상황만 봐서는 오싹할 일이었지만, 목소리가 무척이나 부드러웠다.

　문득 창밖을 보니 공화국의 상징인 성수가 보였다.

　마치 산을 보고 있는 듯한 기분이 들었다.

　유메리아는 다시 멍하니 성수를 바라보았다.

　"뭘까. 뭔가――"

　멍하니 창문에 다가가고 있자니, 때마침 복도를 걷던 카일이 말을 걸었다.

　"어머니, 일은 어떻게 하고요?"

　어이없는 표정을 짓고 있는 아들을 본 유메리아는, 황급히 변명했다.

　"그, 그게 말이야. 누가 나한테 말을 걸어서!"

　"아무도 없는데요?"

　유메리아도 대답하기 곤란해져서, 카일을 앞에 두고 고개를 숙이고 말았다.

"미안해."

"나 참. 빨리 청소 끝내주세요."

◇

라우르트 가문 저택 집무실에서 한창 서류 업무를 보던 엘베르크는 노엘 건을 듣고 자기도 모르게 벌떡 일어섰다.

"무녀의 문장이라고?! 말도 안 되는 소리를!"

엘베르크가 소리쳤다.

"무녀의 문장이 어째서 그 애한테——! 아니, 그런가!"

곧바로 깨달았다.

'그런가, 묘목인가! 그렇다면 그 애가 선택받은 것에도 납득이 간다. 그 애는 묘목과 가까운 장소에 있었어.'

리온의 저택에서 신세를 지고 있다는 건 알고 있었다.

하지만 알베르크도 묘목이 이렇게나 빨리 무녀를 선택하리라고는 생각지 않았다.

부하가 보고를 계속했다.

"발리에르 가에서는 당장이라도 노엘…… 무녀님과 차기 당주인 로이크 님의 결혼식을 올린다는 것 같습니다."

"결혼식이라고?"

너무나도 움직임이 빨랐다.

알베르크는 발리에르 가문이 이 사실을 이전부터 알고 있었던 게 아닐까 하는 생각이 들었다.

'벨랑주는 내가 의장 대리 지위에 있는 걸 마음에 들어 하지 않았다. 이대로 나한테서 지위를 빼앗을 생각인가?'

그건 곤란하다.

알베르크는 곧바로 대책을 생각하기 위해, 의지하고 있는 페르낭에게 상담하기로 했다.

"페르낭에게 연락을 취해라."

'레스피나스 가의 생존자가 무녀로 선택되다니—— 이것도 운명인가.'

◇

노엘은 발리에르 가 저택에 감금되어 있었다.

보호한다는 건 표면상의 이야기일 뿐, 실제로는 도망치지 못하도록 가두어 놓았다.

창문에도 쇠창살이 달렸고, 문이나 창문 밖에는 항상 보초가 지키고 있었다.

침대 위에 앉은 노엘은 방에 온 로이크를 봤다.

로이크는 사슬이 달린 목줄을 들고 있었다.

"이게 네 결혼반지가 될 거다."

"너, 머리가 돌아버린 거 아니야?"

"뭐, 일단 들어봐라. 이 녀석은 성수를 재료로 써서 만든 거야. 목줄 쪽은 하인이 차고, 팔찌는 주인이 착용하지. 그렇게 하면 목줄을 단 사람은 주인에게서 도망칠 수 없게 된다."

주인과 하인이 정해지면 사슬은 사라지지만, 무리해서 도망치려 하면, 사슬이 나타나 하인 쪽을 억지로 끌어당긴다.

목줄은 두 번 다시 벗을 수 없다.

"그런 도구가 있다니……."

노엘은 몰랐다.

"성수를 응용하는 방법이 최근 크게 발전했거든."

"하! 결국은 성수를 마음대로 이용하고 있다는 거네. 성수는 관대하기도 하지. 너희들한테 이용당해도, 문장을 빼앗지 않으니까 말이야."

로이크는 노엘에게 가까이 다가가더니, 머리카락을 움켜쥐고 얼굴을 가까이 댔다.

"넌 이제 도망칠 수 없어."

노엘은 로이크를 노려봤다.

"좋을 대로 해. 하지만, 나는 절대로 널 인정하지 않아. 나 한 명을 위해, 수많은 사람을 희생하는 너 같은 녀석을 말이야."

그 말을 들은 로이크는 웃고 있었다.

"여전히 기가 드세군. 그 태도가 언제까지 계속될지 기대되네. 결혼하면 어느 쪽이 위인지 세심하게 가르쳐 주마."

그러자 노엘은 크게 놀랐다.

"겨, 결혼이라고?!"

"아아, 그래. 나와 네가 영원히 맺어지는 의식이다! 그러는 김에, 알제르에 무녀와 수호자가 부활하는 경사스러운 날이 되겠지."

노엘은 로이크에게서 눈을 돌렸다.

"수호자는 무녀가 선택하지 않으면 될 수 없을 텐데? 게다가, 걸맞은 사람이 아니면——"

"그거야말로 내게 꼭 걸맞지 않나! 나는 6대 귀족 발리에르 가의 차기 당주다. 성수를 지키기 위한 힘도 있어! 게다가 나는 너를 사랑하고 있어. 나 이상으로 이 자리에 어울리는 인간 따윈 없다고."

노엘은 로이크를 노려보았다.

"어리석긴. 나를 선택한 건 성수의 묘목 쪽이야. 네가 가진 문장을 부여한 성수는 나를 인정하지 않았어. 안타깝게 됐네. 로이크."

그러자 로이크가 씨익 웃었다.

"그게 뭐 어쨌다는 거지?"

"뭐?"

"어느 쪽이건 상관없어. 성수이기만 하면 돼. 널 고른 게 묘목이라면, 발리에르 가문이 묘목을 관리하면 될 뿐이야. 이후 발리에르 가문이 공화국의 필두로 나라를 이끌어 나갈 거다."

"묘목은 리온이——!"

"성수의 묘목이 무녀와 수호자를 선택한다는 구실도 있고. 외부자가 가지고 나간다면, 외교든 뭐든 구사해서 도로 빼앗으면 그만 아닌가? 그 녀석은 과연 얼마에 묘목을 팔까? 아니, 차라리 왕국이랑 교섭하면 되겠군. 놈들이 얼마나 되는 값을 매기든, 공화국은 사들일 거다."

로이크는 뭘 해서라도 되찾겠다고 말했다.

리온이 이 상황의 열쇠인 묘목의 가치를 얼마나 이해하고 있을지는 알 수 없다.

더구나 묘목을 이용하려면 무녀가 반드시 있어야만 한다. 즉, 노엘이 공화국에 사로잡혀 있는 이상, 왕국은 묘목의 기능을 활용할 수단이 없다. 기껏해야 공화국과의 교섭 재료 정도가 고작이리라.

교섭 재료로 쓰지 않더라도 딱히 상관없다.

로이크가 원하는 건 노엘이고, 벨랑주가 원하는 건 의장 대리 자리니까.

"노엘, 너한테 도망칠 곳은 없어."

로이크가 노엘을 침대에 밀어 자빠뜨리고 노엘의 목에 목줄을 채우려고 했다.

"이, 이거 놔!"

"얌전히 있어!"

로이크는 저항하는 노엘을 때렸다.

노엘이 놀라서 움직임을 멈추자, 목줄을 채우고 자신의 왼팔에 팔찌를 장착했다.

그러자, 로이크의 말대로 사슬이 사라졌다.

로이크는 왼팔을 바라보고는, 팔찌에 키스했다.

노엘이 침대 위에서 움직이지 않자, 로이크가 다정하게 말을 건넸다.

"저항하는 네가 나쁜 거라고, 노엘. 하지만 안심해라. 내 말을 듣는다면, 다정하게 대해 줄 테니까 말이야."

이걸로 노엘은 도망칠 수 없다고 생각했는지, 로이크는 안도한 표정을 짓고 있었다.

빨개진 노엘의 뺨을 부드럽게 어루만졌다.

"나는 널 사랑해. 그러니까 노엘, 나를 화나게 하지 말아 줘. 나는 널 때리고 싶지 않아."

문을 노크하는 소리가 났다.

누군가가 밖에서 말을 걸었다.

"로이크 님, 페르낭 님에게서 연락이 왔습니다."

로이크는 혀를 차고는 노엘에게서 떨어져, 방을 나갔다.

노엘은 머리가 흐트러지고 양팔을 펼친 상태로 침대에 누워 있었다.

자신의 목에 채워진 목줄을 손으로 만지자, 눈물이 흘러나왔다.

◇

내가 꼭 정면에서 후려갈길 뿐인 남자라고 생각하고 있다면 유감이다.

"솔직히, 난 뒤에서 살금살금 움직이는 편이 더 성미에 맞는단 말이지."

내가 숨어든 곳은 발리에르 가의 저택—— 노엘이 사로잡힌 곳이었다.

루크시온이 준비한 슈트 덕분에, 마치 모습이 사라진 것처럼 보이는 광학 미채를 쓸 수 있었다.

나는 경비를 서고 있는 병사 옆을 슬그머니 지나쳤다.

발소리가 나지 않는 신발이 은근히 굉장하다.

함께 주위 경치에 녹아들어 있는 루크시온이 내게 말을 걸었다.

『마스터, 이 저택을 완전히 파악했습니다. 노엘이 사로잡힌 방도 확인이 완료된 상태입니다.』

"좋아, 길 안내 부탁한다."

『——정말로 데리고 나올 생각입니까?』

"바라지 않는 결혼을 하게 될 것 같다면, 구해도 괜찮겠지."

내가 생각해도 로이크는 위험한 느낌이 든다.

『구해낸 뒤에는 어쩌실 겁니까?』

"일시적으로 왕국에 피난시킬 거다."

『시나리오대로가 아니군요.』

"임기응변으로 대응하고 있다고 말해."

저택 안으로 들어오니 병사들이 복도를 감시하며 걷고 있었다.

복도를 무장한 병사가 거닐고 있으니 분위기가 삼엄하게 느껴졌다.

『구출하더라도, 노엘이 수호자를 선택할 거라고는 생각되지 않습니다.』

"어째서? 노엘도 여자애잖아. 사랑도 하겠지."

『현시점에서 수호자는 마스터입니다.』

"나는 인정하지 않아. 그보다, 이 문장은 어떻게 지울 수 없냐?"

확실히 묘목은 날 수호자로 선택했다.

하지만 이래서는 순서가 다르다.

시나리오대로 흘러가지 않는 게 불안하다.

『지울 수 있습니다만―― 수호자로 선택받는 조건은 성수를 지킬 힘이 있는가 아닌가입니다. 거기에 연애 감정이 필요할 것 같지는 않습니다만.』

"설정이 두루뭉술한 '그 여성향 게임'의 2탄이라고. 그런 부분의 세세한 사정 같은 건 생각하고 있지 않을 거야."

애초에 연애 요소가 메인이고, 그 밖의 설정은 덤이다.

깊게 생각하는 쪽이 헛수고다.

『단정 짓는 것은 좋지 않습니다. 게다가, 왕국의 여존남비에는 제대로 된 이유가 있었습니다.』

"아~, 지독한 이유였지. 알고 싶지 않았어."

사람이 왔기에 멈춰 서서 지나쳐 보내고, 루크시온이 가리키는 대로 복도를 나아갔다.

아무도 없다고 생각한 것인지, 방심한 사용인이나 병사들의 대화가 들려왔다.

"무녀님이 우리 도련님과 결혼한다며?"

"그렇게 되면, 로이크 님이 수호자로 선택받으시겠네."

"발리에르 가문은 더 번영하겠어."

녀석이 수호자로 선택받을 거라는 생각은 안 드는데 말이지.

노엘은 로이크를 아주 싫어하니까.

제법 큰 저택이었는데, 노엘이 사로잡힌 방으로 오니 몇 명이나 되는 병사가 감시하고 있었다.

루크시온이 말했다.

『문 앞에는 두 명입니다만, 노엘이 있는 방 양옆에 여섯 명이 대기하고 있습니다.』

"그러면 전부 재워버리자."

나는 품에서 소음기가 달린 권총을 꺼냈다.

탄환은 판타지 세계답게, 발사하면 맞은 상대가 잠들어 버리는 마법 탄환이다.

"문 앞에 있는 두 명부터 정리한다."

『조심하십시오.』

나는 권총을 겨누고, 감시 서는 중인 병사를 쐈다.

◇

노엘이 멍하게 천장을 올려다보고 있자, 문 앞에서 사람이 쓰러지는 소리가 들려왔다.

곧이어 대기 중인 병사들이 황급히 방에서 나갔는지, 방 밖이 소란스러워졌다.

"이봐, 무슨 일——허윽!"

또 다른 병사가 쓰러지는 소리가 들렸다.

노엘은 상반신을 일으켰다.

갑자기 식은땀이 솟구쳤다.

'설마, 라우르트 가문이 날 죽이러 온 건가?'

그날—— 불타는 저택에서 도망쳤던 날을 지금도 기억하고 있다.

라우르트 가문이 레스피나스 가문을 멸문시킨 날.

분명, 레스피나스 가문의 생존자가 있다는 걸 알고 죽이러 온 것이리라.

노엘이 어떻게 할지 고민하는 사이에도 털퍼덕 털퍼덕, 사람들이 쓰러지는 소리가 잇달아 들려왔다.

이윽고 문이 천천히 열리자, 노엘은 무기가 될 만한 것을 찾았다.

하지만 감금 대상 곁에 그러한 물건을 구태여 놓아둘 리가 없었다.

그때, 열린 문틈으로 온몸을 온통 검은색으로 감싸 눈매밖에 보이지 않는 남자가 들어왔다.

하지만 노엘은 그것만으로도 누군지 알아볼 수 있었다.

"리온?"

체형도 익숙하지만, 그의 눈매는 물론, 그 옆에 외눈 구체인 루크시온만 보아도 알 수 있었다.

약간이지만—— 노엘은 기뻤다.

리온이 뒤집어쓰고 있던 천 재질 마스크를 벗더니, 노엘에게 손을 내밀었다.

"노엘, 데리러 왔어. 바로 도망치자. 아니, 잠깐! 그 목줄은 어떻게 된 거야?"

"이, 이건……."

"뭐, 됐어. 자세한 사정은 나중에 들을 테니까, 여하튼 여기서 도망치자고."

노엘은 리온의 손을 잡고자 팔을 뻗었으나—— 이내 손을 거두어들였다.

리온이 의아하다는 얼굴로 바라보았다.

"노엘?"

노엘은 로이크의 말을 떠올렸다.

로이크는 자신을 손에 넣기 위해 수많은 사람을 인질로 잡았다.

이대로 도망치면 로이크가 무슨 짓을 할지 알 수 없다.

그리고 리온에게도 문제가 생긴다.

'리온 곁에 있으면, 폐를 끼치게 될 테니까.'

약혼자도 있는데, 자기가 곁에 있으면서 곤란하게 만들 수는 없었고—— 의지하고 싶지 않았다.

빨리 잊고 싶었다.

노엘은 리온의 얼굴을 봤다.

목소리가 떨렸다.

"도, 돌아가 줘."

"뭐?"

리온이 놀란 표정을 보였으나 노엘은 애써 의연한 태도를 보였다.

"가라고 말한 거야! 나는 공화국의 무녀야. 네, 네가—— 관여해도 좋은 사람이 아니야. 네 마음대로 이러지 마. 나는 내 의지로 여기에 있어."

노엘은 리온이 말려들지 않도록 마음에도 없는 말을 했다.

'내가 비참해지니까, 얼른 가란 말이야.'

약혼자가 있는 상대를 사랑하고, 그것도 모자라 도움을 받는다니.

기대기만 할 뿐인 자신이 부끄러웠다.

동시에, 리온을 이 이상 말려들게 할 수는 없었다.

노엘은 고개를 숙였다.

"——돌아가."

루크시온은 아무 말도 하지 않았고, 리온은 입을 다물더니 그대로 들어왔던 문을 통해 떠나갔다.

문이 닫히기 전에, 노엘은 고개를 들어 손을 뻗었다.

사실은 리온이 도와주기를 바랐다.

도와달라고 소리치고 싶었지만—— 이내 입을 손으로 틀어막고 바닥에 주저앉았다.

이윽고 문이 닫히자, 노엘의 뺨에 눈물이 흘렀다.

'이걸로── 이걸로 된 거야. 이렇게 하는 게 올바른 일이니까. 나 혼자가 참으면, 어떻게든 될 테니까.'

제08화 「돌아온 다섯 바보」

발리에르 가 저택에 한바탕 소동이 벌어졌다.

노엘을 감시하던 병사들이 잠든 사이에 침입자가 다녀갔다는 사실에 벨랑주와 로이크가 격노했기 때문이다.

술을 단숨에 다 마신 벨랑주는 빈 잔을 난폭하게 테이블에 내려놓았다.

"무녀가 납치당했다면 모든 계획이 어긋날 뻔했다! 대체 누구의 짓이냐 말이다!"

벨랑주는 라우르트 가문의 짓이 아닐까 의심하고 있을 뿐, 이 시점에서 왕국이 관여하고 있다고는 생각지도 못했다.

로이크가 초조한 얼굴로 말했다.

"노엘도 전혀 입을 열지 않고 있습니다. 조금 따끔하게 꾸짖었습니다만, 누구의 짓인지는 모른다는 말만 되풀이하고 있습니다."

"무녀를 너무 난폭하게 다루지 마라. 그보다 문장을 지닌 기사를 배치해 두었는데, 아무런 의미가 없었으니, 이게 문제야."

감시를 서던 병사 중에는 문장을 지닌 기사도 있었으나, 그들 역시 스르르 잠들어버렸다.

로이크는 입 앞에서 손깍지를 끼고 생각했다.

'정황을 보아 라우르트 가는 아니겠군. 여기까지 와 놓고 굳이 노엘을 살려 둘 이유가 없어. 아버님은 고려하고 있지 않지만, 어쩌면 그 왕국 기사일 가능성도 있겠군. 하지만, 그렇다면 왜 데리고 가지 않았지? 목줄이 있었던 덕분인가?'

로이크는 내심 안도하고 입을 열었다.

"제가 노엘에게 목줄을 채워 둔 덕분에 적이 노엘을 데리고 갈 수 없었던 것 아닐까요?"

그러자 벨랑주가 쓸쓸한 표정을 지었다.

목줄을 노엘에게 채운 것은 로이크의 독단이었다.

벨랑주는 이를 꾸짖고 싶었으나, 실제로 침입자가 나타난 이상 로이크를 비난하기는 어려웠다.

"무녀에게 목줄을 채우다니, 전대미문이란 말이다."

"저와 노엘의 유대입니다."

"그건 두 번 다시 벗길 수 없는 목줄이다. 실수라도 결혼식에서 드러내 보이지 말도록 해라."

"그 부분도 생각해서, 특별한 드레스를 준비시켰습니다. 걱정하지 마십시오. 아, 그리고 묘목 건은 어떻게 되었습니까?"

벨랑주가 로이크에게서 시선을 돌렸다.

"왕국 외교관들이 말하기로는, 묘목은 백작의 개인 소유물 취급이라더군. 마석 거래에서 우대하겠다고 미끼를 준비했다만, 백작이 어지간히도 무서운지 왕국이 회수하여 인도하는 건 불가능하다는 말만 되풀이하고 있다. 정 원한다면 백작과 직접 교섭하라더군."

"묘목만 손에 들어오면 됩니다. 왕국의 중요 인물과 접촉해서, 묘목을 반환시키도록 손을 쓰지요. 돈이라면 얼마든지 준비할 수 있습니다."

리온과 정면에서 싸울 필요는 없다.

공화국은 에너지 자원을 가진 부국답게 풍부한 자금을 이용하여 왕국의 기술을 돈으로 사면 된다는 사고방식이 있었다.

더구나 돈으로 사는 게 무리라 하더라도, 묘목을 확보하는 건 공화국의 중요 과제다.

발리에르 가문 이외에 다른 귀족들도 묘목을 노리고 움직일 것이다. 그러면 머잖아 미끼에 달려들 왕국 귀족들이 나올 것이다.

'영웅 한 명을 죽이기 위해 싸울 필요 따위 없다. 예로부터 영웅은 비명횡사하는 법이지. 리온, 너는 어떤 식으로 죽으려나?'

마리에의 저택.

리온은 노엘을 구하러 갔다가 돌아오자마자 소파에 누워버렸다.

코델리아가 청소에 방해가 된다고 말하는 듯한 시선을 보냈지만, 리온은 반응조차 보이지 않았다.

아니, 그보다 리온의 '귀찮음 스위치'가 켜져 있었다.

전직 여동생답게 이 스위치를 알아챈 마리에는 이마에 손을 짚었다.

'이 자식 진짜 성가셔!'

딱 잘라 말해, 리온은 침울해하고 있었다.

노엘을 구하러 갔다가 도리어 쫓겨나 충격을 받은 거다.

대담하기 짝이 없는 행동을 하는 주제에, 묘한 곳에서 섬세했다.

애초에 마리에가 리온한테 이것저것 말하지 않은 이유가 바로 이것 때문이었다. 노엘이 연심을 품은 상대가 리온이라고 말하면, 이 스위치가 켜질 게 뻔했다.

리온은 노엘한테 거절당하는 바람에 귀찮음 스위치가 켜졌다.

줄곧 차가운 시선으로 리온을 바라보던 코델리아가 결국 참지 못하고 입을 열었다.

"리온 님, 비켜 주십시오. 방해됩니다. 게다가, 소파는 눕는 곳이 아닙니다."

리온은 손을 하늘하늘 흔들고 있었다.

"아~, 괜찮아, 괜찮아. 오늘은 휴일이니까. 코델리아 씨도 쉬어도 돼."

"신경 써주시는 것은 기쁩니다만, 저는 이미 일전에 휴가를 받았습니다. 오늘은 엄연한 근무일이기에, 빨리 비켜 주십시오."

주인에게 실례인 태도였으나, 리온은 개의치 않는지, 느릿느릿 일어나 하품을 하며 루크시온을 불렀다.

"루크시온, 밥은?"

『저녁 식사까지 앞으로 두 시간 남았습니다.』

"뭔가 먹으러 가자. 꼬치구이가 머고 싶네."

『지금은 참으시죠.』

의욕이 전혀 없어 보이는 것이 마치 휴일에 뒹굴뒹굴하는 아빠 같았다.

결국 마리에는 성가신 이야기가 될 걸 알면서도 용기를 내서 말을 걸었다.

"저기, 리온── 노엘은 괜찮아?"

그러자 리온은 마리에의 얼굴을 쳐다보지도 않고 대답했다.

"노엘은 발리에르 가에 남겠다더군. 내가 나설 막이 아니야."

"그, 그래도……."

"본인이 결정한 거잖아? 그럼 우리가 관여할 여지는 없지."

마리에는 생각했다.

'아 정말! 이 인간, 진짜로 삐치면 성가시네!'

옛날부터 이랬다.

늘 이것저것 이유를 대며 주위를 안달복달 나게 만든다.

리온이 하품을 하자, 유메리아가 묘목이 든 케이스를 들고 다가왔다.

"리온 님, 저어── 손님이 오셨어요."

유메리아 뒤에 있던 건 고급스러워 보이는 옷을 입은 렐리아였다.

◇

렐리아의 요구는 딱 하나였다.

"성수의 묘목을 넘기라고? 너, 지금이 어떤 상황인지 알고 있는 거야?!"

마리에가 소리치자 렐리아는 고개를 살짝 숙이고 대답했다.

"알고 있어. 하지만 지금은 그게 필요해. 로이크가 개심했으니까, 언니가 로이크를 선택하면 본래 루트로 돌아갈 수 있어. 묘목이 갖추어지면 이른 시일 내에 문제도 해결할 수 있겠지. 그러니까 부탁이야. 묘목을 양보해 줘."

흥미가 없는 듯한 리온을 내버려 두고, 마리에가 렐리아한테 물었다.

"문제를 해결할 수 있다니, 무슨 말이야?"

렐리아의 표정은 진지함 그 자체였다.

"라우르트 가문을 실각시킬 수 있어."

그 말을 들은 리온이 움찔하며 반응을 보였지만, 그것뿐이었다.

'오빠! 정신 차려, 평소의 오빠로 돌아와!'

루크시온이 마리에한테 말했다.

『이렇게 되면 한동안은 투덜투덜 푸념만 늘어놓고 움직이지 않습니다. 전에도 이런 적이 있었죠. ──올리비아와 싸웠을 때도 이런 식이었습니다.』

예전에도 비슷한 일이 있었던 모양이다.

"전생해도 사람은 성장하지 않네."

마리에가 그렇게 말하자, 리온이 발끈했다.

"거울 보지 그러냐. 성장하지 않았던 누구 씨가 보일 거다."

"나 말하는 거야?! 오빠보다는 나아!"

"성장한 사람이 역하렘을 노리겠냐!"

지당한 의견이다.

마리에도 반론할 수 없기에 멈칫하고 말았다.

우리 둘의 콩트를 어이없다는 얼굴로 바라보고 있던 렐리아가 화제를 되돌렸다.

"이제 묘목만 있으면 라우르트 가문의 악행을 백일하에 드러낼 수 있어. 발리에르 가문이 중심이 되어서 힘을 빌려줄 거야."

만약 지금 라우르트 가문이 실각하여 힘을 잃으면 최종 보스도 나타나지 않을 거다.

확실히 고마운 이야기다.

출현한다고 하더라도, 노엘과 로이크가 있기에 이길 가망도 있다.

'하지만, 그건 두 사람이 맺어진다는 말이잖아?'

"애초에 로이크는 정말 개심한 거야?"

"전에 파티에서 이야기했어. 루이제와 위그의 약혼 발표 자리였는데, 전과 달리 침착하더라고. 반성도 하고 있었어."

그렇다면 가능성이 있나?

마리에는 잠깐 생각했지만, 그래도 어려울 것 같았다.

게다가── 그 후에 로이크가 노엘을 데리고 간 수단을 생각하면 도저히 반성했다고는 말하기 어려웠다. 렐리아가 멋대로 로이크가 개심했다고 믿고 있을 뿐일 수도 있었다.

'왠지 안 좋은 느낌이 들어.'

전생의 경험이 로이크가 수상쩍다고 소리쳤다.

마치 가정폭력을 일삼는 남자가 주위에는 좋은 사람인 것처럼 연기하고 있는 듯한 느낌이 들었다.

리온은 한숨을 내쉬었다.

"글쎄, 어떠려나? 노엘은 감금된 상태였고, 목줄이 채워져 있었는데."

목줄이라는 말에 마리에가 렐리아를 노려봤다.

"저게 무슨 말이야?!"

그러자 렐리아가 당황해서 대답했다.

"나, 나도 몰라! 아, 아마, 언니가 도망치려고 했다든가? 언니라면 날뛰어도 이상하지 않고."

마리에는 점점 자신의 감이 적중하는 듯한 느낌이 들기 시작했다.

렐리아는 말했다.

"어쨌든! 라우르트 가문을 빨리 쓰러뜨리자. 그렇게 하면 해피엔딩이야. 당신들도 그걸 위해 여기까지 온 거잖아?"

확실히 목적만 따지자면 고마운 이야기였다.

하지만——.

'그거, 노엘이 행복해질 수 있는 걸까?'

——마리에는 도저히 이 제안을 받아들일 수가 없었다.

"애초에 로이크가 선택받긴 한 거야? 수호자의 문장은 오빠한테 있잖아?"

마리에가 지금 존재하는 문제에 관해 물어보자, 렐리아도 곤혹스러워했다.

"그, 그건…… 그쪽에서 지워줄 수 없어?"

렐리아의 시선이 루크시온에게 향했다.

『──마스터의 명령이 있다면, 지우는 수단은 찾아내도록 하지요. 단, 마스터가 명령한다면, 입니다.』

너의 명령은 듣지 않겠다는 대답에 렐리아가 리온을 봤다.

그러나 리온은 하품이나 하고 있을 뿐, 꿈쩍도 하지 않았다.

렐리아가 마리에한테 작은 목소리로 말을 건넸다.

"잠깐, 왜 저래? 어째 의욕이 없는데?"

"오빠는 삐치면 성가셔. 성가심이 평소의 세 배가 된다고. 그왜, 노엘이 사로잡혀서 구하러 갔는데, 거부당해서 침울해져 있는 거야."

"뭐어?! 나한테는 그런 이야기 한 적 없잖아?! 쓸데없는 짓 하지 마!"

"너도 우리한테 입 다물고 있었잖아! 알고 있었다면, 조금은 달랐을 거라고! 그것보다 목줄 건은 어떻게 할 거야? 정말로 마음을 고쳐먹었다고 말할 수 있어?"

"그, 그건…… 모르겠어. 상태를 보러 갈게."

두 사람의 시선이 잠자코 있는 리온에게 향했지만, 무슨 생각을 하고 있는지 알 수 없었다. 아니, 아무 생각도 하고 있지 않은 듯한 얼굴이었다.

두 사람은 어깨를 풀썩 떨궜다.

'이 인간, 쓸모없어!'

◇

나는 렐리아가 플레벤 가의 고급 차에 올라타 떠나가는 모습을 창문 너머로 바라보았다.

묘목을 돌려달라고 부탁하러 온 게 결혼식에서 무녀와 묘목이 모여 있으면 안성맞춤이니까──같은 하찮은 이유일 리가 없다.

이 묘목이 공화국에 그만큼 중요하다는 거겠지.

하지만 지금은 그것보다──

"이거, 굳이 공화국까지 유학 오지 않아도 됐던 거 아니야? 섣불리 개입한 게 실수였네."

나는 루크시온에게 그렇게 말했다.

『마스터는 그게 노엘의 본심이라고 생각하는 겁니까?』

"내가 여자 마음을 알 리가 없잖아. ──뭐, 친하게 지내고 있었는데 거부당한 건 조금 충격이었지만 말이야."

나는 노엘을 구하고 싶었다.

하지만 노엘은 각오를 굳힌 뒤였다.

그럼 처음부터 나 같은 건 필요 없었던 것 아닐까?

그런 생각이 들었다.

『정말로 성가시네.』

"뭔가 말했냐?"

『──아뇨, 딱히.』

루크시온이 내게서 외눈을 돌리자, 마리에가 방에 들어왔다.

"오빠."

◇

유메리아가 묘목이 든 케이스에 말을 걸고 있었다.

"응응, 햇볕이 잘 드는 장소가 좋다는 거지? 알았어, 그러면 창가에 둘게."

마치 묘목과 대화하고 있는 것 같았다.

카일이 그 모습을 보고 창피하다는 듯 말했다.

"어머니, 식물에 말을 거는 건 인제 그만 해요."

"카일? 그래도, 저기 말이야. 이 애가 햇볕이 잘 드는 장소로 옮기고 싶대."

카일은 어이없다는 얼굴로 대답했다.

"식물은 말 안 해요. 그보다도, 청소는 끝났어요?"

"아, 아직……."

카일은 풀이 죽는 유메리아한테 설교했다.

모자의 입장이 역전되어 있었다.

"어머니, 저희는 고용된 몸이에요. 그야 백작은 사람이 좋아요. 조금 허투루 해도 알아차리지 못할 테고, 통도 크니까 급료도 많죠.

그래도 말이죠, 거기에 응석을 부리는 건 글러 먹은 녀석이라고요. 받은 만큼은 확실하게 일해야 해요."

"으, 응. 그래도……."

유메리아는 묘목을 소중하게 끌어안았다.

"그래도, 가 아니에요! 됐으니까, 빨리 청소해 주세요. 이 뒤에는 저녁 준비도 있으니까요."

카일이 떠나가자, 유메리아는 의기소침해지고 말았다.

묘목을 보며 쓴웃음을 짓고 있었다.

"혼나 버렸네. 나…… 미움받고 있는 걸까?"

걸음을 내디딘 유메리아가 청소할 장소로 향하자 리온과 마리에가 말다툼하는 소리가 들려왔다.

"그만 적당히 좀 해! 전부터 줄곧 생각했는데, 그 성가신 성격 어떻게든 좀 하라고!"

마리에가 소리치자 리온도 거칠게 대답했다.

"성가시다니 뭐냐! 네가 더 지독한 성격이잖냐! 옛날부터 항상, 항상——!"

"말 다 했겠다, 이 망할 '오빠'!"

마리에가 오빠라고 소리치는 걸 듣고, 유메리아는 눈을 휘둥그레 떴다.

하마터면 묘목을 떨어뜨릴 뻔했다.

유메리아는 입을 뻐끔거렸다.

'어? 어어?! 어어!! 마리에 님이 오빠라고—— 리온 님을 오빠

라고 불렀어? 아니, 하지만, 두 분은 새빨간 남이고——어어어어 어어어어?!'

유메리아는 어째서 마리에의 오빠가 리온인지 알 수 없어서 당황했다.

'어, 어어어, 어쩌지?! 서, 설마—— 바르카스 님이 바람을 피워서 마리에 님이 태어났다는 건가?!'

두 사람이 남매라면, 가능성으로서는 부모의 불륜에 원인이 있다는 생각이 들었다.

유메리아한테는 다른 가능성이 떠오르지 않았다.

'사, 사모님께! 사모님께 알려야만 해!'

이렇게, 오해가 하나 생겨났다.

마리에는 갑자기 내 방에 쳐들어오더니 시끄럽게 굴기 시작했다.

내 성격이 성가시다니, 어느 입이 그런 말을 하는 거지?

전생 때부터 성가신 건 마리에 쪽이었다.

"너도 성가신 여자잖냐!"

"오빠보다는 낫다고 하잖아! 애초에 노엘한테 거절당해서 삐치다니, 뭔데? 그 애가 진심으로 오빠를 거부했다고 생각해? 어째서 억지로라도 데리고 오지 않은 거야!"

"어쩔 수 없잖냐! 노엘이 정한 거라고."

외부인이 끼어들 일이 아니다.

노엘이 스스로 결정한 거라면, 나로서는 어찌할 수 없는 것이다.

"아 정말, 이 바보 오빠가!"

"조금 전부터 대체 뭐냐고!"

"바보니까 바보라고 하지! 심지어 둔감해!"

"뭐?! 야, 내 어디가 둔감하다는 거냐!"

내가 바보라든가 둔감하다든가, 이 녀석은 대체 뭐지?

어째서 내가 이렇게까지 비난받는 거냐고?

슬쩍 루크시온에게 시선을 던져 보았지만, 녀석은 나를 도와주려는 낌새조차 보이지 않았다.

아니, 대체 내가 뭘 했다는 거야?!

내가 도통 모르겠다는 얼굴을 하자, 마리에는 더 참을 수 없었는지 고개를 숙이며 말했다.

"노엘이 좋아하게 된 건 오빠야!"

"……뭐?"

어째서 노엘이? 뭐? 나? 날 좋아해?

의문이 잇따라 떠올랐지만, 마리에는 나를 무시하고 이야기를 계속했다.

"걔는 오빠를 좋아했어. 같이 있으면 무척 즐거워 보였다고. 그런데도 오빠는 전혀 알아차리지도 못하고!"

"그, 그건…… 알고 있었으면 말하라고."

힘없는 목소리로 말하자, 마리에가 목소리를 높였다.

"대체 뭐라고 말해야 하는데?! 오빠한테는 약혼자가 두 명이나 있으니까 포기해, 라고 말할까? 노엘, 그렇게나 즐거워 보였는데! 그런데 오빠는 그 두 사람이 집에 오니까 헤벌쭉해져서는!"

내가 오른손으로 얼굴을 누르자, 루크시온이 가까이 다가왔다.

『전혀 알아차리지 못한 눈치였기에 굳이 알려드리지 않았습니다. 그 사실을 알게 되면 마스터는 또 무리할 테니까요.』

"……그, 그럼 노엘 녀석은 이상한 배려를 해서 발리에르 가에 남은 거라고?"

『크레아레한테서는 그렇게 들었습니다.』

어떻게 이런 일이.

얼른 데리고 올 걸 그랬다.

『지금은 침입자를 경계하여 노엘의 경호가 엄중해졌습니다. 되찾는 건 가능합니다만, 적측의 피해가 커지겠지요.』

내가 의기소침해져 있자, 마리에가 나한테 부탁했다.

"오빠, 나는 노엘이 행복해졌으면 좋겠어. 그 애, 착한 애야."

"알고 있어."

주인공은 어째서 이렇게 좋은 애들 뿐인 걸까?

좀 더 인간미 있고 미워할 수 있는 애라면, 이렇게까지 고민하지 않아도 되었을 텐데.

루크시온이 보충했다.

『로이크는 침입해 온 게 저희 쪽이 아닐까 하고 의심하고 있습니다. 저택 주변에 감시하는 사람이 배치되어 있습니다. 항구에서도 아인호른을 감시하고 있군요.』

"……실수했군. 억지로라도 데리고 올 걸 그랬어."

『그것도 문제입니다만, 무녀를 찾았다고 대대적으로 선전하고 있습니다. 이런 상황에서 억지로 데리고 올 경우, 공화국은 어떤 수를 써서라도 되찾으려 할 것입니다. 뭐, 간단히 말하면 마스터 가 싫어하는 국제 문제가 되겠지요.』

로이크는 나를 의심하고 있다.

그 녀석도 쓸데없이 유능하군.

무엇보다, 국제 문제가 된다면 나 혼자 감당하기에는 벅차다.

"요전에 날뛴 참인데, 이번에 또 뭔가 저지르면 왕국에서 잔소 리하려나?"

『공화국 정도는 금방 멸망시킬 수 있습니다만?』

"너는 왜 문제가 일어나면 금방 그렇게 멸망시키려고 하냐."

루크시온의 해결 수단은 너무 과격하다.

하지만 뾰족한 수가 없는 게 사실이다. 이 상황에서 노엘을 구 하면 공화국은 가장 먼저 왕국을 의심할 것이다.

최악이군.

내게 정치 감각은 없다.

왕국에 숨긴다 한들, 공화국에서 인도를 요구하면 어떻게 되지?

어딘가 다른 나라로 보낼까? 아니, 애초에 노엘이 이야기를 받 아들일까?

그리고 나는 어떤 얼굴로 노엘을 만나면 좋지?

"제길, 전보다 복잡해졌잖아."

머리를 감싸 쥐자, 루크시온이 내게 말했다.

『그건 그렇고—— 그들이 저택에 돌아온 것 같습니다. 한 명 부족하지만요.』

"돌아오다니?"

고개를 들자, 마리에가 창밖을 보고 있었다.

그리고 소리쳤다.

"뭐야, 저거?! 저기, 저거 뭐냐고!! 잠깐 기다려 봐, 이게 어떻게 된 거야아아아!!"

나도 쭈뼛쭈뼛 바깥을 살펴봤더니, 거기에는 예상 밖의 광경이 펼쳐져 있었다.

◇

현관문을 열자, 거기에 있었던 건——

"오래 기다리셨습니다, 마리에 씨."

고급 정장을 입은 질크가 사람을 고용해 몇 개나 되는 나무 상자를 운반시키고 있었다.

질크 자신은 어째선지 금이 간 항아리를 끌어안고 있었다.

"마리에, 우리는 이제야 깨달았어. 마리에가 무슨 말을 하고 싶었던 건지를 말이야."

하얀 정장에 실크 해트와 망토—— 외눈 안경을 쓴 브래드가 지팡이를 들고 걸어왔다.

지팡이를 마리에한테 향하자, 지팡이 끝에서 싸구려처럼 조잡한 조화가 나왔다.

이 두 사람의 차림새도 끔찍했지만, 이게 전부가 아니었다.

다음은 삼각 수영복을 입은 그렉이 다가왔다.

뒤에는 단련된 육체를 지닌 남자들이 그렉을 따라 같은 포즈를 취하고 있었다.

"마리에, 나는 남자를 갈고닦고 왔다. 그리고 이해했다. 네가 말하고 싶었던 바를! 봐줘, 이것이 나의 마음—— 프론트 더블 바이셉스으으으!!"

그렉은 이전보다도 근육이 조금 늘어난 것 같았다. 오일을 발랐는지 피부가 번질번질했다.

——그리고, 그 옆은 더욱 끔찍한 광경이 펼쳐져 있었다.

이쯤 되면 이미 이해할 수 없는 수준이 아닐까.

수건을 꼬아 두른 머리띠에 훈도시와 흰 무명옷, 그리고 핫피*를 착용한 크리스가 남자들이 둘러멘 신위(神位) 가마 위에 서 있었다.

"나도 남자를 연마해 왔다! 마리에, 네가 말하고 싶은 걸 이해했어. 우리가 잘못되어 있었다!"

나는 남자들이 어기영차, 어기영차 하고 외치며 둘러멘 신위 가마를 보고—— 이 세계에 신위 가마가 있었구나, 하는 감상이

*전통 의상 중 하나로, 옷깃과 등에 문양이 들어간 겉옷. 축제 기간에 많이 입는다

맨 처음으로 떠올랐다.

크리스를 비롯한 이 네 사람에 대해서는 더 생각하고 싶지 않았다.

그리고 다들 마리에의 마음을 이해했다고 말하는데── 아마 확인할 것도 없이 또 헛다리를 짚었을 거다.

왜냐면, 마리에는 지금 무표정하니까.

아니, 정확히는 핏기가 가신 얼굴이었다.

마리에는 현관에 가만히 서서 이 광경을 멍하니 보고 있었다. 카일과 카라가 걱정스러운 얼굴로 마리에를 보고 있었다.

코넬리아 씨도 표정이 죽어 있었다.

유메리아 씨는── 눈을 반짝이고 있었다. "축제라도 시작되는 건가요?"라며 천진난만하게 기뻐했다.

네 사람이 마리에 앞으로 다가왔다.

그러나 마리에는 움직이지 않았다── 아니, 움직일 수 없기에 내가 대신 질문을 던졌다.

"너희, 뭐 하고 있었던 거냐?"

항아리를 끌어안고 있는 질크가 지금까지의 경위를 이야기했다.

"저택에서 쫓겨난 뒤로는 고미술상으로 돈을 벌고 있었습니다. 저는 깨달은 겁니다. 마리에 씨에게 줄 선물은 무엇이 좋은가, 하고 말입니다."

내가 확인차 마리에에게 시선을 던지자 고개를 획획 가로저었다.

선물을 받고 싶어서 쫓아낸 건 아닌 모양이군.

이 녀석들, 이 대답만으로 이미 마리에의 마음을 1mm도 이해하지 못하고 있다는 게 다 들통났잖아.

브래드도 마찬가지였다.

"자신의 힘으로 돈을 벌어 선물을 사야 의미가 있는 거야! 그렇지, 마리에?"

뭐, 생활비에 손을 대는 것보다는 낫군.

그래서 물어봤다.

"그래서, 대체 얼마씩 벌었는데?"

그렉이 포즈를 취하며 근육을 움찔움찔 움직였다.

원래부터 근육질 몸매이긴 했지만, 어째 한 달 만에 한층 더 늘어난 것 같았다.

"모른다! 마리에한테 사랑을 나타내기 위해, 번 금액은 전부 썼다! 봐줘, 마리에. 나의 사이드 체스트으으으!"

근육이 눈에 띄는 포즈를 반복하는 그렉과 그 뒤에 있는 남자들.

그러나 마리에의 표정은 손톱만큼도 변하지 않았다.

그때 크리스가 신위 가마에서 내려오더니 안경을 벗었다.

아무래도 폼을 잡고 싶은 모양인데, 당장 축제에 뛰어나갈 것 같은 차림새로 그런들 불쾌하기만 할 뿐이었다.

"나는 신위 가마와 일손을 모으느라 번 금액을 전부 다 썼다. 하지만, 후회는 없어. 이게 마리에를 향한 내 마음이다!"

밖으로 쫓겨났던 동안, 어찌 된 영문인지 각자 돈을 벌었던 모양이다.

대체 무얼 해서 돈을 벌었는지 신경 쓰이긴 하지만, 지금은 그
것보다도 이 녀석들이 마리에의 의도를 조금도 이해하지 못하고
있다는 점이 문제였다.

마리에가 원하는 건 선물이 아니라, 돈이다.

이 녀석들, 자기들 속에서 멋대로 해석했군.

기껏 돈을 벌었어도, 다 써버리고 돌아오면 의미가 없다.

브래드가 실크 해트를 벗자, 거기서 토끼가 얼굴을 내밀었다.
브래드는 "바, 바보 녀석, 아직 이르다" 하고서 다시 토끼를 밀어
넣었다.

"마리에, 나는 저번보다도 많은 꽃다발을 준비했어. 금방 도착
할 거야."

질크는 업자가 운반해 온 나무 상자에 시선을 향했다.

"저는 미술품을 모을 수 있는 최대한으로 모았습니다. 어느 것
이고 훌륭한 물건들입니다."

금이 간 항아리를 끌어안고 있는 시점에서, 전혀 기대감이 들
지 않는데.

이 녀석, 정말로 고미술상 일을 해서 돈을 벌고 있었던 건가?
위조품으로밖에 안 보이는데.

내가 다시 마리에에게 시선을 던지자, 마리에는 작은 목소리로
투덜댔다.

"말 안 했어. 나는 선물 사 달라는 말 따위 하지 않았어."

네 사람이 눈을 반짝이며 마리에한테 손을 내밀었다.

"마리에 씨! 자, 저의 손을!"

"아니, 내 손을 잡아 줘!"

"마리에, 봐줘── 너를 위한 근육! 모스트 머스큘러어어어!"

"나는 오늘부터 마리에한테 목욕으로 고생을 시키긴 않겠어. 자, 내 손을 잡아 줘!"

가장(假裝)한 네 사람이 마리에 앞에 무릎을 꿇고, 손을 내밀었다.

그러나 마리에는 여전히 움직이지 않았다.

그저 어딘가 먼 곳을 보고 있을 뿐이었다.

네 사람이 이렇게 되리라고는 생각지도 않았던 모양이었다.

이 녀석들, 항상 엉뚱하게 안 좋은 방향으로 예상을 돌파한단 말이지.

카라가 불안한 얼굴로 말했다.

"이, 이거, 율리우스 씨가 어떻게 되었을지 무서운데요."

카일은 이미 포기한 상태였다.

"이보다 끔찍해도, 저는 놀라지 않을 거예요."

그렇다.

아직 율리우스가 돌아오지 않았다.

그 녀석 성격상, 이 네 명을 뛰어넘어도 이상하지 않다.

이것 이상이라……

이미 나로서는 상상도 되지 않았다.

율리우스가 돌아오는 게 무서워졌던 차에, 한 남자가 다가왔다.

제법 꾀죄죄한 차림새에, 앞치마를 걸치고 있었다.

하얀 셔츠는 때가 탔고, 뛰어왔는지 호흡도 흐트러져 있었다.

그의 손에는 갈색 봉투가 들려 있었다.

그를 본 마리에가 소리쳤다.

"율리우스!"

뭐라고?!

이 녀석들 이상의 야단법석을 일으키며 올 줄 알았는데, 이렇게 수수한 모습으로 돌아올 줄이야.

율리우스는 미소를 띠고 있었다.

"마리에, 다녀왔다."

제09화 「전 왕태자」

"다녀왔다."

율리우스는 약 한 달 만에 저택에 돌아와, 오랜만에 마리에를 보고 진심으로 안도했다.

동시에, 제법 호화로운 선물을 준비한 네 명을 봤다.

'나는―― 어찌 이리도 한심한가.'

네 사람이 마리에를 위해 준비한 선물을 보고, 자신이 얼마나 글러 먹었는지를 알 수 있었다.

자신은 돈을 많이 벌지 못했다.

마리에가 가까이 다가왔다.

"율리우스, 그 모습은 어떻게 된 거야?"

마리에가 자신을 걱정해 주고 있다.

그것만으로도 기뻤다.

"……포장마차에서 일을 하고 있었다."

"포장마차?"

마리에 주변으로 카일과 카라 말고도, 유메리아나 안젤리카를 시중들던 코델리아의 모습이 보였지만, 율리우스는 신경 쓰지 않고 먼저 마리에한테 이야기했다.

"사실은 아침 일찍 일어나자마자 올 생각이었다만, 아침에는 가게를 준비해야 해서 대장을 돕느라 늦었다.”

　포장마차에 들어간 이후, 율리우스는 성실하게 일했다.

　하지만 포장마차 일은 기껏해야 아르바이트다.

　거금은 벌 수 없다.

“꼬치구이 포장마차다.”

“율리우스가 포장마차에서 아르바이트를?”

　마리에가 놀란 표정을 지었다.

‘이런, 실망하게 했나?’

　하지만 이것이 지금의 자신이다.

　그리고, 포장마차에서 일한 경험은 헛된 것이 아니었다.

　정말로 즐거웠다.

　그리고, 힘들었다.

　열심히 일해서 적은 돈을 받으며, 세상이라는 것을 배웠다.

　취한 손님들의 푸념을 듣고, 대장에게서 세상 물정 모르는 녀석이라고 꾸지람을 들으며── 율리우스는 자신이 얼마나 잘못되어 있었는지를 알게 됐다.

“사실은 선물을 사려고 생각했다만, 제일 좋은 건 이게 아닐까 하고 생각했다.”

　율리우스가 내민 건 자신이 벌었던 한 달 분의 급료였다.

　마리에는 말없이 그 봉투를 받아들었다.

　도저히 많다고는 할 수 없는 금액이었다.

“마리에, 이게 내 최대한의 성의다. 그리고 알게 됐다. 나는──

바보였다. 돈은 버는 것이라고 알고만 있었지, 이해하고 있지는 않았다. 분명 어디에선가 솟아난다고만 생각했겠지. 벌어 보고 나서야 비로소 이해할 수 있었다."

"율리우스……."

마리에가 갈색 봉투를 끌어안았다.

"내가 주는 선물은 아니지만, 최선을 다한 금액이다. 받아줬으면 좋겠군."

율리우스가 그렇게 말하자, 이를 지켜보던 나머지 넷이 낙담하며 말을 걸었다.

"전하……. 전하께서는 좀 더 유능하신 줄 알았는데……. 유감입니다."

율리우스를 높이 평가했던 질크가 매우 유감스럽다는 표정을 지었다.

"나도 전하가 가장 강력한 경쟁 상대라고 생각했는데 말이지. 기대에서 벗어났어."

라이벌이 이 정도였나? 하고 브래드는 조금 분해하고 있었다.

"율리우스의 그런 모습은 보고 싶지 않았다."

그랙이 씁쓸한 얼굴로 그리 말했다. 다섯 명이 진심으로 승부하고 싶었는데, 율리우스 혼자가 탈락한 꼴로 보이는 게 언짢은 모양이었다.

"이래서는 네 사람의 승부 아닌가."

크리스도 분하다는 듯 말했다.

이래서는 승부도 되지 않는다고 생각하는 모양이었다.

율리우스도 자각하고 있었다.

"받아칠 말도 없군. 이 승부는 내 패배겠지. 하지만, 나는 나대로 전력을 다했다. 그 결과라면 받아들일 수밖에 없어."

분하지만, 이게 지금의 자신이었다.

율리우스는 마리에의 제일이 될 수 없는 건 분하지만, 자신이 부족하여 마리에가 다른 사람을 선택한다면 어쩔 수 없는 결과라고 생각했다.

리온과 다른 사람들도 놀란 얼굴로 자신을 바라보고 있었다.

그때, 마리에가 천천히 다가오더니, 율리우스의 오른손 손목을 잡고 들어 올렸다.

"율리우스, 네가 1등이야!"

"――어?"

가장 벌지 못한 율리우스가 1등이라는 말에, 다른 네 명이 깜짝 놀랐다.

"기, 기다려 주십시오, 마리에 씨! 가장 많이 번 사람을 선택하는 게 아니었습니까?"

마리에는 갈색 봉투로 부채질을 하며, 여전히 이해하지 못하고 있는 네 사람에게 말했다.

"어머? 내가 언제 가장 많이 번 사람을 선택하겠다고 말했어? 애초에, 돈을 벌어오라고 말했는데 쓸데없는 물건을 사느라 돈을 낭비해서 무일푼이 된다니, 대체 무슨 생각인 거야! 너희들 넷은 벌어들인 금액은 제로! 그러니까, 평가도 제로야."

브래드가 어깨를 풀썩 떨궜다.

주머니에서 비둘기가 얼굴을 내밀고 있었다.

"그럴 수가아아아!"

그렉이 털썩, 무릎을 찧었다.

"우리는 잘못되어 있었던 건가."

뒤쪽에서는 남자들이 그렉을 위로했다. "그렉 씨, 기운 내요!", "당신의 근육은 최고야!", "그 포즈, 끝내준다고!"라면서.

크리스는 율리우스에게 사과했다.

"마리에의 마음을 사로잡은 건 전하였군요. 저희의 완패입니다."

네 사람은 율리우스를 보며, 졌지만 상쾌한 표정을 짓고 있었다.

율리우스는 네 사람을 봤다.

"너, 너희들…… 고맙다."

울기 시작하는 율리우스를 네 사람이 위로하고, 그 옆에서 마리에가 갈색 봉투를 들며 "급료! 급료!" 하며 덩실거리고 있었다.

마지막으로 리온이 말했다.

"뭐냐, 이거?"

◇

다섯 바보가 돌아왔다.

그건 좋은데, 타이밍이 너무 미묘하다.

노엘이 납치되었을 때는 없었고, 되찾는 과정에는 쓸모가 없다.

이 녀석들의 존재 의의는 뭘까? 진심으로 궁금하군.

어찌 됐든 사정을 이야기하지 않을 수도 없는 노릇인데, 돈을 벌어오라고 내쫓았더니 고미술상, 마술사, 보디빌더, 축제남이 되어 돌아오는 바보들을 어쩌면 좋을까.

꼬치구이 가게인 율리우스가 제일 정상적으로 보이기 시작했다.

에이프런을 걸친 율리우스는 의자에 앉아 팔짱을 끼고 묵묵히 설명을 듣고 있었다.

"대체적인 흐름은 이해했다. 즉, 발트파르트는 노엘을 구하고 싶은 것이로군?"

"그래."

이 녀석들에게 적확한 답이 돌아오리라는 기대는 눈곱만큼도 없지만, 일단은 의견을 들어 두자.

만약 바보 같은 소리를 하며 뛰쳐나가면 말려야 하니까.

그런데.

"그러면, 구하도록 해라."

"엉? 너, 내가 한 말 듣고 있었냐? 노엘은 무녀니까, 공화국이 필사적으로 되찾으러 올 거라니까? 왕국에 데리고 돌아가 숨겨도, 그 녀석들은 우리를 의심할 거라고."

역시 이 녀석들은 글렀다.

그렇게 생각하고 있었더니, 질크가 고개를 갸웃했다.

"그게 어째서 안 되는 겁니까?"

"아, 아니, 그러니까, 국제 문제가 되잖냐."

트럼프를 섞고 있는 브래드는 내가 고민하는 문제를 들으며 웃고 있었다.

"되겠지. 하지만, 그게 중요한가?"

"너희들 같은 문제아는 모르겠지만, 큰 문제라고."

옷을 입지 않은 그렉이 삼각 수영복 팬티 한 장 차림으로 내게 지적했다.

넌 우선 옷을 입어.

"그 성수의 묘목 말이다만, 장래에는 성수와 같은 일을 할 수 있는 거잖냐? 그러면, 다소의 문제를 껴안게 되더라도 이쪽으로 포섭할 이유가 되지 않나? 에너지 문제가 장래 해결된다면, 왕궁도 감싸겠지."

——어라? 이 팬티남, 의외로 유능한 걸까?

카일이 옷을 건네려 하자 크리스가 "이게 내 정장이다"라며 고사한 채 여전히 훈도시에 핫피 스타일을 유지했다.

"나는 정치에 관해서는 다른 네 명보다 뛰어나다고는 할 수 없지만, 지금 이야기를 듣고 뭘 고민할 필요가 있는지 잘 모르겠군."

나를 보며 의아하다는 듯한 반응을 보였다.

"그, 그러니까……."

다섯 명한테 연달아 부정당하니, 나도 당혹스러워지고 말았다.

율리우스가 당당히 말했다.

"발트파르트가 염려하는 공화국과의 문제 말이다만, 그보다도

메리트가 앞선다고 생각한다. 그 성수의 묘목과 무녀가 세트인 편이 왕국으로서도 형편이 좋은 것이지 않나? 그 대의명분만 있다면 당당히 빼앗으면 된다."

"너희들, 과격하구나."

"발트파르트 정도는 아니라고 생각하는데? 애초에 말이다, 알고 있었다면 어째서 노엘을 곧바로 피난시키지 않은 거지? 왕국은 레스피나스 가문과 친교가 있었을 터다. 묘목 건이 없더라도 받아들여서 숨겨주었을 테지."

그 여성향 게임의 사정이 있다고! ——말할 수는 없지만!

"아니, 그래도. 이 상황에서 납치하는 건 좀—— 국제 문제는 무섭고."

"이제 적당히 좀 해!"

내가 계속 망설이고 있자, 갈색 봉투를 꽉 쥔 마리에가 내 엉덩이를 걷어찼다.

"아파라! 뭐 하는 짓이야, 이 여자!"

"보고 있으려니 짜증이 치솟아! 구하고 싶으면 구하면 되잖아! 항상 우물쭈물 고민하다가, 돌이킬 수 없는 타이밍이 될 때까지 방치하니까 성가셔지는 거야!"

나는 우물쭈물하지 않아!

"책임이라든가 여러 가지 문제가 있다고!"

"어차피 구할 거잖아? 나중에 폭발해서 날뛸 바에야, 처음부터 구하라고! 아~, 진짜 짜증 나!"

마리에와 옥신각신하고 있자, 유메리아 씨가 어찌할 바를 몰라 안절부절못하고 있었다.

그리고 코델리아 씨는 내게 차가운 시선을 향했다.

그러자 다섯 바보가 원형 진을 짜서 소곤소곤 이야기했다.

"어떻게 생각하지?"

"최악이라고 봅니다."

"뭐라고 할까—— 형편없네."

"나도 같은 의견이다."

"발트파르트는 정말로 눈치채지 못하고 있는 건가?"

율리우스를 비롯한 다섯 바보가 수군수군 이야기하고 있기에, 나는 그쪽을 가리켰다.

"거기! 하고 싶은 말이 있다면 분명하게 말하라고!"

그러자 다섯 명이 서로 얼굴을 마주 봤고, 대표로 율리우스가 내 앞에 나섰다.

"그러면 말하도록 하겠다만, 발트파르트—— 너는 노엘의 마음을 알아차리지 못하고 있었던 거냐? 정말로?"

나는 조금 전까지의 기세를 잃었다.

"으, 응."

마리에한테서 듣기 전까지 알아차리지 못한 건 사실이다. 반론할 수 없다.

"그런가. 뭐, 그건 괜찮겠지. 네가 알아차렸더라면 사전에 회피할 수 있었던 문제일지도 모르지만, 그건 됐다."

이 자식, 추근추근하네.

내가 알아차렸더라면 이렇게까지 문제가 커지지 않았을 텐데, 라고 말하고 있는 거다.

"그런데 발트파르트, 우리가 처음에 결투했을 때를 기억하고 있나?"

"당연하지. 그때는 통쾌했다고."

솔직하게 말하자, 다섯 명이 발끈한 표정을 보여주었다.

나는 정직한 인간이니까, 물어보면 솔직하게 대답한다.

"그러냐. 그때 한 말을 기억하고 있나? 확실히, 미인 약혼자가 있으면서 다른 여자랑 논다느니 어쩌느니 운운했던가? 내가 바람을 피웠던 걸 비난했었지."

그런 말도 했었지.

"그게 어쨌다는 거야?"

"지금의 너한테 딱 들어맞는 말이라고 생각한 것뿐이다."

"나는 너희들처럼 바람피우지는 않았어."

"주위에서 보면 마찬가지지만 말이다. ——하지만, 안젤리카라면 끝내 허락할 거다."

"뭐라고?"

"네가 노엘을 곁에 두고 싶다고 말하면, 안젤리카는 허락할 거라고 말한 거다. 안젤리카도 귀족의 딸이다. 그것도, 확실히 교육받은 왕비 후보라고. 국익을 생각하면 노엘 확보에 찬성하겠지."

"할 수 있겠냐! 너희들, 나한테 바람을 피우라는 거냐!"

질크가 내 말에 코웃음을 쳤다.

"――약혼자가 두 명 있는 시점에서 그런 말을 해 봤자, 설득력이라고는 손톱만큼도 없습니다."

어쩌지―― 반박을 못 하겠어.

율리우스가 이야기를 정리했다.

"뭐, 개인적인 이야기는 제쳐 두고, 노엘을 구하는 것에 왕국은 반대하지 않는다는 말이다. 게다가 너는 어머님으로부터 공화국에서 자유롭게 움직일 수 있는 지위를 받았을 테지?"

뭐, 일시 귀국했을 때 현지에서의 대처를 일임받았으니 말이지.

"그럴듯한 직책은 받았던 것 같네."

"좋아, 그러면 문제없다. 노엘을 구해라."

"――어?"

조금 전까지 대화에 끼어들지 못했던 크리스가 내게 조언했다.

"안심해라. 공화국은 요 수십 년간 쭉 틀어박혀 있었다. 성수 이야기가 진짜라면, 그 녀석들은 타국에 침공할 수 없어. 애초에, 군비가 전부 방어용 같은 것이니까 말이지."

성수로부터 에너지를 얻어 움직이는 공화국 병기는 방어용으로 보면 강적이다.

하지만 공화국을 나오면 왕국의 병기보다도 뒤떨어진다.

"입으로는 불만을 표하겠지만, 손을 댈 수는 없을 거다."

나는 조금 생각한 뒤―― 문제점을 열거했다.

"공화국이 외교적으로 압력을 가할 가능성이 있잖아?"

그에 대답한 것은 브래드였다.

"있겠지. 하지만, 너는 하나 잊고 있어."

"뭘?"

"너희들이 한 이야기가 진짜라면, 이건 공화국 내의 권력 투쟁이야. 발리에르 가문이 권력을 쥐기 위해 움직인 것뿐이라고. 그렇게 되면, 곤란할 가문이 있겠지?"

"라우르트 가문인가?"

"정답. 우리는 발리에르 가문에 대항하기 위해, 라우르트 가문과 손을 잡으면 돼."

그 말을 듣고 마리에가 어깨를 움찔 떨었다.

"저, 저기~, 그래도 말이야. 라우르트 가의 평판은 나쁘잖아? 그런 곳과 멋대로 손을 잡아도 좋은 일은 없을 것 같은데~."

뭐, 그 여성향 게임 2탄의 최종 보스, 말하자면 게임상의 적이니까.

마리에의 의견에 반론한 건 그렉이었다.

"모르고 있군, 마리에. ——그건 공화국의 시선으로 봤을 때 이야기가 아닌가. 왕국의 시선으로 보면 라우르트 가문이 공화국을 이끄는 편이 좋을 거라고. 노엘을 데리고 간다고 말하면 기뻐하면서 보내줄 것 같고 말이지!"

확실히—— 라우르트 가문의 시선에서 보면 노엘은 눈엣가시일 터다. 왕국에 데리고 가도 큰 타격은 아니다. 오히려 발리에르 가문이 대두하는 것을 막을 수 있다.

질크가 미소를 지으며 나쁜 생각을 하고 있었다.

"의장 대리인 라우르트 가와 연줄이 생기는 건 왕국으로서도 좋은 일이네요."

율리우스가 허리에 손을 대고 나를 봤다.

"자, 그럼 발트파르트—— 문제는 전부 해결되었군."

"해결되지 않았어! 라우르트 가문의 협력을 얻지 못했잖냐."

"그건 네가——"

이 녀석들, 생각보다 유능했다.

그러고 보니, 제대로 교육을 받은 귀공자들이었지.

평소에 너무 바보 같아서 잊고 있었지만, 성적 우수한 우등생들이다.

——너희들, 평소에 진심을 발휘하라고!

이 녀석들과 상담하고 있었더니, 코델리아 씨가 어느샌가 자리를 비웠다가 돌아왔다.

"리온 님, 손님이 오셨습니다. 라우르트 가문에서 루이제 님의 심부름을 받고 온 자라고 합니다."

"루이제 양이?"

율리우스는 나를 봤다.

"이건 기회다, 발트파르트! 어떻게 해서든 조력을 얻어내라!"

"너희들, 장난치고 있는 거냐?"

"아니, 진심이다만?"

쉽게 말하지 말라고!

◇

　나는 마리에와 함께 6대 귀족의 파티 회장으로 향했다.

　나는 정장 차림이고, 마리에는 드레스 차림이었다.

　본래 나는 초대 손님이 아니었지만, 루이제 양이 초대장을 마련해 주었다.

　나와 대화할 장소를 마련하기 위해 이 파티 회장을 이용한 거다.

　본인은 드루이유 가의 저택에서 쉽게 빠져나올 수 없는 모양이고, 게다가 항상 감시가 붙어 있다고 들었다.

　드루이유 가의 움직임이 수상하기 때문에, 직접 만날 수 있는 파티 회장에 우리를 불러내고자 한 모양이었다.

　마리에는 넋을 잃고 호화로운 요리를 쳐다보았다.

　"아~, 저 통구이 맛있어 보여. 혼자서 먹어 보고 싶어."

　나는 어이가 없어서 말했다.

　"나중에 먹게 해줄 테니까 조금 기다려. 지금은 루이제 양과 만나는 게 먼저야."

　파티 회장 안쪽으로 들어가자, 공화국 귀족들이 나를 알아보고는 놀라 소곤소곤 이야기를 나누었다.

　"저 남자가 왕국의?"

　"귀축 기사라는 이명이 있다는 것 같아요. 왕국의 상인이 그렇게 말하더군요."

"어머, 무서워라."

드레스 차림의 부인들이 나누는 소문 이야기에 상처를 받으며, 나는 루이제 양을 찾았다.

마리에가 내 소매를 잡아당기더니 작은 목소리로 말을 건넸다.

"오빠, 로이크야."

이 파티 회장을 관리하는 건 발리에르 가문이다.

접수 기록을 보고 날 알았는지, 발리에르 가의 당주와 함께 내게로 다가왔다.

이름이 아마── 벨랑주였지.

"이거이거, 잘 오셨습니다. 왕국의 영웅님."

벨랑주가 보란 듯이 양팔을 펼치며 인사했다. 몸집이 크고 위압감이 있었다.

그의 곁에 있던 로이크도 대담한 미소를 띠며 인사했다.

"초대한 기억은 없습니다만, 오늘은 즐기고 가 주십시오. 오늘은 공화국의 미래가 걸린 중대 발표가 있으니까 말입니다."

손을 내밀었기에 악수해 줬더니, 저쪽이 내 손을 꽉 잡았다.

나도 똑같이 꽉 잡아 돌려주었다.

"알고 있어. 결혼한다며? 축하한다."

그러나 로이크의 표정은 변하지 않았다.

"영웅님은 귀가 밝으시군요. 뭐, 인사치레겠지만 받아 두겠습니다."

서로 손을 놓았다.

벨랑주가 내게 말을 걸었다.

"그런데 영웅님께서는 하나 부탁이 있습니다. 성수의 묘목 말입니다만, 그건 공화국에 있어 매우 매우 중요한 물건, 아니, 신성한 물건입니다. 이쪽에 양보해 주실 수 없는지요? 물론, 상응하는 답례를 드리겠습니다."

저자세로 나오는 벨랑주에게, 나는 미소를 향했다.

주위도 묘목 이야기가 되자 귀를 쫑긋 세우며 듣기 시작했다.

덕분에 주변이 단번에 조용해졌다고.

공화국에서는 상당히 중요한 화제라는 걸 잘 알 수 있다.

"제 마음에 들었으니 그건 어렵겠군요. 정 원한다면, 힘으로 빼앗으면 돼. ──할 수 있다면, 말이지."

벨랑주가 웃으며 대답했다.

"가차 없으시군요! 그러나, 쉽게는 포기할 수 없습니다. 앞으로도 교섭을 계속해 나가도록 하지요."

주위가 우리에게 적의를 향했다.

"야만적인 왕국 기사가."

"페베르 가에 이긴 정도로 시건방지게."

"젊으니까 우쭐해져 있는 거라고."

아주 제멋대로들 말하고 있다.

인사를 마친 벨랑주가 다시 자리를 떠나려던 찰나, 로이크가 날 보며 말했다.

"그러면 실례하겠습니다. 즐기고 가 주십시오. 아아, 그리고

──노엘을 되찾을 생각이라면 포기하는 편이 좋아. 그 녀석은 내 거다."

모두에게는 보이지 않도록 겉꾸리고 있지만, 나한테는 시커먼 살기를 향하고 있었다.

녀석은 얼굴 개그냐고 물어보고 싶을 만큼 대단한 표정을 하고 있었다.

그걸 보고 마리에가 "이 자식!" 하며 로이크를 노려봤지만, 나는 상쾌한 미소로 상대해 주었다.

"아~ 전에도 비슷한 일이 있었지. 나한테 싸움을 건 바보 같은 왕자가 있어서 말이야."

"호오, 그래서?"

"그 녀석이 어떻게 되었는지 알고 싶냐? 지금은 포장마차에서 꼬치를 굽고 있지. 전 왕태자님이 꼬치구이 가게 포장마차에서 돈을 벌고 있다고. 눈물겹다고 생각하지 않냐?"

거짓말이 아니다.

진짜다.

율리우스 녀석은 틈만 나면 포장마차에 가서 일하고 있었다.

본인은 '천직을 발견했다!'라며 매우 기뻐하고 있었지만 말이다.

뭐, 이건 단순한 으름장이다.

로이크에게는 효과가 없는 것 같지만.

"그건 기대되는군. 페베르 가를 불태운 것처럼, 공화국을 멸망시킬 생각인가? 확실히 너는 강하지만, 그것만으로 생존해 나갈 수 있다고 생각지 마라."

로이크가 시선을 돌려 타국 외교관들을 보았다.

나도 따라 시선을 돌리자, 라셀 신성 왕국의 외교관이 우리 쪽을 보고 있었다.

"알겠나? 세상은 간단하지 않아. 오로지 힘만으로 모든 것이 네 계획대로 되리라고 생각지 마라."

"그런 생각은 해 본 적도 없는데 말이지. 하지만, 기억해 둬라. 나는 적대한 녀석들은 반드시 쳐부순다. 너도 마찬가지다. 노엘을 빼앗기지 않도록 겁이나 먹고 있으라고."

로이크가 나를 한 번 노려본 뒤, 살기 띤 표정을 지우고 격식을 차린 표정을 지었다.

"기대하고 있겠어, 왕국의 영웅님. 아니, 귀축 기사라고 해야 하나?"

불쾌한 별명이 여기서도 퍼지기 시작하고 있다.

로이크가 떠나가자, 마리에가 어이없어했다.

"가정폭력남의 전형이네. 주위 사람은 그걸 알아차리지 못하게 행동하는 거야. 그것보다도 오빠…… 정말로 노엘을 되찾을 거야?"

이 파티 회장도 그렇지만, 노엘 주변은 경비가 이전과는 비할 바가 못 된다.

적에게 피해를 내지 않고 되찾는 건 루크시온이라도 어려우리라.

애초에 그 녀석은 적에게 피해가 나와도 신경 쓰지 않는다.

일을 온건하게 처리할 수 없는 녀석이다.

"어떻게 할지 생각하고 있는 참이야. 되찾는 건 쉽지만——"

"리온 군, 오랜만일세."

생각에 잠겨 있었더니, 나를 발견한 알베르크 씨가 다가왔다.

"알베르크 씨."

알베르크는 어딘가 지친 표정을 짓고 있었다.

"오늘은 어째서 이곳에? 벨랑주가 자네를 초대했을 것 같지는 않네만?"

루이제 양 일을 모르는 건가?

"아뇨, 실은——"

사정을 이야기하려 했더니, 회장의 조명이 꺼지고 무대 쪽에 불빛이 켜졌다.

거기에 로이크가—— 노엘을 데리고 나타났다.

노엘은 드레스를 입고 있지만, 피부 노출이 적고 목 부분에 장식이 달려 있었다.

그리고 로이크가 노엘과 손을 잡고 오른손을 들어 올리게 했다.

"레스피나스 가문이 멸문되고 십수 년. 공석이었던 무녀의 지위, 그것도 오늘로 끝입니다. 이 노엘 질 레스피나스의 오른손에 무녀의 문장이 깃들었습니다! 그녀는 멸문되었다고 전해지는 레스피나스 가의 생존자입니다!"

이미 알려진 사실이었기에 회장 내에는 박수가 일어났다.

다만 어둠에 가려진 알베르크 씨의 표정은 험악하게 변해 있었다.

역시, 레스피나스 가문을 향한 분노를 잊을 수 없는 건가?

노엘은 로이크 옆에 서서 미소를 띠며 손을 흔들고 있었다.

마리에가 내게 설명했다.

"오빠, 생각보다 상황이 좋지 않아. 노엘의 옷 아래, 추측이긴 하지만 멍투성이일 거야. 표정도 딱딱하고, 화장으로 얼버무리고 있지만, 낯빛도 안 좋아."

"그런 것까지 알 수 있는 거냐?"

"감이야."

이 녀석의 감은 믿을 수 있는 걸까?

의심하고 있었더니, 모습을 감추고 있는 루크시온이 내게 알렸다.

『마리에의 감이 들어맞았군요. 얼굴의 상처는 화장으로 가리고 있습니다만, 몸에도 맞은 흔적이 있습니다.』

그렇다면 어째서 미소를 지으며 손을 흔들고 있는 거지?

내 의문에 대답한 건 마리에였다.

"자기가 참으면 된다고 믿고 있는 거야. 게다가, 궁지에 내몰리면 점점 사고력이 마모되어 가. 빠져나갈 기력조차 잃어버리지. 주위는 싫다면 도망치면 된다고 생각하겠지만 말이야. 하지만, 그게 불가능해."

경험자의 말이라는 걸까?

내 속에서 점차 분노가 치솟기 시작했다.

로이크가 선언했다.

"자, 무녀가 부활하였으니 다들 그 뒤를 기대하게 되겠지. 당연하지만, 수호자도 부재인 상황이었다. 그러나 이것도 가까운 시일 내에 해소된다. 나—— 로이크 레타 발리에르는 노엘과 결혼하여 그 지위에 앉겠다!"

주위를 박수갈채가 뒤덮었다.

이미 이야기는 다 되어 있었다는 의미나 마찬가지였다.

내가 불타는 속으로 이 모습을 보고 있자니, 어둠 속에서 누군가가 내 손을 붙잡았다.

뒤돌아보니 루이제 양이 서 있었다.

"찾았다. 곧바로 와줘."

알베르크 씨가 놀란 얼굴로 말했다.

"루이제, 네가 부른 거냐?"

"설명은 나중에 하겠어. 우선은 노엘부터 어떻게 해야 해."

우리는 어두운 회장 안을 빠져나와 루이제 양이 준비한 방에 들어갔다.

어두운 회장 안.

리온 일행이 나타난 것을 알아차렸던 인물이 한 명 더 있었다.

파티에 에밀과 함께 참석했던 렐리아였다.

'저 녀석들, 또 멋대로 행동할 셈이야?!'

알베르크, 루이제와 함께 회장에서 나가는 모습을 보고 초조해
진 렐리아는 에밀에게 말했다.

"에밀, 나 화장 고치러 갈게."

"어? 하지만, 좀 전에도——"

"에밀, 깊이 묻지 말아 줘."

그렇게 말하자, 에밀은 퍼뜩 깨달은 듯 시선을 돌렸다.

"그, 그러네. 미안. 응, 천천히 하고 와도 돼."

아무래도 에밀은 렐리아가 볼일을 보러 화장실에 간다고 착각
한 모양이었다.

여자로서는 좀 어떤가 싶지만, 지금은 리온 일행의 행동을 알
아내는 것이 선결이었다.

'저 녀석들, 제멋대로 움직이고는!'

렐리아는 리온 일행을 뒤쫓았다.

◇

루이제 양의 이야기를 듣자 알베르크 씨가 가장 먼저 조용히 분
노를 드러냈다.

"기어이 일을 벌이는구나, 페르낭."

루이제 양은 조금 초조한 기색으로 말을 이었다.

"조금 전에는 회장이 어두워진 틈을 타서 어떻게든 빠져나올
수 있었지만, 저택에서는 거의 연금 상태야. 밖에 나가도 감시가

붙고, 저택에서의 자유는 거의 없어. 편지도 검사당하고 있는 것 같아."

어째서 드루이유 가문이 루이제 양을 가둔 것인가?

그건 드루이유 가문이 라우르트 가문을 배신했기 때문이다.

알베르크 씨가 일어섰다.

"……루이제는 여기에 있거라. 나는 페르낭과 이야기를 하고 오마."

"아버님?"

"오늘은 이대로 라우르트 가 저택으로 데리고 가겠다. 드루이 유 가 사람들이 오면 내 이름을 꺼내도록 해라."

알베르크 씨가 방을 나갔다.

그러자, 긴장에서 해방된 마리에가 한숨을 내쉬었다.

"아~, 무서웠어. 박력 있네."

루이제 양이 마리에를 보고 쿡쿡 웃었다.

"평소에는 다정하셔."

"그렇게는 안 보이는걸."

나는 그들의 대화를 지켜보며 루크시온에게서 잇따라 전해지 는 정보에 귀를 기울이고 있었다.

물론 주위에는 들리지 않는다.

『마스터, 아무래도 드루이유 가는 루이제를 이용하여 위그를 라우르트 가문의 당주로 삼을 생각인 것 같습니다.』

불쾌한 이야기뿐이군.

좀 더 밝은 화제를 전해 줬으면 좋겠는데.

하지만, 지금 그런 걸 바란들 이루어지지 않겠지.

『──문 앞에서 귀를 쫑긋 세우고 있는 인물이 한 명 있습니다. 렐리아군요. 배제하겠습니까?』

어째서 너는 그렇게 과격한 거냐?

"들어오게끔 해야지."

내가 갑자기 입을 열자, 마리에와 루이제 양이 의아하다는 듯 나를 봤다.

나는 문에 살금살금 다가가 단숨에 열었다. 그러자 거기에는 문에 귀를 바짝 대고 이쪽 이야기를 들으려 하던 렐리아의 모습이 있었다.

"꼴불견이라고, 무녀의 여동생 씨."

내가 그녀를 비웃자, 렐리아가 방 안에 있는 루이제 양을 노려보고는 작은 목소리로 내게 말했다.

"당신, 어쩔 생각이야. 설마, 라우르트 가문 편을 들 셈이야?!"

"긍정적으로 검토 중입니다."

"얼버무리지 마!"

둘이서 떠들고 있자, 루이제 양이 렐리아를 보며 팔짱을 꼈다.

"렐리아, 너도 연관되어 있었던 모양이구나. 뭐, 됐어. 너하고도 이야기를 하고 싶었거든. 이제 숨길 필요도 없고."

입실이 허락되었기에, 나는 렐리아를 방에 들이고는 문을 닫았다.

긴장한 렐리아가 루이제 양을 앞에 두고 적의를 드러냈다.

"——이걸로 라우르트 가문은 끝장이야."

"그럴지도 모르겠네."

그러나 루이제 양에게서는 동요를 찾아볼 수 없었다.

마리에가 내게 작은 목소리로 말을 걸었다.

"저기, 이제부터 뭐가 시작되는 거야?"

"내가 알겠냐? 두 사람 나름이겠지."

렐리아는 이미 승리를 확신하고 있었는지, 루이제 양에게 강경한 자세를 보였지만, 루이제 양이 동요하지 않자 당황하기 시작했다.

"이, 이제부터는, 당신 멋대로 행동하게 두지 않아! 언니를 제법 괴롭히고 있었던 것 같은데, 더는 그럴 수 없을걸!"

"그렇겠네. 학원에 돌아가도 그럴 필요가 없겠어."

그럴 필요가 없다?

나와 마리에가 서로 얼굴을 마주 봤다.

마리에가 쭈뼛쭈뼛 루이제 양에게 물었다.

"저, 저기~, 노엘이 싫어서 시비를 걸고 있었던 게 아니었……나요?"

그러자 루이제 양이 한 번 웃더니 무척 좋은 미소를 띠며 이야기했다.

"나는 그 여자가 싫어. 정말로 싫어. 거기에 있는 렐리아도 마찬가지야. 아무것도 모른 채 태평하게 살아가고, 게다가 학원에까지 들어왔지. 이름도 바꾸지 않고 말이야. 우리를 바보 취급하고 있는 건가 싶었을 정도였어."

렐리아가 반론했다.

"그, 그건……! 가신들이 원서에 그렇게 적었으니까!"

뭐, 자기가 원해서 그렇게 한 건 아니라는 건가?

"학원에서 너희들을 발견했을 때는 정말로 미워서 견딜 수가 없었어. 그야 나도 모든 걸 아는 건 아니지만, 아버님이 레스피나스 가문의 후계자인 쌍둥이를 놓아준 건 알고 있었지."

쌍둥이를 놓아줬다?

대체 무슨 말인가 싶어 마리에와 얼굴을 마주 봤다.

마리에는 고개를 붕붕 가로저어 모른다고 어필했다.

이 녀석, 필요할 때는 도움이 안 되는군.

마리에더러 루이제 양한테 물어보라고 할 수도 없기에, 내가 대신 물었다.

"두 사람이 미운 건 알겠습니다만, 노엘한테만 시비를 걸었던 이유는 뭡니까?"

그러자 루이제 양이 나를 잠깐 슬픈 눈빛으로 쳐다보았다. 손을 보니 주먹을 꽉 쥐고 있었다.

"아버님한테 부탁받은 거야. 쌍둥이한테는 죄가 없다고 말이야. 렐리아는 옆에 에밀이 있었지만, 노엘 옆에는 아무도 없었어. 더구나 피에르나 성가신 로이크가 줄줄 따라다니는 바람에 여러 모로 시달리기까지 했었지."

예상하지 못한 이야기였는지 렐리아가 곤혹스러운 얼굴로 말했다.

"그거랑 언니한테 시비를 거는 것에 무슨 상관인데?"

그러자 마리에가 알았다는 듯 대화에 끼어들었다.

"아, 혹시, 자기 사냥감이니까 손대지 마, 같은 느낌?"

루이제 양이 힘없이 고개를 끄덕였다.

"나도 관여하고 싶지 않았어. 아무것도 모른 채 평화롭게 사는 너희들이 싫었다고. 이쪽 마음도 모르고, 대체 뭐냔 말이야?!"

루이제 양이 점점 흥분하여 렐리아에게 바짝 다가갔고, 벽으로 몰아붙였다.

루이제 양이 렐리아의 멱살을 잡았기에, 나와 마리에가 둘을 떼어 놓았다.

나는 마리에한테 말했다.

"밖으로 데리고 나가! 이쪽은 내가 살필 테니까!"

"아, 알았어. 자, 얼른 와!"

마리에와 렐리아가 방에서 나가자, 나와 루이제 양만이 남았다.

루크시온이 실없는 농지거리를 해댔다.

『둘뿐이군요. 바람을 피운다고 의심받지 않도록 행동합시다.』

──좀 다물고 있어, 고물 인공지능.

제10화 「악역」

마리에는 렐리아를 밖으로 데리고 복도에 나와 있었다.

두 사람 다 숨을 헐떡이고 있었다.

렐리아는 루이제한테 정말로 미움받고 있는 게 충격이었는지 가슴을 손으로 누르며 불만을 늘어놓았다.

"뭐야, 저 여자. 악역 주제에, 우리를 괴롭혀 온 원흉인 주제에 피해자 행세나 하고!"

마리에가 재빨리 렐리아를 달랬다.

"저쪽은 오빠한테 맡기자. 그것보다도 로이크 문제야. 그 녀석, 상당히 위험해. 너 제대로 확인한 거 맞아?"

렐리아는 흥분하며 대답했다.

"했어! 언니하고도 만나고 왔고! 언니도 괜찮다고 말했고, 로이크도 목줄은 안전을 위해서라고 말하길래!"

마리에는 렐리아의 모습을 보고, 도움이 되지 않는다고 판단했다.

'이 녀석, 로이크한테 구슬려졌네.'

렐리아는 로이크의 본심을 꿰뚫어 보지 못하고 있었다.

로이크도 렐리아 앞에서는 좋은 사람인 척 가면을 쓰고 있는 것이리라.

'로이크가 진심을 내면 렐리아쯤은 쉽게 속일 수 있나. 응……?

잠깐……? 목줄? 로이크가 목줄을 꺼내는 이벤트가 있었던 듯한…… 아앗!!'

마리에는 현재 상황이 좋지 못하다는 것을 렐리아에게 말했다.

"목줄! 그래, 배드엔딩의 목줄! 로이크가 목줄을 꺼내면 위험해! 너도 알고 있지? 이대로 방치할 수는 없어! 너도 협력해!"

그러자 렐리아가 마리에를 노려보았다.

"당신들이 쓸데없는 짓을 하지 않았더라면 로이크도 언니한테 목줄을 채우지 않았을 거야. 당신들한테서 지키기 위해, 어쩔 수 없이 목줄을 채운 거라고!"

"뭐?! 오빠가 구하러 가기 전부터 이미 목줄이 있었다는데 무슨 소리야! ――잠깐. 너, 2탄을 제대로 플레이하긴 한 거야? 로이크 루트 배드엔딩은 봤어?"

마리에는 갑자기 안 좋은 예감이 들었다.

자기가 그랬던 것처럼, 렐리아가 2탄의 지식을 어중간하게 가지고 있는 것 아닐까? 그런 느낌이 들었다.

그리고 그 불길한 예감은 적중했다.

"배드엔딩 같은 거 안 봤어! 공략 기사에서 양다리는 위험하다고 적혀 있었으니까, 나는 그걸 회피했단 말이야."

그 여성향 게임의 2탄 말인데, 어설프게 양다리를 걸치면 배드엔딩이 기다리고 있다.

로이크에게서 위험한 징후가 보이면, 목줄을 꺼내는 것이다.

"바, 바보야! 로이크가 목줄을 꺼내고, 그게 특수한 아이템이면 배드엔딩 일직선이잖아!"

"어……?"

렐리아는 정말로 모르는 낌새였다.

"너, 트루엔딩을 봤다고 했었지?!"

렐리아는 진엔딩이라고도 할 수 있는 트루엔딩을 봤다는 투로 말했었다.

렐리아는 마리에한테서 고개를 돌렸다.

"고, 공략 기사를 보고 진행했으니까, 배드엔딩은 보지 않았어."

마리에는 머리를 감싸 쥐었다.

"바보야아아!! 이대로 가면 배드엔딩 일직선이라고!"

"그, 그렇지만. 배드엔딩 같은 건 보고 싶지 않단 말이야. 그리고, 괜찮아 보였으니까!"

"아아악! 이젠 됐어! 너는 그냥 무조건 협력해! 위험해. 위험해, 위험해! 어서 오빠한테 알려야 해! 이대로라면, 노엘이——!!"

렐리아는 마리에가 당황하는 모습을 보고 불안하게 느꼈다.

"그, 그렇게나 위험해?"

"로이크는 이대로 노엘을 감금할 생각이야! 게임대로 진행했을 때 이야기지만, 두 사람 사이에 사랑 같은 건 없어. 그래서 수호자가 탄생하지 않고! 이대로 있으면 공화국은 멸망해!"

"그건 곤란해!"

마리에는 렐리아의 반응에 화가 치밀었다.

'이 자식, 이 상황이 되어도 노엘 걱정은 없잖아!'

"하여튼! 넌 우리한테 협력해. 저 로이크는 위험하다고!"

렐리아는 고개를 숙이고 말았다.

◇

방 안에 남은 나는 루이제 양을 뒤에서 끌어안은 모양새로 소파에 앉아 있었다.

조금 전까지 날뛰면서 울고 있었지만, 지금은 진정된 모양이었다.

조금 시간이 지나자 루이제 양이 옛날 일을 띄엄띄엄 이야기했다.

"……내 동생 리온은 말이야, 노엘과 약혼 이야기가 나오고 있었어. 그것도, 레스피나스 가문의 제안으로 말이야."

"그랬었습니까."

"우리를 대놓고 바보 취급하는 거나 마찬가지였지. 본래는 아버님이 수호자로 선택될 예정이었는데, 그걸 냉정하게 파기해 놓고서는, 나중에 와서 라우르트 가문의 힘이 필요하다는 소릴 한 꼴이니까."

과거에 무슨 일이 있었는지, 루크시온이 알기 쉽게 정리하여 내게 가르쳐 주었다.

『일찍이 알베르크와의 약혼을 파기했던 무녀가, 뻔뻔하게도 알베르크의 아들과 자기 딸의 약혼 이야기를 꺼냈다는 것이로군요.

뭐, 다음 세대에서 서로의 화근을 없었던 일로 만들고자 하는 노력의 결과일지도 모르겠습니다만.』

뭐, 라우르트 가의 리온 군이 그대로 노엘과 맺어지고, 수호자가 되면 라우르트 가에도 이익이니까 말이지.

다만, 루이제 양은 납득이 가지 않는 모양이었다.

"그런데도, 리온이 죽자 선대 무녀와 수호자는 장례식에 얼굴도 내비치지 않았어. 대리인을 보낸 게 전부였지."

확실히 무례한 이야기군.

공화국의 사정이 있는 것일까?

"대리인을 보내는 게 일반적인 겁니까?"

"이유가 있다면 보내지만, 리온은 명색이 라우르트 가문의 적자였어. 다른 집안은 당주가 못 오면 최소한 그 가문의 후계자라도 보냈었지. 그런데……."

이야기만 들어서는 레스피나스 가문도 상당히 지독한데.

라우르트 가문을 대하는 태도가 너무나도 나쁘다.

레스피나스 가문은 2탄의 정의의 편이 아니었던가? 왜 그런 태도를 보인 거지?

"……나는 아무것도 모르는 저 애들이 미웠어. 미워서, 정말로 미워서……. 그래도, 리온은 약혼이 결정됐을 때 상대 사진을 보고 기뻐하고 있었어. 누나, 내 신부가 될 사람 미인이야—— 하고 들떴지. 아버님도 쓴웃음을 짓고 계셨어."

가, 가볍지 않아? 리온 군, 좀 더 분위기 파악하는 편이 좋지

않아?

그야 고작 다섯 살이었으니, 사정을 몰라도 이상하지는 않다만.

"리온은 줄곧 노엘을 만나고 싶어 했어. 내가 행복하게 해줄 거야, 라고 조숙한 말을 하면서 말이야. ——그 말만 아니었으면, 나도……."

리온 군이 노엘을 마음에 들어 했으니까, 루이제 양이 지키고 있었던 건가?

이 사람도 고생이 많은 성격이구나.

"그래서 노엘을 괴롭히는 척, 지키고 있었던 거군요. 자기가 시비를 거는 사이에는 다른 사람이 손을 대지 못하니까."

이 사람은 피에르 같은 성가신 녀석들로부터 노엘을 지키고 있었다.

상황이 너무 복잡해서 난감하다.

악한 인간은 악한 편이 좋다.

그렇지 않으면—— 결단할 때 기분이 나쁘다.

"——아버님한테도 부탁받았으니까 말이야. 저 두 사람한테 죄는 없다고 하시면서. 나는 저 두 사람이 무녀가 되면 위험하다고 말했어. 하지만 아버님은 그럴 일은 없다고 하셨지."

——그 둘이 무녀가 될 일은 없다고?

어떻게 된 거지?

거기서 나는, 루크시온이 했던 말을 떠올렸다.

어째서 레스피나스 가문은 자기보다 문장의 격이 낮은 라우르트 가문에 패배한 것인가?

"하지만, 이렇게 되면 더는 어쩔 수가 없어. 노엘이 무녀로 선택되었다면 아버님이라도 거스를 수 없어."

"그것이 묘목 쪽의 무녀라도 말입니까?"

"그럴 가능성도 있겠네. 하지만 중요한 건 무녀의 존재야. 이 나라에서 무녀라는 건 그만큼 중요해. 어느 쪽의 무녀인지는 상관없어."

"아~ 역시."

노엘의 가치는 변하지 않는다는 걸 확인할 수 있었다.

노엘 구출은 생각보다 큰일이 될 것 같군.

루이제 양이 내 손을 잡았다.

"저기── 노엘을 구하고 싶어?"

◇

6대 귀족 당주들과의 접견이 끝나자 노엘은 로이크의 손에 붙잡혀 비어있는 파티 회장 대기실로 끌려왔다.

로이크는 노엘을 거울 앞에 앉히고 뒤에서 끌어안았다.

노엘은 소름이 돋았지만, 애써 참으며 무반응을 관철했다.

싫어하면 얻어맞을 뿐이다.

"노엘, 파티 회장에 리온이 와 있었다."

"!!"

노엘이 그 말에 반응하자, 로이크의 표정이 험악해졌다.

로이크는 노엘의 사이드 포니테일을 난폭하게 붙잡고, 자신을 억지로 돌아보게 했다.

"그 남자가 그렇게 좋은 거냐? 공화국의 무녀인 네가, 외국 남자를 고르는 거냐고!"

로이크는 앉아 있던 노엘을 난폭하게 밀치고는 거친 숨을 몰아쉬었다.

하지만, 조금 지나자 로이크는 언제 그랬냐는 듯 곧장 노엘에게 달려가 부둥켜안았다.

"미안해, 노엘. 나는 너를 상처입히고 싶지 않아. 그런데 네가 다른 남자를 신경 쓰니까 이럴 수밖에 없어."

로이크는 정서가 불안정하여 노엘에게 폭력을 행사한 뒤에는 항상 이런 식으로 다정하게 굴었다.

이런 날이 계속 반복되자, 노엘은 이 상황을 어찌할지 생각하는 것조차 고통스러웠다.

게다가——

'어차피 도망칠 수 없어.'

목줄이 놓아주지 않는다.

억지로 도망치려 하면, 도리어 더 괴로워진다.

"노엘, 이제 곧 결혼식이야. 그렇게 되면 나와 너의 인연은 누구도 방해할 수 없어. 내가 수호자로 선택받으면, 너를 지켜 줄게."

노엘은 로이크에게 아무런 대답도 하지 않았다.

그 태도에 화가 났는지, 로이크는 노엘의 머리를 바닥에 짓누르고, 꾸욱꾸욱 돌렸다.

"노엘, 어째서 내 사랑을 알아주지 않는 거냐! 너는, 항상, 항상!"

노엘은 그저 로이크의 폭력이 끝나기를 기다렸다.

'돌아가고 싶어. 누가 좀 구해줘, 리온……'

도망치고 싶지만, 도망칠 수 없다.

어찌할 도리 없는 상황에서, 노엘은 혼자 견뎠다.

마리에의 저택으로 돌아오자 유메리아 씨와 무표정한 코델리아 씨가 나를 맞이했다.

"어서 오십시오, 리온 님. 마리에 님과 파티에 참석하여 즐거우셨습니까?"

"즐거웠어. 이것저것 털어낼 수 있었으니까 말이야."

"……그거 다행이군요."

코델리아의 시선이 더욱더 차가워졌다.

내가 상의를 벗어 건네자 유메리아 씨가 받아 들며 말했다.

"귀족님은 빈번히 파티가 있어서 큰일이네요."

유메리아 씨는 코델리아 씨와 달리 온화한 느낌이라, 이것만으로도 마음이 치유되는 것만 같았다.

그러자 내 뒤에 있던 마리에가 지친 표정으로 중얼거렸다.

"정말, 머리가 터질 것 같아. 문제투성이잖아. 요리도 먹지 못했고."

그 뒤로도 이후의 일에 관해 이야기하느라 파티는 전혀 즐기지 못했다. 뭐, 알베르크 씨나 루이제 양의 협력을 얻어낸 건 큰 성과지만.

우리가 돌아오자, 율리우스가 얼굴을 내비쳤다.

"돌아왔나. 그래서, 어떤 느낌이었지?"

나는 간단히 설명했다.

"여지없는 권력 투쟁이었어. 발리에르 가문이 라우르트 가문을 실각시키려고 주위를 끌어들이고 있는 느낌이라고나 할까."

공화국에 있어 중요한 무녀를 이용해서 출세할 생각이 만만하다.

로이크는 무녀보다는 노엘에 집착하고 있지만, 당주인 벨랑주의 노림수는 틀림없이 의장 대리 자리였다.

아니, 정확히는 공화국을 지휘하는 포지션이려나?

율리우스가 고개를 끄덕였다.

"예상대로인가. 다들 이미 모여 있다."

나는 다섯 바보와 카일, 그리고 카라가 모여 있는 식당으로 들어갔다.

나와 마리에가 오자, 모두가 긴장한 기색이었다.

마리에가 의자에 앉자 카라가 물을 내어주었다.

나에게도 카일이 물을 들고 왔기에 나는 단숨에 다 마신 뒤 입가를 닦고 이야기를 시작했다.

"분하지만 너희들의 예상대로였다. 로이크야 어쨌건, 공화국 녀석들이 노엘을 이용해서 권력 투쟁을 시작했어."

질크가 그럴 줄 알았다는 듯 끄덕이며 대답했다.

"그런 법입니다. 대사관에서 정보를 모았습니다만, 발리에르 가문이 묘목을 얻기 위해 이 수단 저 수단을 다 써서 접촉하고 있다는 것 같습니다."

브래드는 조금 곤란하다는 듯 말했다.

"거금을 쥐여주면 배신하는 관리도 나올 테고, 왕국에 있는 대신급 관리가 매수되면 성가시겠네. 가능하면 그전에 결판을 짓고 싶군."

그렉은── 어째서 상반신 알몸이지? 옷을 입어, 옷을!

"나라와 개인의 이익은 다르니까 말이다. 노엘을 빠르게 확보해도, 공화국은 돈이 많아. 자금을 대량으로 써서 뒷공작으로 벌이면 성가셔진다."

다음으로 크리스── 이 녀석은 왜 바지를 안 입고 있는 거야?

"단기 결전으로 승부가 나면 좋겠다만, 구해낸 뒤에는 왕비님께 부탁드려서 숨겨 달라고 해야겠군. 그분은 개인보다도 나라의 이익을 우선해 주신다."

롤랜드 녀석의 이름이 먼저 나오지 않는 점만 보아도 우리나라의 대들보는 그 녀석이 아니라 밀렌 씨란 걸 바로 알 수가 있었다.

마리에가 테이블에 엎드리며 말했다.

"결국, 구해낸 뒤에도 문제잖아. 아~, 진짜 귀찮은 일이 한가득해. 막 이렇게, 간단히 해결할 방법은 없을까?"

나도 같은 의견이다.

그러니 이 문제는 깔끔하게 해결해야지.

율리우스가 나를 봤다.

"발트파르트, 어떻게 할 거냐? 구출하는 게 가능하다면, 뒷일은 왕국에 있는 어머님께 맡기도록 하지. 크리스의 말대로 어머님은 나라의 이익을 우선하신다. 노엘을 지켜 주실 거야."

그 방법은 딱히 나쁘지 않지만, 좋지도 않다는 게 문제다.

나는 소심한 인간이니까, 불안의 싹은 가능한 한 제거하고 싶었다.

게다가, 그 자리에는 라셀 신성 왕국의 외교관도 있었다.

라셀 신성 왕국은 밀렌 씨의 본가와 분쟁 중인 나라다.

공화국이 진심이 되면, 라셀 신성 왕국을 지원하여 압박하려 들 거다.

나아가서는 왕국과 싸우고 있는 다른 나라들도 부추겨서 왕국을 옥죄려 하겠지.

묘목이 성수와 같은 힘을 발휘할 때까지 얼마나 시간이 걸릴지 알 수 없는 상황에 밀렌 씨가 주위의 모든 나라를 적으로 돌리면서까지 노엘을 도울까?

불안이 남는 방식은 소심한 나로서는 용인할 수 없다.

"안 돼. 공화국이 진심을 내면 밀렌 씨라도 끝까지 지킬 수 있을지 어떨지 위태로워. 저쪽이 뒷공작을 벌이면 정말로 성가셔질 거야. 그러니—— 이참에 아예 공화국의 프라이드를 꺾어버리자."

그러자 율리우스가 난처한 표정을 지었다.

하지만 내 의견을 부정하지는 않았다.

"뭔가 묘안이라도 있는 건가? 공화국의 프라이드를 꺾는 건 생각만큼 쉽지 않을 거다. 또 아인호른으로 날뛸 생각인가?"

"내가 원 패턴인 인간으로 보이냐? 나에게 난처해지면 전쟁으로 해결하려는 야만적인 사고방식은 없어. 이럴 때는 좀 더 평화적으로 해결해야지."

그러자 질크가 어깨를 으쓱이며 웃었다.

"평화적으로, 입니까. 백작의 평화적이라는 말이 온건한 것이라면 좋겠는데 말이지요."

이 녀석, 말에 가시가 많구먼.

"안심해라, 반드시 꺾어 줄 테니. 자, 그럼 우선은 노엘 구출 작전부터다. 결행 날짜는 결혼식 당일을 생각하고 있는데, 어떨까?"

한번 한다고 정하면 철저하게 한다.

내 제안을 듣고 마리에가 흥분했다.

"드디어 의욕이 생겼나 보네! 그런데, 결혼식 당일이라니, 적도 경계를 강화하지 않을까?"

크리스가 턱에 손을 대고 마리에의 의견을 보충했다.

"경계하겠지. 공화국으로서는 중요한 날이니 기사나 병사를 있는 대로 그러모을 거다. 더구나 당일은 6대 귀족들도 모일 텐데, 그런 상황에 문제가 일어나면 발리에르 가문의 위신이—— 설마,

그게 목적인가?"

발리에르 가의 위신을 짓뭉갠다.

그것이 이 작전의 매력이자 나의 노림수이지만, 그 정도로는 적을 화나게 할 뿐이다.

"내가 그 정도로 끝낼 것 같냐?"

그렉이 고개를 가로저었다.

"그럴 리가. 너는 더 잔혹한 짓을 할 수 있는 인간이지."

칭찬해 줘서 고맙다.

그 말, 절대로 잊지 않을 거니까 기억해 두라고.

나는 여덟 명을 앞에 두고 양팔을 펼쳤다.

"자아, 시작할까──! 공화국이 두 번 다시 반항할 수 없도록, 프라이드를 확 꺾어 주러 가자고!"

그러자 나머지가 소극적으로 "오, 오오……" 하며 주먹을 들었다.

야! 좀 더 힘차게 외치라고!

이제부터가 기대되는 참이잖냐.

결혼식을 내일로 앞두고, 마리에의 저택은 기분 나쁜 정적에 감싸여 있었다.

코델리아가 짜증을 내며 말했다.

"나 참, 대체 무슨 생각을 하고 계신 건지……."

같이 일하고 있던 유메리아가 걱정스러운 얼굴로 말했다.

"리온 님과 다른 분들은 괜찮으실까요?"

그러자 두 사람을 지켜보던 크레아레가 말했다.

『괜찮아. 그것보다, 장을 보러 가면 빠트리지 말고 꼭 12명분으로 사 와줘.』

코델리아가 소파를 보니, 거기에는 리온의 얼굴이 그려진 인형이 놓여 있었다.

다른 장소에도, 여기에는 없는 율리우스와 측근들의 인형이 놓여 있었다.

이따금 로봇들이 인형이 놓인 장소를 이동시키고 있었다.

코델리아는 이게 대체 뭘 하는 것인지 알 수 없었다.

"이것에 무슨 의미가 있는 겁니까?"

『어머, 꽤 중요한 일이야. 그것보다도, 너는 유독 마스터한테 차가운 거 같던데? 공작가에서 파견된 메이드라면 공사 혼동은 곤란하다고 생각해.』

"그건 리온 님이……! 안젤리카 님이라는 멋진 약혼자가 계시는데도, 마리에와 친하게 지내기 때문입니다."

코델리아의 걱정을 들은 유메리아가 고개를 갸웃했다.

"네? 리온 님과 마리에 님은 사이가 좋긴 하지만, 남녀 관계는 아니에요."

"어? 그래요?"

"네. 뭐, 뭐라고 할까…… 남매 같은 느낌이에요."

유메리아가 그렇게 말하자, 코델리아는 대꾸할 수가 없었다.

코델리아는 남성과 사귄 경험이 없었다.

어릴 적부터 공작가에서 시중들기로 되어 있었고, 학생 시절에도 연애를 자제하고 있었다.

즉, 경험이 없었다.

크레아레도 유메리아의 의견에 동의했다.

『그렇지. 남매 같은 거야.』

"그, 그런 말을 들으니, 그런 듯한 느낌도⋯⋯. 하, 하지만, 지금은 다른 여성에게 정신이 팔리지 않았습니까!"

『어머, 이 정도는 괜찮잖아? 억지로 결혼하게 될 불쌍한 여자를 구하기 위해, 마스터가 목숨을 거는 건데. 의협심이라는 거?』

"정략결혼 같은 건 흔해 빠진 이야기입니다. 그걸 방해해서 국제 문제가 되기라도 하면, 얼마나 많은 사람에게 폐를 끼치게 될지 아시나요?"

『어머, 너는 정략결혼 찬성파야? 네 방에 있는 연애 소설에는 억지로 결혼하게 될 뻔하던 차에 서로 사랑하던 남성이 데리러 오는 게 있잖아?』

"어, 어째서 알고 있는 겁니까! 게, 게다가, 현실과 환상은 다릅니다! 꿈은 꿈이니까 아름다운 거예요!"

코델리아는 꿈꾸는 소녀 같은 구석이 있었다.

유메리아는 노엘을 걱정했다.

"그래도, 폭력을 당하고 있다고 들었어요. 본인도 바라고 있지 않고, 가문 사정은 너무 복잡해서 모르겠지만, 도와주고 싶어요."

코넬리아는 한숨을 내쉬었다.

"저 역시 그렇게 생각합니다만, 나라에는 나라의 사정이 있습니다. 개인이 마음대로 할 수 없는 것도 있어요."

그러자 크레아레가 코넬리아에게 조언했다.

『네 마음도 이해는 되지만, 좀 더 마스터를 색안경 없이 보고 나서 판단했으면 좋겠어.』

색안경―― 확실히 리온에 대한 평가가 조금 엄해져 있었다.

코넬리아는 그걸 반성했다.

코넬리아 역시 저택에서 일하는 메이드다.

리온과 마리에가 남녀 사이가 되면 금방 알 수 있고, 지금까지 그런 증거는 발견되지 않았다.

"알겠습니다. 저도 반성해야만 할 점이 있네요. 좀 더 리온 님을 믿어 보도록 하지요. 그렇지만, 정말로 이건 도움이 되는 겁니까?"

소파에 앉아 있는 리온 인형이 옆으로 툭 쓰러졌다.

웬 2인조가 마리에의 저택을 감시하고 있었다.

이들은 아예 근처 건물을 빌려 체계적으로 계속 감시를 이어오고 있었다.

2인조가 시계를 봤다.

"이제 곧 시간이군. 저택 안의 상황은?"

"움직임은 적다. 11명 모두 저택 안이군."

"철저하게 감시해라. 오늘은 중요한 날이니까 말이지."

"그건 알고 있다만, 오히려 항구 쪽은 어때? 외뿔이 두 척이나 있잖아?"

"그쪽은 경비대가 감시하고 있다. 군대도 나가 있지만, 움직임은 없어. 아무도 타고 있지 않다는 것 같으니 안심해도 되겠지."

2인조는 저택 감시를 계속했다.

"그건 그렇고, 움직임이 적군."

"저택에 틀어박혀만 있다면야 아무래도 문제없어. 오늘을 넘기면, 로이크 님이 수호자가 되어서 우리도 해방된다."

이 2인조는 발리에르 가문에서 파견된 감시자들이었다.

항구도 상황은 마찬가지였다.

수많은 함대가 아인호른과 리코른을 감시하고 있었다.

리온 일행에게 움직임이 있으면, 곧바로 로이크한테 알리기 위해서였다.

◇

성수 신전.

6대 귀족이 회의하는 장소이기도 하지만, 무녀가 식전을 열 때도 이용한다.

오늘은 무녀가 결혼하기 때문에 특별히 사용이 허락되었다.

회장에 모인 6대 귀족들은 로이크를 칭찬하고 있었다.

페베르 가의 당주인 랑베르는 노골적으로 아첨했다.

"이야~, 실로 경사스럽군. 이걸로 공화국에도 수호자가 부활하게 됐어. 왕국의 애송이가 언제까지고 잘난 체하게 둘 수는 없으니까 말이지. 로이크 군에게는 기대하고 있다네."

수호자가 성수에게서 가장 큰 은혜를 받을 수 있다.

그 힘이 절대적인 만큼, 로이크한테 기대가 모였다.

"노엘은 묘목이 고른 무녀입니다. 수호자의 힘을 얼마나 발휘할 수 있을지는 미지수지요."

"그, 그런가? 하지만, 무녀와 수호자가 부활한 건 실로 경사스러운 일이야. 공화국도 안정을 되찾겠지."

새로운 성수의 묘목이 손에 들어왔다.

그것만으로도 공화국에는 좋은 소식이었다.

그리고 지금, 무녀가 수호자를 선택하려 하고 있다.

6대 귀족들도 기대하고 있었다.

벨랑주가 알베르크를 곁눈질했다.

"6대 귀족에서 수호자가 나오는 건 오랜만이군. 선대는 평민 출신이었으니까 말이야. 안 그런가, 알베르크?"

그건 알베르크를 향한 비아냥이었다.

알베르크는 눈을 감고 대답하지 않았다.

팔짱을 끼고 입을 다물고 있는 알베르크 옆에는 페르낭의 모습이 있었다.

"의장 대리, 신경 쓰셔서는 안 됩니다."

알베르크는 무뚝뚝한 태도였다.

페르낭이 알베르크를 달래어, 로이크를 축복했다.

"알고 있네. 로이크 군, 축하한다는 말을 건네지."

"감사합니다, 의장 대리."

"과거 수호자의 문장을 얻지 못했던 나의 조언일세. 마지막까지 긴장을 늦추지 말도록."

알베르크가 그 말만 하고 방을 나가자, 벨랑주가 코웃음을 쳤다.

페르낭도 알베르크를 따라 일어섰으나 방을 나가기 전에 로이크에게 눈짓을 했다.

두 사람이 나가자, 벨랑주가 소리 내어 웃었다.

"싸움에 진 개가 짖는 소리로군. 녀석은 과거 무녀한테 약혼을 파기당한 한심한 남자다. 로이크, 신경 쓰지 마라."

"알고 있습니다, 아버님. 그나저나, 의장 대리도 불쌍한 사람이군요. 페르낭이 이쪽 편에 붙었다는 걸 눈치채지 못하고 있으니 말입니다."

다른 당주들이 이야기하기 시작했다.

"두 사람은 어제 조금 말다툼하지 않았던가?"

"페르낭 그 애송이 녀석한테 구슬려 넘어간 거지. 알베르크도 별것 없어."

"페르낭이 배신했다는 걸 알게 되면 어떤 표정을 지을지 기대

되는군.”

라우르트 가문을 제외한 다른 가문이 하나로 뭉친 모습을 보이고 있었다.

공화국 귀족 사회에서는 매우 드문 일이었다.

로이크는 마음속으로 리온에게 고마움을 표했다.

‘네 덕분에 우리는 하나로 뭉칠 수 있었다. 감사하도록 하지, 영웅님.’

얄궂게도 리온이라는 위협을 앞에 두고 벨랑주를 중심으로 6대 귀족들이 뭉쳤다.

리온에 대한 알베르크의 태도가 저자세로 보여, 다른 당주들이 불안을 품고 있을 무렵, 로이크라는 희망의 빛이 나타난 꼴이었다.

‘네 존재가 내게 힘을 빌려줬다. 흐름은 완전히 내게 넘어왔어. 손가락을 물고 지켜보고 있으라고.’

로이크는 승리를 확신했다.

그때, 방에 발리에르 가문의 가신이 입실했다.

“여러분, 슬슬 시간이 되었습니다.”

노엘과 로이크의 결혼식이 시작되려 하고 있었다.

제11화 「신부 도둑」

노엘은 거울 속에 비친 자신을 바라보았다.

아름다운 신부 의상——이었으나, 그녀의 목에는 목줄이 채워져 있었다.

사용인들이 목줄이 보이지 않도록 장식을 달고 있자, 방에 렐리아가 들어왔다.

"어, 언니⋯⋯."

렐리아가 불안해 보이는 표정을 짓자 노엘은 미소 지으며 말했다.

"왜 그래?"

"그⋯⋯ 괜찮아?"

노엘은 렐리아가 뭘 묻고 싶은 건지 알 수 없었지만, 부드럽게 대답했다.

"긴장은 하고 있지만, 그 정도? 너도 좀 더 기뻐해. 이걸로 우리는 귀족으로 돌아갈 수 있어."

렐리아는 하고 싶은 말이 있는 듯했지만, 이윽고 고개를 숙였다. 주위에 발리에르 가문의 사용인들이 있으니 본심을 털어놓을 수가 없었다.

그러자 노엘이 먼저 입을 열었다.

"미안해. 내가 발견되지 않았더라면, 네가 말려들 일도 없었을 텐데."

노엘은 렐리아를 말려들게 했다는 마음의 빚이 있었다.

렐리아가 고개를 가로저었다.

"나, 나는 괜찮아. 하지만, 언니는——!"

사용인들이 대화를 가로막았다.

"노엘 님, 시간이 되었습니다. 렐리아 님도 퇴실해 주십시오."

렐리아가 쫓겨나자, 노엘은 이내 무표정하게 변했다.

노엘도 또래 아이처럼 신부 모습에 동경이 있었다.

하지만 막상 그 신부 모습이 되었는데도—— 노엘은 슬퍼서 눈물이 나올 것만 같았다.

'어째서 이렇게 된 걸까.'

성수의 문장 하나로 인생이 좌우된다.

그것이 정말로 싫었다.

◇

회장은 무척 넓었다.

거목을 본떠 만든 기둥이 늘어서서 높은 천장을 받치고, 스테인드글라스는 성수 그림이 그려져 있었다.

스테인드글라스로 비쳐 들어오는 빛은 무척이나 아름다웠고, 천장에서도 빛이 비쳐 들어왔다.

그 빛 아래 놓인 길을 걷던 노엘은 눈을 돌려 주위의 참석자들을 보았다.

모두 문장을 지닌 자── 성수에 선택받은 사람들이었다.

그들은 새로운 무녀와 새로 탄생할 수호자를 축복하고 있었다.

그러나 그건 무녀를 향한 시선일 뿐, 노엘을 축복하는 게 아니었다.

'……나에 대해서는 흥미도 없는 주제에.'

그들에게 중요한 건 문장과 무녀라는 지위다.

성수와 사람을 잇는 가교── 공화국이 잃어버린 이후로 줄곧 갈구해 왔던 존재.

그 누구도 노엘의 행복 따위에는 관심이 없다.

그저 로이크와 결혼하면 행복해지겠지, 하고 막연한 생각이 있을 뿐.

'내가 바란 건 이런 게 아니야. 내가 원한 건…….'

하지만 노엘이 무엇을 바라든, 무녀라는 지위를 대신할 사람은 없다.

노엘에게 자유 따위 없었다.

'문장이 나타나서 들떠 있었던 게 바보 같아. 이게 무녀의 문장을 지닌 사람의 운명이었는데. 평생 성수에 얽매이는 운명이…….'

바랐던 미래는 이루어지지 않는다.

'뭐가 사랑하는 사람과 맺어진다는 거야. 다 거짓말이잖아.'

그래도 노엘이 도망치지 않는 건, 어차피 목줄이 있는 한 도망칠 수도 없고, 도망치더라도 그로 인해 공화국에 희생이 생기기 때문이었다.

노엘은 귀족이 싫었다. 피에르처럼 극단적이지 않더라도, 문장을 가진 귀족은 모두 오만했다.

백성은 그 귀족 밑에서 늘 괴로워했다.

무패를 들먹이며 귀족들은 방어전을 이어왔고, 백성은 그 아래서 계속 피해를 받아왔다.

전쟁에서 죽는 건 문장이 없는 백성들뿐.

문장을 가진 귀족이 죽는 일은 아주 드물었다.

노엘은 공화국을 좋아했지만, 공화국을 지배하는 귀족들은 싫었다.

성수의 무녀가 되어야 한다면 그건 오로지 백성을 위해서다.

'하지만…… 이렇게 될 운명이었다면, 수호자 정도는 내가 고르고 싶었어. 어째서 로이크가…… .'

회장 안쪽에 있는 성수를 본뜬 석상 앞까지 오자, 벨랑주가 노엘을 기다리고 있었다.

공화국에서는 성수가 신앙의 대상이기에, 성수의 문장을 가진 6대 귀족의 당주가 신직(神職)을 대신하는 경우가 있다.

벨랑주의 등 너머로 벨랑주가 지닌 문장이 떠올라 있었다. 신직을 맡은 자가 문장을 보여 자신이 입회인임을 나타내는 공화국의 관습이었다.

벨랑주는 두 사람에게 작은 목소리로 말을 건넸다.

"둘 다 잘 어울리는군. 자, 무녀님은 여기서 로이크에게 수호자의 문장을 내려주실까. 방식은 알고 있겠지?"

문장을 내리는 방법은 사전에 교육을 받았다.

무녀가 마음속으로 성수에게 말을 걸어 '이 사람이야말로 수호자에 걸맞다'라고 기도하면 된다.

노엘이 로이크 쪽을 보고, 깍지를 껴서 기도하는 자세를 취했다.

정말 로이크에게 수호자의 문장을 내려줘도 괜찮은지 걱정이 들었지만, 노엘에게는 달리 선택의 여지가 없었다.

'성수여―― 이분이 당신의 수호자입니다. 부디, 수호자의 문장을 내려 주십시오.'

노엘이 기도를 올리자, 노엘의 오른손 손등이 빛나더니 노엘 뒤쪽에 3m 정도 되는 무녀의 문장이 나타났다.

그걸 본 참석자들이 흥분해서 말했다.

"오오, 마침내!"

"이걸로 알제르의 미래도 평안하겠군."

"그리고 수호자의 문장이…… 음?"

그런데 시간이 아무리 흘러도 그 이상의 변화가 없었다.

정상적인 절차라면 이후 로이크 뒤쪽에 수호자의 문장이 출현할 터였다.

이것이 무녀와 수호자의 혼인이 성립했다는 증거인데―― 회장에는 아무런 변화도 일어나지 않았다.

로이크가 이를 뿌득 갈았다.

"노엘, 너는 이 자리에서 나를 배신할 생각이냐!"

"하, 하고 있어. 나는 제대로——!"

다시 한번 강하게 기도했다.

'성수님, 제 목소리를 들어 주세요. 눈앞에 있는 남성이 당신의 수호자입니다. 당신을 지킬 존재입니다.'

노엘이 필사적으로 기도했지만, 여전히 아무런 변화도 일어나지 않았다.

——도리어 기도에 답변하듯 노엘에게만 여자아이 같은 묘목의 목소리가 들려왔다.

말투가 서툴긴 했으나, 묘목은 노엘의 간청을 강하게 거부하고 있었다.

노엘은 퍼뜩 눈을 떴다.

"어?"

노엘이 놀라서 손을 떼자 벨랑주가 초조해하면서 작은 목소리로 말을 건넸다.

"무녀님, 빨리해주실 수 없겠습니까? 그게 아니면, 이 자리에서 우리를 욕보일 셈입니까?"

노엘은 고개를 가로저었다.

자기가 노린 게 아니었다.

묘목이 거부한 것이다.

"아, 아니야. 나는 분명 배운 대로 기도했어! 그런데…… 거, 거부당했어."

쥐 죽은 듯 조용한 회장에, 거부라는 말이 울려 퍼졌다.

회장은 순식간에 술렁임에 휩싸였다.

로이크는 얼굴 중심에 주름이 질 정도로 인상을 강하게 찌푸리고는 양손으로 노엘의 목을 콱 쥐었다.

"노엘, 너는 그렇게 나를!"

노엘이 로이크의 손을 양손으로 붙잡았지만, 떨쳐낼 수가 없었다.

이를 보고 사람들이 수군거리기 시작하자 벨랑주가 제지하려 했지만, 둘을 갈라놓기도 전에 로이크 후방에 6대 귀족의 문장이 출현했다. 로이크의 문장은 불꽃을 내뿜고 있어서 주위 사람들이 가까이 다가갈 수 없었다.

벨랑주도 더 다가가지 못하고 당황해서 소리쳤다.

"로이크, 멈춰라! 무녀를 죽이지 마라!"

그러나 로이크의 손가락은 계속해서 노엘의 목에 파고들었다.

"윽!"

목소리를 낼 수 없는 노엘을 보며 로이크가 웃었다.

"네가 내 것이 되지 않는다면, 처음부터 이러면 됐던 거다!"

노엘은 자기가 이대로 죽을지도 모른다고 각오하자, 느닷없이 앳된 혀짤배기 목소리가 머릿속에 들려왔다.

수호자가 와──라고. 무녀를 지키기 위해 수호자가 오고 있다고.

'수호자라니? 나는 아직 아무도 선택하지 않았는데……? 대체

누가…….'

목을 죄인 고통에 제대로 생각할 수가 없었다. 이윽고 로이크의 불꽃이 노엘의 웨딩드레스를 불태우기 시작했다.

그 순간.

갑자기 천장 유리를 깨부수고 검은 갑옷이 내려왔다.

아로간츠였다.

「신부를 되찾으러 왔다!」

리온의 제법 즐거운 듯한 목소리가 회장에 울려 퍼졌다.

아로간츠가 내려서면서 일으킨 바람에 밀려 로이크가 날아갔다. 회장에 붙었던 불도 꺼졌다.

바닥에 넘어진 노엘은 고개를 들어 아로간츠를 바라보았다. 어느새 하얀 턱시도를 입은 리온이 아로간츠 위에 서 있었다.

'뭐야, 꽤 잘 어울리잖아…….'

노엘은 자기도 모르게 그런 생각을 했다는 사실이 부끄러우면서도 한편으로는 기뻤다.

로이크는 아로간츠에서 자신을 내려다보는 리온을 향해 고함쳤다.

"뭐 하러 온 거냐! 설마, 신부를 납치할 셈이냐? 하얀 턱시도 따위 입고 쳐들어와서는——! 이 일은 왕국에 항의토록 하겠다!"

주위에서도 갑옷을 타고 쳐들어온 리온에게 야유를 퍼부었다.

하지만 리온은 허둥대지 않았다.

리온이 손에 들고 있던 단기관총의 방아쇠를 당기자, 총알이 쏟아져 나옴과 동시에 참석자들이 비명을 질렀다.

리온은 시선이 모인 걸 확인한 후 모든 이가 놀랄 만한 말을 꺼냈다.

"적반하장이라는 건 이런 걸 말하는 거로군. 남의 신부를 빼앗아 결혼식을 강행하는 게 공화국이 말하는 '품위 있는 방식'이냐? 남더러 야만인이라고 말하는데, 너희들이야말로 진짜 야만인이라고. 자신을 돌이켜 보고 조금은 반성하는 게 어때?"

대체 이게 무슨 말이지?

벨랑주가 항의했다.

"중요한 식전에 갑옷을 타고 와 행패를 부려 놓고서는, 무슨 헛소리냐! 애초에, 어떻게 들어온 거지? 성수 신전 주위에는 군대를——!"

그러자 리온이 실실 웃었다.

"이야~, 힘들었어. 실은 어제부터 들어와 있었거든. 누구 씨가 계속 저택을 감시해대는 탓에 손을 쓰는 데 한 고생했다고."

로이크가 혀를 차고는, 달려온 병사들에게 명령했다.

"녀석을 죽여!"

갑옷에서 나온 게 잘못이었다.

맨몸으로 상대하기에는 너무 위험하다.

노엘이 리온에게 외쳤다.

"리온, 도망쳐!"

그러자 로이크가 화를 내며 자신의 왼손을 끌어당기는 동작을 했다.

그 순간, 노엘의 목줄에서 사슬이 나타나 몸이 억지로 로이크에게 끌려갔다.

로이크는 그대로 노엘의 목을 팔로 옥죄었다.

"닥쳐!"

그 모습을 본 리온이 단기관총을 콕핏에 내던졌다.

주위에서 병사들이 리온을 총으로 쏴댔지만, 마치 리온 앞에 보이지 않는 벽이 있는 듯 가로막혀 총알이 닿지 않았다.

리온은 하얀 장갑을 벗어 던지고는, 오른손을 로이크와 공화국 사람들에게 향했다.

"언제까지고 깝죽대지 말란 말이다. 꿇어 엎드려!"

그 직후, 리온의 등 뒤—— 아로간츠 뒤에 6m 가까이 되는 커다란 마법진이 떠올랐다.

바로 수호자의 문장이었다.

희미한 녹색으로 빛나는 수호자의 문장을 앞에 두고, 로이크를 비롯한 공화국 사람들은 말을 잃었다.

노엘도 놀라서 리온을 멍하니 바라보았다.

'어, 어째서 리온한테 문장이……? 나는 아직 선택하지 않았는데…….'

묘목이 리온에게 수호자의 문장을 내려줬다는 사실을, 노엘은 이때 처음 알게 됐다.

◇

　——리온이 수호자의 문장을 깃들이고 있다.

　"어째서 저 녀석이 수호자의 문장을 가지고 있지?! 루이제, 설마 넌 알고 있었던 거냐!"

　위그가 옆에서 시끄럽게 소리쳤지만, 루이제는 그를 무시한 채이 광경을 바라보았다.

　연회가 있던 날 밤, 루이제는 리온 일행에게 협력하기 위해, 본가가 아니라 드루이유 가로 가서 리온 일행의 사전 준비를 도왔다.

　하지만, 지금은 그런 것보다 리온의 모습이 중요했다.

　'리온…….'

　루이제는 리온을 바라보며 자신의 동생인 리온 사라 라우르트를 떠올렸다.

　리온이 아직 죽기 전, 리온은 노엘과의 약혼이 결정되자 수호자가 될 거라며 들떠있었다.

　알베르크는 다소 난처한 표정을 짓고 있었지만, 그래도 아들이 수호자가 된다는 말이 기쁜 것 같았다.

　문득, 그때 동생이 했던 말이 떠올랐다.

　'그래, 그때 분명 리온이 나한테——'

　「누나, 내가 다음 수호자야! 대단하지!」

　「대단하긴 한데, 정말로 리온이 수호자가 될 수 있을까? 수호자는 아~주 훌륭한 사람인데?」

「될 수 있어! 내가 수호자가 되면, 모두를 지키는 수호자가 될 거야.」

「모두?」

「응! 성수도 무녀도, 그리고 귀족도 영민도——! 공화국 사람들 모두를 지킬 거야!」

「뭐어~? 리온이 지킬 수 있을까? 나한테도 못 이기는데.」

「그, 금방 이길 수 있게 될 거야! 그러면, 누나도 구해 줄 테니까!」

「그래, 그래. 기대하지 않고 기다리고 있을게.」

「말 다 했겠다! 꼭 구하러 갈 거니까 기억해 둬!」

그런 말을 하는 동생이 귀여워서, 루이제는 리온을 꼭 껴안았다.

하지만—— 그로부터 몇 달 뒤, 리온은 병으로 세상을 떠났다.

리온은 그렇게 비가 내리는 날, 차가운 비석 밑에 묻혔다.

검은 원피스를 입은 어린 루이제는 비석 앞에서 중얼거렸다.

「거짓말쟁이——! 누나를 구해 주겠다고 했으면서! 죽으면, 구할 수 없잖아……!」

동생은 수호자도 되지 못했고, 사람들을 구하지도 못했다.

자신을 구해 줄 수도 없게 되었다.

그런데—— 지금 루이제의 눈앞에, 수호자의 문장을 깃들인 리온이 나타났다.

'리온…….'

공화국 사람이 아닌, 호르파트 왕국에서 온 유학생인데도, 리온은 공화국의 병사들을 앞에 두고 명령했다.

"들리지 않았던 거냐? 건방지다고, 조무래기들이. 수호자의 문장 앞에 무릎 꿇고 엎드려라!"

──아무리 보아도 모두를 구해 주는 수호자와는 거리가 멀었다.

◇

공화국 사람의 얼굴에는 당황한 기색이 역력했다.

다른 사람도 아닌 내가 수호자의 문장을 들고 나타났으니, 어떻게 해야 좋을지 판단이 서질 않겠지.

발리에르 가의 당주인 벨랑주조차도 눈을 끔뻑거리고 있었다.

몇 번을 봐도 똑같다. 내 뒤에 떠오른 문장은 틀림없는 수호자의 문장이다.

"자, 신부를 돌려주실까, 도둑놈들. 알고 있겠지? 무녀와 수호자는 세트다. 즉, 너희는 내게서 노엘을 빼앗았단 이야기지. 너희, 너무 야만적이지 않아?"

상황이 이렇게 되면 공화국의 관습으로 볼 때, 로이크가 옆에서 끼어든 꼴이 된다.

뭐, 사실은 내가 로이크에게서 노엘을 빼앗은 거지만.

"그건 그렇고 뻔뻔하군. 대대적으로 이런 결혼식까지 열고 말이야. 설마, 로이크가 수호자로 선택될 거라고 진심으로 생각하고 있었냐? 기대는 버려라. 그럴 일은 없다. 절대로 말이지."

공화국 녀석들을 앞에 두고, 나는 하고 싶은 말을 전부 쏟아냈다.

화가 나는 일도 많았으니까, 이참에 다 털어내 두자.

여기 있으니 랑베르가 분노에 이를 가는 모습도 잘 보이는군.

"수호자는 간단히 말하자면 성수를 지킬 수 있는 강한 인간이 선택된다. 원래라면 문장을 가진 6대 귀족 중에서 선택되어야 했겠지. 그런데 묘목은 날 선택했다! 이 의미를 알겠냐? 이건 묘목이 보기에 그만큼 너희가 미덥지 못하다는 뜻이다! 요컨대 나는, 너희 6대 귀족보다도 강하다고 묘목에 인정받은 거나 다름없단 거지!"

그렇게 말하자, 주위에서는 "웃기지 마라!", "무례하다!", "잘난 듯이!"라든가 하는 말이 들려왔다. 싸움에 진 개들이 짖는군.

실제로 여기에 있는 건 패배한 개들뿐이다.

"사실이잖아? 애초에, 그동안 성수가 무녀도 수호자도 선택하지 않은 이유가 뭐라고 생각하지?"

공화국의 본질적인 문제를 건드리자, 주위가 단번에 조용해졌다.

아주 기분이 좋다.

스트레스 발산을 위해 있는 힘껏 도발해 줘야지.

으음~, 남을 도발하거나 설교하는 건 잘난 사람이 된 것 같아서 기분이 좋단 말이지!

당하는 쪽은 진짜로 기분 나쁘지만! 그래도 나는 한다!

"성수는 자신을 지켜 줄 자를 고르는 거지? 그런데 아무도 고르지 않았다? 그건 결국—— 너희들 중에 걸맞은 인간이 없었다는 의미 아니냐? 아하, 이거 어쩌지? 너희, 아무래도 묘목뿐만이 아니라 성수한테까지 버림받은 거 같은데?"

내가 비웃자 참석자들의 분노가 내게 향했다.

"뭐~ 어쩔 수 없나. 일개 외국인한테 지는 놈들인데, 그야 성수도 미덥지 못하다고 생각하겠지."

어라, 신경 쓰고 있었던 걸까나? 참석자들의 얼굴이 새빨개져 있다.

그러면 좀 더 아픈 곳을 찔러 주자!

"정곡을 찔렸다고 해서 화내지 말라고. 나는 노엘을 돌려받으러 온 것뿐이야. 오히려 나는 온건하게 데리고 가려고 했는데, 너희들이 이상하게 들떠 올라 있어서 놀랐다고."

배신자인 페르낭이 분한 듯이 나를 노려보더니 천천히 입을 열었다.

"……면목 없군. 이쪽도 상정하지 못한 사태였다. 가능하면 내려와 줬으면 하는군. 대화로 해결하도록 하지."

그러나 나는 배신자를 신용하지 않는다.

"대화는 필요는 없어. 내 무녀를 넘겨라. 단순명쾌하지? 나한테는 묘목과 무녀를 지킬 의무가 있는 것 같으니까 말이야. 너희들—— 도둑한테서 되찾지 않으면, 묘목한테 혼난다고."

페르낭이 어떻게든 물고 늘어지려 했지만, 로이크가 먼저 인내의 한계에 도달했다.

"조금 전부터 듣고 있자니 제멋대로! 노엘을 먼저 사랑한 건 나다! 노엘은 내 거다! 누구한테라도 넘길까 보냐! 다른 녀석에게 빼앗길 바에야, 이 자리에서!"

로이크가 허리에 매단 의례용 검을 뽑자, 회장 안에 비명이 울려 퍼졌다.

나는 곧바로 지시를 내렸다.

"루크시온!"

『문제없습니다. ──마스터가 원하시는 대로.』

그 순간, 콕핏에서 검이 튀어나왔다.

나는 그걸 받아들고, 검집에서 뽑아 뛰어내렸다.

바닥까지 5~6m 정도의 높이가 있어 조금 무서웠지만 참았다.

나를 막으려는 기사나 병사들이 앞으로 나섰기에, 외날 검을 뒤집어 칼등 부분으로 후려갈겨 나갔다.

공화국 기사는 문장에 의지하는 녀석이 많아서 그런지 전투 기술이 형편없었다.

"공화국 기사님은 약하구먼. 왕국이라면 낙제점이다!"

루크시온의 목소리가 들려왔다.

『왕국에선 남자는 여성에게 돈을 바치기 위해 단련하고 있으니 말입니다. 던전에서 몬스터를 상대로 목숨을 걸고 돈을 벌어, 여학생에게 바치는 눈물겨운 노력 끝에 얻은 힘이지요.』

그만해! 눈물이 나오려 한다고.

하지만, 강해질 수밖에 없었다.

강해져서, 몬스터가 준동하는 던전에서 살아남아, 돈을 번다.

그걸 위해 얻은 힘이 지금 도움이 되고 있었다.

기사나 병사들을 때려눕히고 로이크에게 다가가자, 내게 오른손을 향했다.

로이크의 뒤에 문장이 떠올라 있었고, 불꽃이 거기서부터 로이크의 오른손에 모여 커다란 불덩어리를 만들어 냈다.

"맨몸으로 나한테 이길 수 있을 것 같냐!"

"문장의 힘이라면 나한테도 있는데? 뭐, 너 정도는 검으로도 충분하지만."

로이크가 불덩어리를 발사하자, 나는 들고 있던 검으로 불덩어리를 베었다.

둘로 갈라진 불덩어리가 폭발했지만, 나는 무사했다.

나는 로이크가 놀라는 모습을 보며 검을 뒤집어 날이 있는 방향으로 바꿔 쥐었다.

그리고는 몸을 숙여 로이크와의 거리를 좁힌 뒤, 그대로 놈의 오른팔을 베어 날렸다.

로이크에게는 내가 순식간에 거리를 좁힌 것처럼 보였을지도 모르겠군.

로이크의 오른팔이 잘려 날아가 성수가 주는 에너지를 받을 수 없게 되자, 로이크 뒤에 있던 문장이 사라졌다.

나는 그대로 로이크를 걷어차 날린 후 발로 짓밟은 채로 그의 왼팔에 칼날을 꽂아 세웠다.

로이크가 비명을 질렀다.

"내, 내 팔이! 내 팔이이이이!"

"시끄러워. 나한테 이렇게까지 시킨 건 너잖냐."

로이크의 왼팔에서 팔찌를 빼냈다.

주위는 이 광경을 보면서도 전혀 움직이지 못했다.

로이크는 무녀를 죽이려 했고, 나는 수호자의 문장을 지녔다.

어떻게 대처하면 좋을지 알 수 없겠지.

하지만 이대로 시간을 끌면 움직이기 시작하는 녀석들이 나올 거다.

나는 피가 묻은 팔찌를 내 왼팔에 장착한 뒤, 주저앉은 노엘에게 손을 내밀었다.

"노엘, 와라."

──하지만, 노엘은 눈물을 흘리며 나를 거부했다.

고개를 가로저으며, 강하게 거부했다.

"그만해! 어째서 이런 짓을 하는 거야! 잊으려고 했는데, 네가 이러면……! 너 정말 최악이야! 내가 얼마나── 얼마나!"

노엘의 마음도 이해는 되지만, 시간이 없기에 나는 억지로 노엘을 둘러멨다.

날뛰는 노엘을 둘러메자, 주위 녀석들이 우리를 둘러쌌다.

로이크를 보니, 치료 마법을 쓸 수 있는 자들이 모여 잘려 날아간 팔을 이어붙이고 있었다.

"어라, 수호자의 문장을 가진 나한테 거스르는 걸까나?"

내 앞으로 나온 페르낭이 무기를 손에 들고, 문장의 힘을 쓰려 했다.

"설령 자네가 수호자일지라도, 무녀님을 넘길 수는 없다!"

주위도 마찬가지인 모양이다.

우리를 둘러싸고 무기나 문장을 겨눴다.

"싸우려고 하는 기개는 훌륭하군. 하지만 다들 뭔가 잊고 있지 않아?"

내가 아로간츠를 올려다보자, 페르낭이 소리쳤다.

"갑옷은 이쪽도 있다!"

창문을 깨고 들어온 갑옷들이 무인 상태인 아로간츠를 덮쳤다.

아무래도 아로간츠를 붙잡으면 내게 전념할 수 있다고 생각한 모양이다.

다들 어설프군.

"아로간츠가 이 정도로 멈출 줄 알았다면 착각이다."

그 순간 아로간츠가 양손을 붙잡으려 들었던 갑옷들의 머리 부분을 잡아 찌부러트렸다.

페르낭이 경악했다.

"사람이 없어도 움직이는 건가?! 아니, 안에 달리 사람이 있었나!"

정답은 무인이라도 움직인다──이지만 가르쳐 줄 필요도 없기에 잠자코 있었다.

"자, 얼른 길을 열어. 수호자님이 지나가신다! 잠깐, 노엘. 날뛰지 마. 부탁이니까."

"이거 놔! 이거 놓으란 말이야!"

둘러메고 있는 노엘이 울면서 계속 날뛰었다. 이거 옮기는 데 고생하겠군.

그걸 보고 페르낭이 소리쳤다.

"무녀님을 지켜라! 리온 경, 무녀님이 싫어하고 계신다. 이대로 보낼 수는 없다!"

거기에, 알베르크 씨가 다가왔다.

"전원 무기를 내려라!"

그 옆에는 루이제 양의 모습도 있었다.

알베르크 씨는 바닥에 주저앉은 벨랑주를 노려봤다.

"벨랑주, 너한테서는 나중에 자세한 이야기를 듣도록 하지. 그리고, 수호자님에 대한 무례는 용서치 않는다!"

의장 대리의 말에 기사나 병사들이 무기를 내렸다.

페르낭이 알베르크 씨에게 저항했다.

"의장 대리, 이대로 묵인하라는 말입니까!"

"진정해라. 대화로 해결하자 해놓고 무기를 꺼내는 녀석이 세상에 어디 있나. 그리고 페르낭, 너도 이 건에 연루되어 있다는 건 알고 있다."

페르낭도 고개를 숙이고, 무기를 떨궜다.

벨랑주는 바닥에 주저앉아 머리를 감싸 쥐고 있었다.

"바보 아들놈이!"

로이크의 이야기가 나오자 모두의 시선이 몰리자 의사들에게 향했다.

의사들은 매우 곤란한 얼굴을 하고 있었다.

알베르크 씨가 의사에게 물었다.

"로이크는 어떻게 됐지?"

"그, 그게. 팔을 붙였더니 무리해서 밖으로……."

직후, 성수 신전 어딘가에서 폭발이 일어났는지 건물이 흔들리기 시작했다.

루이제 양이 나를 봤다.

"잠깐, 리온 군. 이제 끝났잖아."

여러분, 뭐든지 내 탓으로 하고 있지 않아?

"아뇨, 전 아직 스위치를 누르지 않았습니다만?"

그러자 사람들이 어디서 폭발이 일어난 건가 하고 서로 얼굴을 마주 보았다.

그중 몇몇은 진짜로 폭탄을 설치했던 거냐 하는 눈빛으로 나를 바라보고 있었다.

그때 벨랑주가 벌떡 일어나더니 허둥대기 시작했다.

"저 바보 아들놈, 설마 이 이상 수치를 덧칠할 생각이냐?!"

◇

성수 신전의 벽을 깨고 밖으로 나간 갑옷이 한 기.

그건 발리에르 가문이 소유한 특별 주문품이었다.

공화국 병기는 성수에서 오는 에너지를 받아들일 수 있는 장치가 있어서, 문장을 소유한 자가 조종해야 한다는 조건이 있기는 해도, 성능은 동 수준의 갑옷과 비교하면 몇 단계나 높았다.

공화국이 방어전에서 불패인 것은 이러한 병기 성능에 의존하고 있기 때문이다.

그리고 발리에르 가문이 소유하는 갑옷 중에는 6대 귀족만이 쓸 수 있는 갑옷이 있다.

본래 지휘관 기체로서 눈에 띄는 역할이 주어져 있었는데, 성수에서 오는 에너지를 풍부하게 받아들일 수 있는 6대 귀족이 탑승하는 것을 전제로 하여 설계된 갑옷이다.

다른 기체보다 덩치가 크고, 심홍색 장갑은 샤프한 디자인을 갖추고 있었다.

눈에 띄기 위해 만든 만큼, 등에 날개처럼 보이는 장치가 달려 있었다.

이만큼 겉모습을 중시했지만, 성능도 매우 뛰어났다.

콕핏에 올라탄 로이크는 양팔에 피가 묻은 붕대를 감으며 조종간을 꽉 쥐었다.

로이크의 눈동자에 붉은빛이 깃들었다.

"성수여! 모든 것을 불태워 버리기 위해 내게 힘을 빌려다오! 전부다. 내 모든 것을 주겠다!"

분노로 자아를 잃고, 오로지 모든 것을 없애버리고자 로이크가 기체를 움직였다.

갑옷 뒤에 문장이 떠올랐고, 이윽고 출력을 높여 나갔다.

각 부분에 부하가 걸릴 정도로 출력이 상승하자, 로이크는 검을 뽑았다.

검에 화염이 휘감겨 붙었고, 그걸 휘두르자 참격이 날아갔다.

화염이 초승달 모양으로 날아가 성수 신전의 벽을 파괴했다.

신전 폭발에 휩싸이며 불타기 시작했다.

"불타라! 전부 불타 버려! 노엘도, 그리고 그 남자도! 나를 인정하지 않는 자는 전부 불타 버려라아아아!!"

로이크는 성수의 에너지가 평소보다 많이 흘러들어오는 것을 느끼고 있었다.

리온한테 베인 팔이 아플 때마다 증오가 더욱 커졌다.

"나와라, 리온! 노엘의 눈앞에서 널 죽여 주마. 그 녀석한테는, 나를 선택하지 않았던 것을 후회시켜 주마——!"

성수 신전에서 참석자들이 도망쳐 나왔다.

그 모습을 확인하고 있었더니, 신전을 경비하던 비행선이나 갑옷이 접근했다.

신전에서 빠져나왔는지 드루이유 가의 가문(家紋)이 내걸린 비행선에서 위그의 목소리가 들려왔다.

「로이크, 그만둬! 신전은 파괴하지 마. 형에게서 계획은 중지라고 연락이 왔다고!」

그러자 로이크는 입을 초승달 모양으로 일그러뜨렸다.

"페르낭 뒤꽁무니나 졸졸 쫓아다니는 놈이, 내게 지시하지 마라!"

로이크의 갑옷이 왼손을 향하자, 거기에서 화염이 뿜어져 나와 위그가 탄 비행선을 불태웠다.

비행선이 추락하자, 드루이유 가의 갑옷들이 무기를 겨누었다.

「위그 님!」

「로이크 경, 대체 무슨 짓을!」

「당장 멈춰라!」

로이크는 모여든 비행선이나 갑옷들을 검으로 베어 갈랐다.

갈라진 갑옷들이 폭발에 휩쓸렸다.

"중지라고? 계획 따위 아무래도 좋단 말이다! 나는── 나는 노엘이 있으면, 그걸로 충분했는데!"

웃으면서 눈물을 흘리는 로이크의 눈동자는 핏발이 서서 붉은 빛을 깃들이고 있었다.

그때, 성수 신전에서 증오스러운 리온이 탄 아로간츠가 튀어나왔다.

「아~아, 신나게 날뛰었구먼. 나는 좀 더 온건하게 끝낼 생각이었는데 말이야.」

리온이 나오자, 갑옷 뒤에서 빛나는 문장의 기세가 한층 강해졌다.

로이크가 리온에게 소리쳤다.

"왔구나── 귀축 기사!"

빨간 갑옷이 아로간츠를 향해 검을 내리꽂으려 했다.

아로간츠가 그걸 피하고, 엇갈려 지나가는 찰나에 배낭에서 꺼낸 배틀 액스를 로이크의 갑옷에 휘둘러 어깨 장갑을 날려 버렸다.

「얕았네.」

로이크는 분노로 머리가 몹시 뜨거워져 익어 버릴 것만 같았지만, 리온의 움직임을 관찰했다.

'젠장! 야만적인 왕국인 놈! 갑옷을 다루는 게 익숙한 모양이구나. 하지만, 이쪽을 피했다는 건, 파워 승부를 피하고 싶다는 뜻——크기는 이쪽이 유리하다. 이 승부, 성능 차이로 밀어붙여 주마!'

빨간 갑옷은 아로간츠보다도 컸다.

겉모습만 보면 중량이나 파워는 빨간 갑옷 쪽이 강해 보였다.

"성능에 자신이 있는 것 같다만, 내 갑옷은 발리에르 가문이 만든 특별 주문품이다! 성수의 에너지를 받고 있어서 마력 고갈 걱정도 없지. 하지만, 너는 어떻지? 묘목으로부터 에너지를 받았다고 치더라도, 성수하고는 승부도 안 될 거다!!"

서로 성수로부터 백업을 받고 있다고 치더라도, 오랫동안 공화국을 지탱해 온 성수와 묘목은 어떻게 생각해도 파워가 다르다.

기체 성능.

성수의 가호.

이 차이는 파일럿의 기량만으로 극복할 수 없다—— 로이크는 그렇게 생각하고 있었다.

빨간 갑옷이 검을 휘둘러 아로간츠를 밀어붙이기 시작했다.

이 모습을 공화국의 기사나 병사들—— 비행선이나 갑옷들은 가만히 지켜봤다.

마음속으로는 리온이 졌으면 하는 것이리라.

빨간 갑옷이 검을 내리치자, 아로간츠가 배틀 액스로 그걸 막아냈다.

검에 휘감긴 화염이 사라지자, 칼날이 빨갛게 빛나기 시작했다.

열이 한층 상승하여, 배틀 액스를 녹이며 베어나갔다.

"이대로 두 쪽을 내 주마!"

그러자 리온이 아닌 다른 목소리가 들려왔다.

『언제까지 놀고 계실 생각입니까, 마스터?』

그 목소리에 리온이 즐거운 듯이 대답했다.

「아니, 들떠 있는 것 같으니까 말이야, 좀 즐기게 해줘야지. 연출이라는 거야.」

리온의 목소리에는 전혀 초조한 기색이 없었다.

로이크는 그걸 허세라고 생각했다.

"되지도 않는 허세를!"

그러자 리온이 낮은 목소리로 말했다.

「상대를 제압하는 올바른 방법을 가르쳐 주마, 애송아.」

로이크는 갑옷 성능에 의존하여 아로간츠한테 이길 생각이었다.

내가 이에 맞춰 밀리는 척 연기하자 루크시온이 짜증을 냈다.

『마스터의 장난에는 어울려 줄 수가 없군요.』

"너무 그런 말 말라고. 관중도 달아올라 있잖냐."

콕핏 안에 루크시온이 방수한 공화국 측 목소리가 울렸다.

「그대로 왕국 갑옷을 쓰러트려라!」

「구, 구하지 않아도 괜찮은 겁니까? 의장 대리께서는 로이크 님을 막으라고——」

「접근할 수 없었고 하면 돼. 이건 현장 판단이다!」

어찌 이리 잔혹한 녀석들이지.

뭐, 이 주변에 있는 건 전부 발리에르 가문이나 드루이유 가문의 군대일 테니, 적극적으로 날 도울 리가 없겠지.

로이크의 갑옷은 검의 날을 빨갛게 만들어 히트 소드*처럼 사용했다. 고열로 적의 장갑 등을 녹이며 베는 무기다.

『마스터.』

내가 연기를 계속하자 루크시온이 이윽고 화를 냈다.

아로간츠가 성능으로 지고 있는 듯이 보이는 게 어지간히도 분한 모양이었다.

"참을성이 부족한 녀석이구먼. ——재밌는 건 여기서부터잖냐."

서로 무기를 맞댄 채 바싹 붙은 상황에서 나는 서서히 엔진 출력을 올려 나갔다.

조금 전까지 밀리고 있던 아로간츠가 천천히 로이크의 빨간 갑옷을 밀어내기 시작했다.

로이크의 당황한 목소리가 들려왔다.

---

*기동전사 건담에서 지온군 구프가 쓰는 무기

「출력이 낮아진 건가?! 젠장, 이 고물이!」

로이크는 기체 탓을 할 뿐, 현실을 보지 못하고 있었다.

"로이크, 기체 탓으로 하지 말라고. 그 기체는 우수해. 고물인 건 네 쪽이다."

아로간츠의 엔진 노즐이 푸른 불꽃을 내뿜으며 적극적으로 빨간 갑옷을 밀기 시작했다.

나는 아로간츠의 백팩에서 소드를 사출했다.

아로간츠가 왼손으로 그 소드를 받아 로이크의 검을 베었다.

「──뭣!」

잘린 칼날이 허공을 날아 지면에 꽂히자 타는 소리가 여기까지 들릴 것만 같은 기세로 하얀 연기를 내뿜었다.

"반응이 느려. 기체가 아니야. 파일럿 쪽이다."

아로간츠가 발차기를 먹이자, 빨간 갑옷은 동체가 활처럼 휘어져 후방으로 날아갔다.

조종자의 기량이 미숙한 탓에 빨간 갑옷은 공중에서 자세를 가다듬지 못했다.

아로간츠로 배틀 액스를 던져, 일어나려고 버둥거리는 빨간 갑옷의 왼팔을 잘라 날렸다.

관중들한테서 비명 같은 목소리가 들려왔지만, 내게는 성원이나 마찬가지였다.

"아깝네~. 그만한 성능이 있는데도 이게 고작이라니. 차라리 흑기사 할아범 쪽이 무서웠다고. 그 사람이 이 기체에 탔다면 나

317

라도 대처할 방도가 없었겠지."

그 모습을 잠깐 상상하자 오한이 났다.

건성으로 얕보면서 상대하다가 너덜너덜하게 당했던 기억이 되살아났다.

"이야~, 상대가 너라서 진심으로 다행이다. 기껏해야 성수의 가호가 있을 뿐이지, 내용물은 조무래기니까 말이야. 게다가 그 성수의 가호란 것도 별것 없고 말이다!"

내가 노골적으로 비웃자 관중들이 내게 분노를 향했다.

루크시온이 골라낸 녀석들의 대화는 온통 「저 녀석을 쏘게 해 주십시오!」라든가 「저 자식, 우릴 바보 취급하고 있어!」라든가 「저 녀석에 대한 공격을 허가해 주십시오!」 같은 적의로 가득했다.

'고작 문장이 전부인 조무래기'라는 대사가 공화국 사람의 약점 인 것 같군.

확실하게 기억했다.

나는 빨간 갑옷이 일어나는 모습을 바라보며, 로이크를 도발 했다.

"자, 진심을 발휘해 보라고. 혹시, 겨우 그 정도냐? 너희가 자 랑하는 성수의 가호로 날 쓰러뜨려 보란 말이다. 상대해 줄 테니 까 말이야! 전력을 다해! 그러면 내가 그런 너를 콱 짓뭉개 줄 테 니까!"

전력으로 덤벼 오는 상대를 기체 성능 차이로 전부 막아내고 이 긴다.

이것이야말로 상대를 제압하는 올바른 방법이다.

빨간 갑옷은 등 뒤의 문장을 한층 거대화시켜, 불타오르게끔 하고 있었다.

거기서 수많은 불덩어리가 발사되었지만, 아로간츠는 손쉽게 피해 나갔다.

불덩어리는 거대하기만 할 뿐, 알맹이가 없고 속도도 너무 느렸다.

그저 크게 부풀었을 뿐.

에너지를 무작정 받아들이고 있을 뿐, 그걸 제대로 제어하지 못하고 있었다.

뭐, 샤워기 헤드의 구멍에 비유하면 쉽겠군. 수압은 세도, 구멍이 막혀서 그런지 나오는 게 시원찮은 상황이라고나 할까.

보고 있는 내가 안타까울 지경이다.

"야, 야, 겨우 그 정도냐? 완전 기대 이하구먼. 이거. 숨겨 둔 무기라든가 더 없어? 겉만 순 번드르르한데요! 혹시, 벌써 소재가 고갈된 겁니까아!"

내가 다시 비웃자 빨간 갑옷이 아로간츠에 돌격해 왔다.

나는 무기를 도로 집어넣고 이쪽으로 돌진해 오는 빨간 갑옷을 한 손으로 막아냈다.

아로간츠는 흔들리기는커녕, 도리어 빨간 갑옷의 장갑이 터져 나가 일그러졌다.

안에 있는 로이크도 상당한 충격을 받았겠지.

나는 빨간 갑옷을 걷어차서 거리를 만든 후 라이플을 꺼내 들고 다시 로이크를 도발했다.

"오른쪽 다리를 노리고 있으니까, 막든지 피하든지 해 보라고."

「큭!」

로이크는 괴로운 신음과 함께 문장을 갑옷 앞에 소환해 실드 대신으로 사용했다.

그걸 본 루크시온이 말했다.

『저 실드 패턴은 이미 해석이 끝났습니다.』

내가 방아쇠를 당기자, 탄환이 이리저리 움직이는 빨간 갑옷의 오른쪽 다리 부분을 실드와 함께 날려버렸다.

「서, 성수의 가호가 관통당했——?!」

"다른 나라가 언제까지고 손가락만 물고 있을 줄 알았냐? 너희들이 자랑하는 가호를 꿰뚫는 것쯤은, 이미 가능하단 말이다."

뭐, 거짓말이지만.

그러나 이렇게 해두는 편이 위기감을 부채질할 수 있을 것이다.

"좋아, 다음은 오른팔이다."

로이크는 여전히 납득하지 못했는지, 다시 문장의 힘을 사용하여 두꺼운 3중 실드를 펼쳤다.

『——헛수고입니다.』

루크시온의 말대로였다.

방아쇠를 당기자, 탄환은 실드를 모조리 관통하여 빨간 갑옷의 오른팔을 날려 버렸다.

"팍팍 가볼까! 다음은 왼쪽 다리!"

문장이 꿰뚫려 발리에르 가의 최종 병기가 너덜너덜하게 당하는 광경을 공화국에 여봐란듯이 보여주었다.

"뭐야, 단순한 과녁이구먼. 공화국 갑옷은 강하다고 들었는데, 소문만큼도 아니었군. 이거라면 당장이라도 침공할 수 있겠어. 폐하께 공화국 침공을 진언해야겠는걸. 서두르지 않으면 다른 나라에 빼앗길 겁니다, 하고 말이지! 공화국은 좋은 사냥터가 되겠어!"

로이크의 갑옷을 파괴하면서 그렇게 말하자, 주위에 있던 공화국 군대가 겁을 먹기 시작했다.

나는 팔다리를 잃은 빨간 갑옷에 다가가, 머리 부분을 붙잡고 들어 올린 후, 라이플 총구를 콕핏에 대고 로이크에게 말을 걸었다.

"진짜로 조무래기군. 성수의 가호가 고작 이 정도라니, 너무나도 유감이다."

「제, 젠장!」

로이크의 분해하는 목소리가 들려왔다.

이러지 마. 분한 건 내 쪽이라고.

네가 좀 더 제대로 된 놈이었다면—— 노엘을 평범하게 대했더라면, 이렇게는 되지 않았어.

노엘이 내게 반하는 전개는 일어나지 않았을 거란 말이다.

독점욕이 강한 데도 정도가 있지.

"노엘도 네가 약한 걸 알아서 그랬던 건지도 모르겠군. 약한 주제에 허세를 부리고, 주위를 끌어들여 민폐를 끼치지—— 넌 정말로 형편없는 자식이야. 노엘이 그러는 것도 이해가 되네."

「네 녀석이 뭘 안다는 거냐! 네가 뭘——! 나는 노엘을 좋아한다! 사랑하고 있어!」

"하하, 아쉽게 됐네요! 노엘은 널 좋아하지도 않고, 사랑하지도 않아. 오히려, 생리적으로 무리라던데!"

마지막은 지어낸 말이지만, 아마 저 모습을 보면 노엘도 더는 받아들일 수 없을 것이다.

만약 내가 좋아하는 여성에게서 '생리적으로 무리'라는 말을 듣는다면—— 상상한 것만으로도 울고 싶네. 안제나 리비아한테 그런 말을 들었다간, 영영 재기할 수 없을 것 같다.

로이크도 마찬가지였던 모양이다.

「너만! 너만 우리 앞에 나타나지 않았다면!」

"그래도 결과는 마찬가지야. 노엘은 널 선택하지 않아."

「네가아아아아!」

내가 총구를 들이밀고 있는데도 로이크는 저항을 이어가며 목숨을 구걸하지 않았다.

로이크의 마음이 전혀 꺾일 기미가 없었다.

그러나 이 싸움을 보고 있는 공화국 군대는 마음이 꺾이기 일보직전이었다.

공화국 최고의 갑옷도 아로간츠는 이길 수 없다. 승리는커녕 얕보인 채 농락당했다.

자신들이 얼마나 약한지를 실감했다.

루크시온이 내게 경고했다.

『마스터, 적의 갑옷이 폭주하고 있습니다. 에너지 과잉 공급으로 인해 폭발할 것 같습니다. 당장 떨어져 주십시오.』

"뭐? 야, 로이크는 탈출할 수 있어?!"

『본인은 알아차렸을지도 모릅니다만── 도망칠 생각이 없는 모양입니다.』

"제길!"

라이플을 수납하고, 아로간츠로 억지로 콕핏 해치를 열어 안에 있는 로이크를 봤다.

나를 노려보는 얼굴에서는 광기가 배어 나오고 있다.

"얼른 나와, 이 멍청아!"

로이크는 웃고 있었다.

"너도 길동무다. 이대로 같이 자폭해 주마. 한꺼번에 날려 버려 주겠어!"

로이크의 문장에서 나무뿌리가 뻗어와 아로간츠에 휘감겼다.

"뭣?!"

루크시온은 나를 타박했다.

『언제까지고 놀고 있으니까 이렇게 되는 겁니다.』

루크시온은 직접 아로간츠를 움직여 나무뿌리나 넝쿨을 억지로 잡아 뜯은 뒤, 그대로 로이크를 움켜쥐고는 콕핏에서 떼어냈다.

아로간츠가 이윽고 폭주하여 연기를 뿜어내기 시작한 빨간 갑옷을 멀리 걷어차자 머지않아 공중에서 대폭발을 일으켰다.

아로간츠는 양손으로 로이크를 지키면서 폭발로부터 거리를 벌렸다.

폭발을 바라본 루크시온이 말했다.

『──상정했던 것보다 폭발의 위력이 크군요.』

"위험했네."

『문장의 힘도 상정 외의 출력이었습니다. 그 점이 신경 쓰입니다.』

"뭐, 이걸로 전부 끝났으니 됐지."

천천히 지면에 내려서니, 로이크는 정신을 잃은 상태였다.

◇

로이크가 눈을 뜨자, 병사들이 주위를 둘러싸고 있었다.

"여긴……?"

로이크의 팔다리를 치료하던 의사가 로이크의 오른손을 보고 고개를 가로저었다.

"당주님, 유감이지만 도련님이 신수의 가호를 잃으신 것 같습니다."

그러자 벨랑주는 로이크를 차가운 시선으로 내려다보더니 이내 눈을 돌렸다.

"가호를 잃은 건가. 뭐, 어차피 이 녀석은 이제 쓸모가 없다. 폐적 절차를 진행하지. 지금은 그것보다 뒤처리를 신경 써라."

벨랑주는 분한 얼굴로 아로간츠를 올려다보았다.

비행선 기술에 이어 갑옷 기술도 패배하고 말았다.

아니, 6대 귀족이 패배한 것이 분한 모양이다.

치료를 받고 있던 로이크가 상반신을 일으키자, 노엘이 리온을 데리고 찾아왔다.

주위에는 리온 외에도 왕국의 귀공자들이 호위처럼 뒤따르고 있었다.

노엘이 로이크 곁으로 오더니, 몸을 숙여 시선을 맞췄다.

로이크는 노엘을 보고 실실 웃었다.

"날 비웃으러 온 거냐? 꼴사납게 패배하고, 가호까지 잃은 나를 비웃으러 왔나? 하지만, 나는 포기하지 않는다. 노엘, 너는 내——"

그때, 노엘이 로이크의 뺨따귀를 올려붙였다.

로이크는 곧바로 노엘을 노려봤지만, 로이크의 표정은 곤혹스러움으로 변했다.

"어, 어째서 우는 거냐?"

노엘이 눈물을 뚝뚝 흘리고 있었다.

그걸 보여주지 않기 위해 고개를 숙인 노엘이 큰 소리로 말했다.

"나는! 내가 너를 싫어하게 된 건, 약하기 때문이 아니야! 로이크, 너는, 언제부턴가 나를 물건처럼 다루게 되었잖아. 뭘 해도 나한테는 어울리지 않는다, 더 비싼 걸 사주겠다, 라면서!"

로이크가 미움을 받기 전의 이야기였다.

노엘과 친해졌을 무렵, 우연히 마을에서 만나 논 적이 있다.

그때 로이크는 노엘이 자신에게 걸맞은 여자가 되어 주길 바라는 마음에 노엘의 행동에 트집을 잡았다. 로이크로서는 충고하려는 생각이었다.

"그, 그건 널 위해서!"

"나는 좀 더 평범한 게 좋았어! 같이 재미있게 놀고, 식사하고, 장을 보면서—— 좀 더 즐겁게 지내고 싶었어. 그런데 넌, 내 모든 것을 부정했잖아."

로이크는 노엘이 말한 것들을 떠올렸다.

보트에 타고 싶다고 말했던 노엘에게, 비행선을 준비해 주겠다며 거부했다.

식사할 때, 노엘은 약간 비싼 정도의 레스토랑에 들어가고 싶어 했지만, 로이크는 그런 가게는 좋지 않다며 고급 레스토랑으로 향했다.

장을 볼 때, 노엘이 갖고 싶어 했던 액세서리를 싸구려라 하며 자신이 마음에 든 것을 선물했다.

노엘은 말했다.

"나로서는 너한테 어울리지 않아. 그걸 알게 됐고, 사귀지 않을 생각이었어. 그런데도, 너는 날 뒤쫓아 다녔어. 평생 벗을 수 없는 목줄까지 채웠어!"

노엘의 목에 있는 저주받은 목줄.

주인 쪽의 팔찌는 리온이 장착하고 있었다.

노엘이 로이크를 슬픈 눈으로 바라봤다.

"로이크── 너, 정말로 날 보고 있었던 거야? 너는 나를 인정하지 않았어. 그게 싫어서, 나는 너를 좋아하지 않게 된 거야."

로이크가 대꾸하지 못하고 있자, 알베르크와 루이제가 사람을 데리고 다가왔다.

거기에는 에밀과 렐리아의 모습도 있었다.

노엘이 로이크에게 물었다.

"로이크, 너는 내가 좋아하는 걸 알고 있어?"

로이크는 고개를 숙였다.

──로이크는 노엘이 좋아하는 것을 아무것도 모르고 있었다.

★제12화 「일상」

결혼식을 엉망진창으로 만든 다음 날.

저택에 돌아온 나는 노엘과 마주 보고 있었다.

노엘이 내 뺨을 때렸다.

피하는 건 어렵지 않았지만 나는 일부러 맞아주었다.

"기분은 풀렸어?"

"정말로 최악이야! 나 같은 건 아무래도 상관없는 주제에, 구하러 와서는——! 이상한 기대하게 만들지 마!"

노엘이 화내고 있는 이유는 복잡했다.

내가 구하러 온 건 고마워하는 것 같지만, 약혼자가 있는 남자가 뭘 하는 거냐며 화를 냈다.

당연한 감상이다.

솔직히 어째서 노엘이 나를 선택했는지 나도 모르겠다.

내 인기 전성기는 대체 어떻게 되어 있는 거지?

전생에서는 도래하지 않았으니까, 이번 생에서 합쳐서 밀어닥치고 있는 건가?

노엘이 눈물을 흘리며, 그걸 손으로 닦고 있다.

"기대하게 만들지 마. 잊고 싶은데—— 이런 짓을 당하면, 잊을 수 없게 돼."

나는 1년도 채 지나지 않아 왕국에 돌아가게 된다.

노엘에 대한 처우는 아직 결정되지 않았지만, 데리고 돌아가 봤자 함께 있을 수는 없다.

"미안했다. 그렇다고 해도── 구하고 싶었어."

사과하자, 노엘이 고개를 가로저었다.

"사실은 나도 고맙다고 말하고 싶어. 얼마든지 말할 거야! 하지만 말이야── 좀 봐줘. 약혼자가 있는 사람을 좋아한다니, 너무 괴롭단 말이야."

울고 있는 노엘에게 손을 뻗어 버릴 것만 같다.

끌어안을까 하고 생각하다가 포기했다.

여기서 다정한 말을 건네도, 나로서는 어찌할 도리가 없다.

나는 사과를 끝냈기에 노엘을 방에 남기고 복도로 나왔다.

문밖에서 루크시온과 크레아레가 기다리고 있었다.

『어라, 끌어안고 위로하지 않는 겁니까?』

『마스터는 죄가 많은 남자네. 존경해 버려.』

시끄러운 인공지능들이군.

"멋대로들 지껄이고 있어라. 그것보다, 크레아레는 언제 돌아갈 거야?"

『금방 돌아갈 거야. 저쪽도 걱정이니까 말이지. 못된 애들의 상황도 보고 와야만 하고.』

"못된 애?"

『비밀!』

뭘 숨기고 있는 걸까?

묻고 싶지만, 크레아레가 돌아간다면 편지나 선물 등을 들려두고 싶다.

여러 가지로 준비해야 할 것도 있기에, 내가 걸음을 내딛자 루크시온과 크레아레도 둥실둥실 떠서 따라왔다.

루크시온이 내게 이번 건에 관해 이야기했다.

『로이크 말입니다만, 마스터를 정말로 없애려 하고 있었습니다. 그 수단은 뒷공작들뿐이었습니다만, 성가신 상대였다는 건 틀림없습니다.』

"무서운 녀석이지. 쓸데없이 스펙이 높아. 공략 대상 남자는 어째서 쓸데없이 우수한 걸까?"

복도에서 보이는 안뜰로 시선을 향하자, 그곳엔 바비큐 파티를 하는 율리우스 일행의 모습이 있었다.

율리우스는 석쇠 앞에 혼자 서서 모두에게 꼬치구이를 나누어 주고 있었다.

"응, 이건 좋군. 질크, 가지고 가라."

"아뇨, 전하. 전하께서는 줄곧 요리하고 계셨으니, 이제부터는 제가 대신하겠습니다."

"내가 좋아서 하는 거다. 됐으니까, 너도 즐겨라."

회장에 침입할 때 이것저것 도와준 것도 있어서, 저 녀석들한테 임시 보너스를 지급했더니 정원에서 즐겁게 바비큐 파티를 시작했다.

마리에는 나무 잔에 든 차가운 맥주를 단숨에 들이켰다.

"카아아아아! 시원해~."

마시는 모습이 호쾌하다.

겉모습은 10대 소녀인데, 아저씨처럼 먹고 마시고 있다.

카라가 마리에한테 꼬치를 들고 왔다.

"마리에 님, 마시는 모습이 너무 멋져요! 자, 이쪽도 드셔 보세요! 고기도 잔뜩 있어요! 채소도 가득해요!"

"므호호호! 정말, 최고야! 카라, 너도 많이 먹으렴. 지금 이때 한꺼번에 많이 먹어 두는 거야. 언제 무슨 일이 일어날지 모르니까."

"네, 마리에 님!"

왜 나는 저 녀석들만 보고 있으면 눈물이 나올 것만 같을까.

눈앞이 번져서 잘 보이지 않는군.

카일한테는 유메리아 씨가 달라붙어 있었다.

"카일! 자, 꼬치구이 받아 왔어. 아~앙."

"호, 혼자서 먹을 수 있어요! 그리고 어머니는 고기만 너무 많이 먹는다고요! 채소 먹지 않으면 안 돼요!"

어머니와 사이좋은 모습을 보이고 싶지 않은지 카일이 튕기자, 유메리아 씨가 침울해졌다.

카일도 살갑게 대하고 싶은 것 같은데, 부끄러운지 솔직해지지 못하고 있었다.

"사춘기 녀석."

『마스터도 똑같습니다.』

루크시온의 딴지를 무시하고, 나는 코델리아 씨에게 시선을 옮겼다.

코델리아 씨는 왕국 귀공자들의 행색에 몹시 곤란해하고 있었다.

질크가 깨진 이상한 접시에 꼬치구이를 올려놓고 있었다.

비둘기와 토끼한테 먹이를 주던 브래드가 그걸 보고는 질크에게 물었다.

"질크, 그 접시는 쓰레기 아닌가?"

"실례군요. 이 접시의 훌륭함을 이해하지 못하는 겁니까?"

"저기 말이야, 이런 말 안 하려고 했는데, 너는 정말로 고미술상으로 성공한 거야? 도저히 믿기지 않는데."

"——브래드 군이야말로 예능인으로 성공한 게 거짓말 같습니다만? 마술이 전부 어설프지 않습니까."

"어설퍼도 괜찮다고. 나는 마술과 함께 나라는 완벽한 존재를 모두에게 피로해서 돈을 받은 거니까 말이지."

이 녀석들, 저택에서 쫓겨났다고 들었을 때는 걱정했는데, 씩씩하게 살아 온 모양이다.

정말이지, 바퀴벌레 같은 생명력을 느낀다.

다만 그…… 저택에서 나오기 전보다도 개성적으로 변해버렸지만.

그렉과 크리스도 굉장했다.

크리스가 그렉의 모습을 보며 말했다.

"그렉, 슬슬 옷을 입는 게 어떻나?"

"아앙? 입고 있잖냐."

"삼각 수영복 팬티 한 장 차림으로, 뭘 입고 있다는 거지?"

"바보구나, 크리스. 잘 봐라! 어때냐, 내 대흉근은!"

그렉이 포즈를 취하며 말했다. 번들번들 빛나고 있었다.

"속옷뿐이지 않나! 그리고, 근육은 옷이 아니다!"

그러나 그렉을 나무라는 크리스도 훈도시 한 장 두른 게 전부였다.

"너도 천 한 장이잖냐!"

"너는 바보인가? 무명도 감고 있다."

나는 그런 걸 말하는 게 아니야, 인마, 하고 딴지를 걸고 싶어졌다.

코델리아 씨가 난처해하는 심정이 이해가 가는군.

다른 네 사람이 꼴불견이라서 그런지 석쇠 앞에서 상쾌하게 땀을 흘리는 율리우스가 신기하게도 무척이나 평범하게 보였다.

그러나 율리우스는 호르파트 왕국의 전 왕태자이다. 여기서 꼬치나 굽고 있을 사람이 아니다.

코델리아 씨가 율리우스에게 조심스럽게 말을 걸었다.

"저, 저기, 전하……."

"뭐지?"

"어째서 홀로 계속 꼬치를 굽고 계십니까? 교대하지 않으시는 겁니까?"

율리우스는 석쇠를 빼서 눌어붙은 것을 떨구고 있었다.

"다들 그렇게 말하지만, 나는 이 장소가 가장 마음이 편하다. 그리고, 내가 어엿한 한 사람 몫의 꼬치구이 장인이 되기에는 경험이 압도적으로 부족해. 이런 자리에서 경험을 쌓아 두고 싶다."

어찌 이리 기특한 마음가짐――이 아니지!

이 자식 지금 뭐라고 말한 거야?

코델리아 씨가 차가운 시선으로 율리우스를 쳐다보며 냉정한 지적을 날렸다.

"전하는 여전히 호르파트 왕국의 왕자이십니다. 꼬치구이 장인은 될 수 없습니다."

그러자 율리우스가 집게를 딱딱 쳐서 울리며 대답했다.

"꼬치구이 기술을 극한까지 갈고닦은 왕자가 한 명 정도는 있어도 괜찮지 않나?"

"괜찮지 않습니다."

코델리아 씨가 즉답했다.

어쩐지 이 사람과는 사이좋게 지낼 수 있을 것 같군. 같은 상식인으로서, 말이지.

창문에서 마리에 일행을 내려다보고 있자니 나는 조금 어처구니없다는 느낌이 들었다.

"저 녀석들, 즐거워 보이네."

크레아레가 내게 노엘을 부르도록 말했다.

『그러면, 노엘을 불러서 같이 끼는 게 어때?』

"멍청아. 저 녀석들이 즐기고 있는 걸 어색하게 만들 뿐이잖냐.

그보다도 네가 돌아가기 전에 해야 할 준비가 있어. 자, 얼른 가자고."

나는 루크시온과 크레아레를 데리고 항구로 향했다.

◇

바비큐 파티는 저녁이 되어서야 끝났다.

안뜰을 다 정리했을 무렵, 저택에 손님—— 루이제가 찾아왔다.

마리에가 루이제를 맞아 방으로 안내하자 노엘을 만나고 싶다는 이야기를 꺼냈다.

방에 노엘과 루이제, 마리에가 모이자 분위기가 몹시 어색했다.

마리에는 루이제와 그다지 친하지 않고, 노엘과 루이제는 사이가 좋지 않았다. 게다가 노엘은 의기소침해져 있어 기운이 없었다.

'왜 이럴 때 없는 건데! 설마 오빠는 수라장이 될 거 같으면 도망치는 타입인가? 매번 중요한 상황에서 사라지는 건 어쩌면 위험을 감지하고 있어서였어? ……아니, 그건 아닌가. 그 오빠한테 그런 능력이 있을 리 없지.'

현실도피하고 있자, 루이제가 한숨을 내쉬고는 노엘에게 다가갔다.

그리고 뺨을 철썩 때렸다.

짜악—! 하는 소리가 방에 울렸다.

놀라서 멍하니 있던 노엘이 조금 뒤늦게 화를 냈다.

"뭐, 뭐 하는 거야!"

루이제는 그런 노엘을 보고, 바보 취급하는 것처럼 웃었다.

"저는 불행해요, 라는 표정을 하고 있길래 때렸어. 정말로 사치스러운 여자구나, 너. 널 위해서 리온 군이 얼마나 바쁘게 움직이고 있는지 알기나 해?"

"그, 그건……. 리온은 다정하니까."

"다정함만으로 알제르에 싸움을 걸 수 있다고 생각해? 정말로 낙관적인 머릿속이네."

마리에는 진짜 사정을 알고 있다.

노엘을 구한 이유는 세계의 위기를 회피하기 위해서다.

하지만, 리온이 속으로 뭘 생각했는지는 상상에 맡길 수밖에 없다.

'그 오빠 성격이니, 분명 노엘이 불쌍해 보여서 구했겠지. 그래 놓고 상대의 마음에는 답하지 않는다니—— 정말로, 옛날부터 최악이야.'

스케일은 작지만, 전생에서도 몇 번인가 비슷한 일이 있었다.

오빠의 연애 사정 따위, 끼어들어봤자 짜증 날 뿐이라 관여하지 않았지만—— 뭐, 지금 돌이켜 생각해 봐도 둔감한 오빠였다.

루이제는 코가 맞닿을 만한 거리까지 노엘에게 다가갔다.

"나는 네가 싫어. 아무것도 모르고 태평하게 지내는 네가 싫다고. 지금도 자기가 얼마나 행복한지 깨닫지 못하고 있잖아."

"우, 우리가 얼마나 고생해 왔다고 생각해?! 전부 라우르트 가문 때문이잖아!"

"어머, 정말 그럴까? 멸문을 당하고도 무사태평하게 학원에 다닐 수 있었던 건 누구 덕분인지 생각은 해봤어? 너희를 돕던 가신들만으로 고난을 넘어왔다고, 진짜 그렇게 생각해?"

노엘이 루이제한테서 고개를 돌렸다.

"그런 거, 나는 몰라. 우리는 학원에 다니라는 말을 들은 것뿐이고……."

루이제가 팔짱을 꼈다.

"정말로 민폐인 이야기지. ──그래도, 가장 민폐를 당한 건 그런 너를 구한 리온 군이야. 노엘, 너는 앞으로 어떻게 할 거야?"

노엘은 머리를 숙인 채 고개를 가로저었다.

"……아직 안 정했어. 정할 수가 없어."

"한동안은 평범하게 학원에 다니도록 해. 그리고 리온 군이 왕국으로 돌아갈 때, 가고 싶다면 따라가도 좋아. 원하면 아버님도 허가해 주시겠다고 하시니까. 싫다면 남아도 상관없지만."

"뭐?"

노엘이 고개를 들자, 루이제가 어깨를 으쓱해 보였다.

"원하는 대로 하라는 말이야. 리온 군이 돌아갈 때까지 어떻게 처신할지 결정해 둬. 오늘은 그걸 전하러 온 거야."

루이제가 방에서 나가자, 노엘이 멍하게 서 있었다.

하지만, 지금 가장 곤란한 건 마리에였다.

'최종 보스랑 악역 영애가 주인공을 돕다니, 어떻게 된 거야?!

아아아아!! 또 알 수 없게 됐어어어!!'

좀 더 심플했다면 고민하지 않고 끝났을 텐데.

마리에는 이후의 전개를 예상할 수 없어서 머리를 감싸 쥐었다.

◇

크레아레가 돌아가고 공화국이 안정을 되찾은 것은 2학기 중반 무렵이었다.

1학기와 여름방학에는 6대 귀족이 불상사를 연이어 일으키면서 제법 혼란스러운 상황이 계속되어 학원 행사—— 여성향 게임으로 말하자면 연애 이벤트가 전부 사라지고 말았다.

학원 옥상.

나는 매점에서 산 빵을 마리에한테 절반 나누어 주면서 렐리아와 이야기를 하고 있었다.

일단은 앞날에 관한 대화였으나 그다지 유익한 내용은 없었다.

렐리아가 오늘도 불평을 늘어놓았다.

"어떻게 할 거야! 정말로 어떻게 할 거냐고?! 이제 곧 방학이 찾아오는데 이벤트가 전부 사라지다니, 예상 밖이라고!"

나는 렐리아에게 동의했다.

여성이 화내고 있을 때는 논리정연하게 반박해도 무의미하다는 말을 들었다.

동의하고 '큰일이지~'라며 동조해 두면 된다는 모양이다.

"그러네. 큰일이네~. 야, 마리에! 전부 먹지 마!"

작은 크루아상이 몇 개나 든 갈색 종이봉투 속 내용물이 제법 줄어들어 있었다.

마리에가 사과했다.

"헉?! 미, 미안해. 정신없이 먹고 있었어."

화제가 이탈했다고 생각한 렐리아가 고함을 쳤다.

"당신들 탓이야! 피에르도 없고, 로이크도 없고, 위그도 약혼 파기당했는데 언니와의 플래그가 서지 않고! 나르시스 선생님은 본가를 돕는데 차출되어서 학원에 없지, 이제부터 어떻게 할 거야!"

로이크 말인데, 다친 걸 이유로 학원에 오지 않고 있다.

위그는 그 사건 때 루이제 양을 내버려 두고 도망쳤던 걸 구실로 약혼을 파기당했다. 물론, 그건 표면상의 이유고, 진짜 이유는 페르낭이 알베르크 씨를 배신했다는 것이다.

그 사건 이후 혼란에 빠진 6대 귀족들은 나르시스 선생님도 도로 불러들여 분주하게 움직였다.

각국에 대한 대응이라든가, 왕국에 대한 사죄라든가.

렐리아가 우리를 앞에 두고 허리에 손을 대며 나 화내고 있어요, 라는 어필을 했다.

뭐야, 귀엽잖아.

"내 말 듣고 있어?!"

"듣고 있어. 요컨대, 최종 보스에 어떻게 대처해야 할지 생각이 안 나는 거잖아?"

"그래. 정말로 어쩔 거야?"

렐리아가 머리를 감싸 쥐고 있을 때, 조금 전까지 잠자코 상황을 지켜보고 있던 루크시온이 모습을 드러냈다.

렐리아가 "햐앗!" 하며 놀랐지만, 루크시온은 무시했다.

『마지막 보스에 관해서는 최종적으로는 신경 쓸 필요 없습니다. 마스터나 렐리아가 고심해야 할 건 마지막 보스 토벌 후의 공화국입니다.』

"어? 토벌 후?"

『현재 성수 해석을 진행하고 있습니다만, 제 본체로도 대처 가능하다고 판단됩니다. 중요한 건 공화국의 상황을 얼마나 잘 진정시킬 수 있을지입니다.』

렐리아가 눈을 휘둥그레 뜨고 있다.

"너, 넌 그런 것도 할 수 있어?"

『예. 지금 당장 이 대지를 가라앉히는 것도 가능합니다.』

살벌한 발언을 듣고, 렐리아가 내 멱살을 잡았다.

"저기, 이게 무슨 말이야?! 무슨 말이냐고?! 이 녀석의 발언, 무섭거든요! 본체의 공격으로도 안 되면 공화국을 가라앉히겠다든가, 그런 말을 한 거 같은데?!"

사실이니까 어찌할 도리가 없다.

나는 어떻게 대답해야 좋을지 몰라서 웃으며 얼버무렸다.

"흐하하하!"

"얼버무리지 마! 뭔데?! 사실이야? 사실인 거야?! 저기, 진짜로 가능한 거야?! 아니 그보다, 얘 그런 짓을 하는 거야?!"

루크시온은 성실하게 대답했다.

『그것 말고는 다른 방법이 없는 상황일 때의 이야기입니다. 저는 개의치 않습니다만, 마스터의 허가가 나오질 않기에.』

나도 렐리아를 진정시켰다.

"그런 거야. 나도 가능하면 이상적인 형태로 할 생각이니까 걱정하지 마. 그리고 최종 보스에 관해서는 안심해. 어쩔 수 없는 상황이 오더라도, 우리가 대처할 테니까."

마리에가 크루아상을 입에 물면서 고개를 끄덕였다.

"그래. 그러니까, 안심해."

볼썽사나우니까 다 먹고 나서 말했으면 한다.

렐리아가 내게서 떨어지고는, 고개를 숙였다.

"그, 그게 뭐야! 즉 당신들의 기분 여하에 따라, 이 나라를 없애버릴 수도 있다는 거잖아!"

"실례구먼. 설마 그런 짓을 하겠냐."

대화를 재개했지만, 렐리아는 우리의 이야기를 거의 듣고 있지 않았다.

겁을 너무 많이 줬나?

◇

학원에서 돌아오는 길.

렐리아는 터벅터벅 걷고 있었다.

집까지 바래다주겠다고 말한 에밀의 제안을 거절하고, 혼자서 걷고 있는 이유는 생각할 것이 있기 때문이다.

'곤란해. 저 루크시온이 상상했던 것 이상으로 위험했어. 그래, 저 녀석은 1탄에 나오는 과금 아이템이잖아. 정상적인 녀석이 아니었어.'

그 여성향 게임의 1탄은 밸런스가 이상했다.

클리어하기 위해서 과금할 필요가 있었을 정도다.

그중에서 루크시온이라는 병기는 압도적인 성능을 가지고 있었다.

'저런 게 현실이 되면 어떻게 대처해야 좋을지 알 수 없어. 저 녀석들의 기분에 따라, 자칫 잘못하면 나도 말려들어서 피해를 보게 될 거야.'

공화국이 리온한테 한 짓을 생각하면 그가 불만을 담아 두고 있어도 이상하지 않다.

그게 언제 폭발할지는 알 수 없다.

게다가 리온에게 간섭하고 있는 건 6대 귀족들이다.

자신에게는 제지할 수단이 없다.

'뭐야, 이게! 최종 보스보다 벅찬 적이 있는 거나 마찬가지잖아.'

저쪽 손에 생살여탈권이 쥐어진 것이나 다름없다.

전혀 안심할 수 없다.

그리고 리온도 신용할 수 없다.

노엘을 되찾기 위해 그런 과격한 짓까지 하는 인간을 어떻게 믿으란 말인가.

렐리아는 불안해서 견딜 수가 없었다.

'이렇게 되면 대항할 수 있을 만한 힘을……! 하지만 공화국에 루크시온한테 대항할 수 있는 병기 같은 게 있을까? 그거야말로, 같은 과금 아이템이라면 가능하겠지만, 나 혼자서 회수하는 건 불가능해.'

호르파트 왕국 학원과는 다르게, 알제르 공화국 학원에서는 모험가의 기초를 가르치고 있지 않다.

렐리아도 모험은 거의 문외한이므로 자기 힘으로 회수하는 건 무리였다.

'그래. 장소는 알고 있어. 나머지는, 손에 넣기만 하면…….'

지금까지 회수하지 않았던 2탄의 과금 아이템.

그걸 회수하기 위한 수단을 생각하고 있었더니, 렐리아 앞에 사람이 섰다.

그 남자는 추운 날씨 속에서 앞가슴을 젖혀 놓고 있었다.

검은 머리카락을 뒤로 넘겼으며, 건강한 구릿빛 피부를 지니고 있다.

키도 크고, 젖혀진 앞가슴 사이로 보이는 몸은 근육이 튼실하게 붙어 있었다.

남자──【세르주 사라 라우르트】는 한쪽 손을 들어 렐리아에게 싹싹하게 말을 걸었다.

"여어, 오랜만이네. 렐리아!"

"세르주……!"

그가 바로 다섯 명째 공략 대상자였다.

렐리아는 놀라면서 물었다.

"너, 너 지금까지 어딜 가 있었던 거야!"

"걱정해 주는 거냐? 기쁘네. 어이쿠, 내 모험담을 듣고 싶다면 같이 식사라도 하지 않겠어? 조금 길어질 테니까 말이야. 이번에는 아주 살짝 위태로웠거든. 아니, 진짜로 식사하지 않겠어? 오랜만에 다시 만난 거고, 괜찮잖아?"

태도가 몹시 경박했지만, 이 남자도 일단 라우르트 가문의 후계자다.

알베르크의 양자다.

거친 부분도 많지만, 모험가를 꿈꾸는 청년── 그리고 모험가로서 의지가 되는 남자였다.

렐리아는 번뜩 정신이 들었다.

'그래. 세르주한테 협력을 부탁하면……!'

렐리아는 세르주의 제안을 받아들였다.

"좋아. 같이 식사할까."

세르주가 놀랐다.

"별일인데? 나는 거절당할 줄 알았는데 말이야. 정말로 괜찮은 거냐?"

"뭐야? 안 갈 거야?"

"멍청아! 가는 게 당연하잖냐! 그것보다도, 뭘 먹고 싶어? 모처럼 너랑 식사하는 거니까. 뭐든 말해 줘!"

기뻐 보이는 세르주를 보고 렐리아는 안도했다.

'다행이야. 세르주가 나한테 흥미를 느끼고 있어서.'

그날, 렐리아는 세르주와 저녁을 함께 먹었다.

◇

렐리아가 귀가하자 에밀이 기다리고 있었다.

식사 준비를 해준 모양이다.

"렐리아, 저녁 말인데——"

"미안, 먹고 왔어."

"그, 그렇구나……."

"미안해."

플레벤 가문이 렐리아를 위해 학원 근처에 집을 마련해 주었다.

지금까지 살던 곳보다 넓어서, 에밀과 같이 생활하고 있었다.

사용인들도 몇 명 있지만, 집 자체는 특별히 크지 않았다.

에밀은 세심한 곳까지 마음 씀씀이가 잘 미친다.

청소도, 요리도 할 수 있고 무엇보다 다정했다.

렐리아도 이렇다 할 불만은 없었다.

하지만 부족한 면이 없지는 않았다.

'먼저 저녁을 먹었어도 괜찮았는데. 마음이 무겁네.'

"에밀, 다음 장기 방학 때 말인데, 나는 볼일이 좀 있어. 그러니까 본가에는 따라갈 수 없게 됐어."

"뭐? 그래? 하지만, 전부터 약속했던 거고······."

"부탁이야. 아무것도 묻지 말아 줘."

'그 녀석은 너무 위험해. 어떻게 해서든 맞설 힘을 얻어 두지 않으면.'

리온 대책을 위해 세르주와 모험에 나선다.

그런 걸 에밀한테는 알려줄 수 없다.

그리고 자세한 설명을 요구받아도 곤란하다.

그러자 에밀이 아쉬워했다.

"그, 그렇구나. 그래도, 이른 시일 안에 한 번 인사하러 가자. 형님들도 기다리고 계시고, 장래 이야기도 있으니까."

"응."

렐리아는 그렇게 말하고는 자기 방에 틀어박혔다.

학원이 장기 방학에 들어갔을 무렵.

공화국 항구에 비행선 한 척이 입항했다.

하얀 선체가 특징적인 리코른이었다.

트랩을 내려가던 리비아가 커다란 여행 가방을 든 안제에게 손을 흔들었다.

"안제, 빨리 가요!"

마찬가지로 짐을 든 안제가 리비아를 보며 미소 지었다.

"서두르지 않아도 리온은 도망치지 않아."

두 사람은 방학이 시작되자마자 공화국으로 향했다.

이걸 위해 볼일 등도 전부 사전에 정리해 두었다.

리비아는 오늘이 기대되어서 어젯밤에는 제대로 잠들지도 못했다.

"빨리 리온 씨를 놀라게 해주고 싶어요."

"알았다. 나도 그러고 싶으니."

안제도 기대하고 있는지, 공화국에 도착하기 전부터 미소가 많았다.

이전── 여름방학 때는 공화국을 거의 관광하지 못했다.

이번에는 느긋하게 지낼 예정이다.

크레아레가 두 사람을 보며 말했다.

『둘 다 즐거워 보이네. 저쪽은 일 때문에 큰일인 것 같지만.』

안제가 같은 왕국에서 온 비행선에 시선을 향했다.

"저쪽은 이제부터가 큰일이겠지."

리코른 뒤로 수많은 왕국 비행선이 보였다.

안제의 호위를 맡은 비행선도 있지만, 그 밖에 공화국과의 협상을 위해 파견된 고관들이 탄 비행선들도 있었다.

피에르, 로이크 등 불상사가 잇따라 계속되자 왕국도 보고만 있을 수는 없어 공화국과 몇 번이고 대화를 나눠 왔다.

그리고 오늘, 그 최종 조정을 하기 위해 왕국에서 나름 높은 인물들이 파견되었다.

리비아가 말했다.

"리온 씨, 이번에는 놀랄 거예요."

안제도 동의했다.

"그렇군. 뭐, 나도 일은 별개로 치고서라도 공화국에서 무슨 일이 있었는지 여러 가지로 묻고 싶은 참이다. 왕국에 들어오는 정보가 적으니까. 크레아레도 거의 이야기하지 않고."

『어머, 나를 타박하는 거야? 나는 이유가 있다고요~.』

"나 참."

웃으면서 이야기를 하고 있던 안제가 항구에 입항하는 비행선을 보고 눈살을 찌푸렸다.

리비아가 고개를 갸웃했다.

"왜 그러시나요?"

"라셀의 비행선이다. 제법 수가 많군."

공화국 항구에 상당한 수의 라셀 신성 왕국 비행선이 입항하고 있었다.

◇

2학기가 끝나고 맞이한 방학.

나는 노엘과 같이 마리에의 저택을 나왔다.

코델리아 씨가 '언제까지고 마리에의 저택에 살고 계시면, 안젤리카 님이 걱정하십니다'라는 지당한 말을 했기에 이에 따르기로 한 것이다.

오랜만에 공화국에서 사용하는 내 집으로 돌아오자, 먼지투성이가 된 방이 나를 맞이했다.

"우와~, 이거 고생 좀 하겠네."

코델리아 씨가 팔을 걷어붙이고 있었다.

"침실과 부엌을 최우선으로 정리해야 하겠군요. 그러면 우선 창문을 열어 공기 환기를 시작할까요. 이불도 널어야겠군요."

유메리아 씨도 코델리아 씨를 뒤따랐다.

마리에의 저택에 남아도 된다고 말했는데, 이 사람은 내 감시역이자 메이드라는 이유로 사양했다.

감시역── 그 자각이 있는 건 좋다만, 감시해야 할 대상한테 그걸 말하면 안 되는 거 아닌가?

정말이지, 맹하게 귀여운 사람이다.

2층으로 향하자, 루크시온이 방치되어 있던 아기용 침대를 보고 있었다.

나는 침대로 다가갔다.

"그러고 보니, 이런 게 있었지."

노견 노엘── 장이 기르던 애완견을 돌봐줬을 때 썼던 건데, 이제는 쓸 일이 없기에 이곳에 두었었다.

노엘도 그리운 모양이었다.

"여름방학 전에 쓰고 있었던 거지? 그게 여기 있었구나."

노엘의 목에는 아직 목줄이 채워져 있었다.

본인은 목에 액세서리를 달고 학원에 다니며, 지금은 예전처럼 밝게 지내고 있었지만, 여전히 쓸쓸한 구석이 있는 듯 보였다.

"노엘은 마리에의 저택에 있어도 됐는데? 나랑 같이 있어도 괜찮겠어?"

그렇게 묻자, 노엘이 머리를 긁적였다.

"묻는 표현이 뭔가 좀 그러네. 뭐, 남고 싶은 마음도 있었지만 말이야. 하루하루가 즐겁고, 마리에 짱도 다정하니까."

"뭐어~? 그 녀석이 다정해?"

"다정해. 단지…… 그 왜, 그 다섯 명하고의 연애 사정이라든가, 의도치 않게 엿보게 되는 경우도 많으니까."

가끔 잊고 지내는데, 그 다섯 명은 마리에의 연인이다.

같이 살고 있으면, 그러한 상황과 맞닥뜨릴 때가 있다.

노엘도 신경을 써준 모양이다.

"그 녀석, 내심 노엘이 나가는 건 싫었던 모양인데 말이지."

집안일을 도와주는 노엘이나 코델리아 씨, 그리고 유메리아 씨가 나간다는 말을 듣고 정말로 낙담하고 있었다.

그 녀석이 있는 곳에도 사용인이 늘었지만, 그래도 만족스러운 인원수는 아니었다.

애초에 저택이 너무 컸다.

하지만 노엘이 나한테로 오고 싶다고 말한다면, 거부할 필요도 없다.

"뭐, 괜찮나."

내가 그렇게 말하자, 노엘은 부끄러운지 손을 뒤로 돌려 깍지를 끼고 있었다.

"저기, 리온…… 현지처라는 거 알아?"

내가 말문이 막혀 다물고 있자, 노엘이 부끄러운 듯이 웃었다.

"그냥, 아예 그런 거라도 괜찮으려나~ 하고 생각하는데, 리온은 어쩌려나 싶어서."

남자로서 기쁜 이야기지만, 그걸로 노엘이 행복해질 수 있는 걸까?

"넌 그걸로 괜찮겠어? 정말로 후회하지 않아?"

노엘이 침울해졌다.

"미안. 역시 무리일지도. 내가 말해 놓고서도 부끄럽고, 조금 슬퍼."

"그렇지. 피차 지금의 거리가 좋은 거야."

친구 이상, 연인 미만—— 이 이상의 발전은 있을 수 없다.

대화를 듣고 있던 루크시온이 타이밍을 재고 있었는지 노엘에게 말을 걸었다.

『제 쪽에서 보고해도 괜찮을까요?』

"뭐, 뭐야? 있었다면 말해 줘!"

노엘이 놀라 말했다.

루크시온은 내 왼팔을 보고 있었다.

노엘의 안전을 위해 내가 팔찌를 차고 있었는데—— 결국, 사용할 기회는 한 번도 없었다.

『목줄을 벗기는 방법이 판명되었습니다.』

이제서야? 나는 루크시온에게 어째서 시간이 걸렸는지 물었다.

"너 치고는 시간이 걸렸군."

『안전을 고려하기 위해 시간을 들인 겁니다. 해제 방법 자체는 금방 찾아냈습니다만, 어느 것이 더욱 안전한지를 조사하고 있었습니다. 목줄을 벗기기 위해 가장 몸에 부담이 적은 건 사슬을 출현시킨 상태에서 자르는 것입니다.』

"오래 걸린 것 치고는 너무 평범하지 않냐?"

노엘도 그렇게 생각한 모양이다.

"그럼 얼른 자를 걸 그랬네."

『안이하게 자르려 하면, 목줄이 조여들어 목이 떨어집니다. 물리적으로.』

"……저기, 정말로 괜찮은 거야? 그 방법이, 정말로 가장 올바른 방식이야?"

노엘이 무서워했다.

『사슬고리 중에 딱 하나, 효과를 발휘하지 않는 것이 있습니다. 그걸 파괴하면 벗겨집니다. 이미 특정해 두었기에 문제없습니다.』

나는 노엘을 봤다.

"벗을래?"

"으음~ 무서운 것과는 별개로 이렇게 있는 것도 괜찮으려나,

하는 생각 중이야.”

“뭐?!”

“그, 그러니까…… 이것도 몇 안 되는 리온과의 인연이고…….”

갸륵하게 말하고는 있지만, 내가 어브노멀한 취미라고 의심받게 되니 좀 봐줬으면 한다.

저주의 목줄에 대해 아는 사람이 노엘을 보면, 팔찌를 차고 있는 날 보고 곧바로 ‘우왓!’하는 표정을 짓는 것이다.

“안 돼. 일상생활에 지장이 나오니까 벗기겠습니다.”

“리온은 바보!”

루크시온이 잘라야 할 고리를 가리켰다.

『목줄 근처의 고리입니다. 마스터가 사슬을 잡아당겨, 그 부분을 공구로 절단하십시오.』

“알았어.”

사슬을 출현시켜 잡아당겼는데, 잘라야 하는 고리가 노엘의 목줄과 가까웠다.

잡아당기니 왠지 모르게 이상한 기분이 들기 시작했다.

노엘이 긴장하여 눈을 감고 있기도 해서, 묘하게 심장이 두근두근했다.

『그러면 공구를 준비해 올 테니 기다려 주십시오. 공구는 아인호른에 준비해 두었기에, 이제부터 가지러 가겠습니다.』

“너 인마, 그걸 먼저 말해!”

『착각한 것은 마스터입니다. 그러면 저는 이걸로.』

루크시온이 창문을 통해 밖으로 나가 아인호른으로 향하자, 나와 노엘도 서로 얼굴을 마주 보고 웃음을 터뜨렸다.

"아~, 미안. 금방 벗길 수 있다고 착각했어."

"괜찮아. 나도 그렇게 생각했으니까. 그건 그렇다 치고, 사슬이 나오니까 목줄이라는 느낌이 확 드네."

노엘이 짤랑짤랑 소리를 내며 사슬을 들자, 확실히 외설적인 느낌이 강해졌다.

"확실히. 이상한 기분이 드네."

노엘이 내 농담에 응수했다.

"리온 저질."

"뭐야? 좋지 아니한가, 라고 해야 하는 장면인가?"

손을 살짝 쥐었다 폈다 하며 가까이 다가가자, 노엘이 가슴을 양손으로 누르고 몸을 배배 꼬았다.

"대낮부터 뭐 하는 거야, 바보~."

노엘이 즐거운 듯이 웃고 있다.

서로 농담을 주고받을 수 있는 사이는 소중한 법이다.

그 순간, 방문이 열렸다.

코델리아 씨가 나를 차가운 눈으로 보고 있었다.

"……리온 님, 뭘 하고 계시는 겁니까?"

"어? 이건, 평소 주고받던 농담──"

웃으며 넘기려 했지만, 문이 완전히 열리자 그 뒤에 다른 사람이 더 있었다.

묘목 케이스를 끌어안은 채 떨고 있는 유메리아 씨——는 문제가 아니다. 그 뒤로 미소를 띤 리비아가 손을 맞댄 채 고개를 기울이고 있었다.

"아하~ 언제나 이런 농담을 주고받고 계시는군요."

"리, 리비아?!"

리비아 옆에는 무표정한 안제도 있었다.

"나도 있다. 그건 그렇고, 저번에는 와 보지 않았다만—— 설마, 여기에 네가 숨기고 있는 비밀이 있을 거라고는 생각지 않았다."

"비, 비밀?! 비밀이라니, 나는—— 헉!"

안제와 리비아의 시선이 향하고 있는 건 아기용 침대였다.

더욱이 운 나쁘게도, 노엘의 목줄과 내 팔찌가 사슬로 연결된 모습을 보이고 말았다.

리비아의 웃는 얼굴이 너무 무서웠다.

"리온 씨, 설명해 주실 거죠?"

"여, 여기에 있는 건 그런 게—— 헉!"

나는 노엘을 소개하려다가, 또다시 위험을 알아차렸다.

이 대화에는 한가지 함정이 있다.

1학기 무렵, 다친 장이 기르고 있던 개를 보호했고, 개의 이름이 '노엘'이란 걸 편지로 전한 적이 있었다. 그리고 내 옆에 있는 것도 노엘—— 난 아직 애완견인 노엘이 죽었다는 건, 아직 말하지 않았다.

그런 걸 말하면 두 사람이 걱정할 테니까.

하지만, 지금은 매우 곤란하다.

노엘이 난감한 듯이 자기소개를 했다.

"그, 저기── 노엘이에요. 노엘 베르톨레. 리온과는 학원에서 함께 있어요. 어, 어라? 전에도 한 번 자기소개 했던가요?"

목줄을 찬 노엘이 그렇게 자기소개를 했다.

제법 오래전에 만났으니, 다시 소개해도 나쁠 건 없었지만── 나에게는 좋지 않았다.

불에 기름을 부은 꼴이었다.

"이전에 마리에의 저택에서 만났었지. 잠깐, 노엘──이라고? 그런가, 그런 거였나. 이 내가 이런 실수를 하다니. 저번에는 미처 알아차리지 못했다."

안제가 큭큭 웃기 시작하자, 코델리아 씨가 등을 쭉 폈다. 메이드로서 눈에 띄지 않도록, 철저히 배경 역할에 전념하고 있었다.

멈춰! 혼자만 도망치지 마!

리비아의 오해도 가속해 나갔다.

"노엘…… 17살 된 암캐라고 들었는데, 그랬던 거군요. 저, 착각하고 있었어요. ……사람이었던 거군요. 나이 든 개라고 오해하고 있었지 뭐예요."

"아, 아니야! 정말로 암캐 노엘이 있었어!"

"리온 씨한테 그런 취미가 있었을 줄은 몰랐어요."

리비아의 표정이 진지해졌다.

식은땀이 멈추지 않았다.

안제의 시선은 아기용 침대로 향했다.

"그야말로 여기는 그 노엘과의 사랑의 둥지라는 건가? 설마, 우리한테 보내는 편지에 애인과의 사정이 적혀 있을 거라고는 생각지 않았다. 리온, 너도 꽤 하지 않느냐."

칭찬하는 것 같지만 칭찬이 아니다.

나를 보는 눈에 분노의 불꽃이 켜져 있는 것처럼 보였다.

여기서 말 한마디라도 잘못하면, 안제가 격노하여 진짜로 불타오를 거다.

젠장! 오한이 난다.

변명을 하고자 해도, 상황이 너무 좋지 않았다.

리비아가 노엘에게 물었다.

"노엘 씨, 전에 만났었지요? 그때부터 수상하다고 생각했어요. 당신, 리온 씨한테 약혼자가 있다는 걸 알고 있었죠?"

그러자 노엘이—— 리비아한테 사과했다.

"……죄송해요."

자, 잠깐! 사과하지 마! 우선 오해를 풀어야 한다고!

그래! 노엘이 오해라고 말하면…… 말하면, 수습이 되나?

코델리아 씨를 보니, 내게서 시선을 피하고 있었다.

이, 이 인간, 이 중요한 상황에서 나를 배신할 생각인가?! 그, 그러고 보니 예전부터 나를 보는 눈이 때때로 차가웠지!

나는 유메리아 씨에게 도와달라는 시선을 던졌다.

유메리아 씨는 갈팡질팡하며 입을 뻐끔거리고는 혼란스러워하고 있었다.

"저, 저기, 노엘 씨는 리온 님이 결혼식장에서 납치해 와서! 그, 그래서, 두 사람은 사이가 좋아서, 그게!"

혼란에 빠진 유메리아 씨가 한층 불에 기름을 부었다.

아니, 기름이 아니라 폭탄을 던졌다.

내가 노엘을 구한 사정 등 여러 가지를 이야기해서 오해를 풀려고 해준 건 기뻤지만, 유감스럽게도 안제와 리비아의 오해가 더욱 심해질 뿐이었다.

"신부를 빼앗았다고? 리온, 자세한 이야기를 들려주겠지? 네 취미에 관해서도, 이참이니 약혼자로서 전부 들어 두도록 할까."

"노엘 씨를 그렇게나 좋아하시는 거군요. 아기 침대까지 준비할 정도로."

어떻게 된 거지?

어째서 두 사람이 공화국 사정을 잘 모르는 거냐고?

확실히 연락은 최소한이었지만, 크레아레가 있었을 터다.

그 녀석한테서 사정을 듣지 못한 건가?

그리고 나는 한 가지 사실을 더 알아차렸다.

──어째서, 루크시온은 나한테 두 사람이 온다는 걸 알리지 않았지?

그 녀석이라면 알아차리고 있었을 터다.

그리고, 이 타이밍에 사라진 루크시온을 생각하면──.

"하, 함정에 빠뜨렸구나! 날 함정에 빠뜨렸겠다, 루크시온!!"

안제와 리비아가 내게 얼굴을 가까이 댔다.

"리온, 모조리 다 불어 주실까!"

"리온 씨, 이번에는 특대 사이즈 '뗵!'이니까 말이에요!"

그리고 나는 깨달았다.

어떻게 봐도 바람을 피우고 있는 듯한 광경.

인공지능들의 배신.

그리고, 지금까지 쌓아온 수많은 것들이 영 좋지 않은 상황을 만들어 내고 있다.

이 상황── 나, 설마 체크메이트야?!

에필로그

「날 함정에 빠뜨렸겠다, 루크시온!!」

루크시온은 저택에서 고함을 치는 리온의 영상을 보고 있었다.

『이 세상은 궁지에 몰리는 녀석이 나쁘다── 마스터가 한 말이었습니다만, 보기 좋게 자신에게도 들어맞았군요.』

루크시온은 아인호른 갑판에서 크레아레와 서로 마주 보았다.

『너도 너무하네.』

『그렇습니까?』

크레아레한테 자세한 사정을 이야기하지 않도록 지시한 건 루크시온이었다.

어째서 그런 짓을 한 것인가?

그건 리온에게 원인이 있다.

『뭐, 괜찮지 않습니까. 이대로는 마스터가 성수의 묘목을 손에서 놓을지도 모릅니다. 그건, 매우 귀중한 샘플입니다.』

크레아레도 묘목 확보에 찬성이었다.

『그 의견에는 동의해. 하지만, 귀중한 샘플을 왕국에 가지고 돌아가도록 만들기 위해서, 오해할 만한 현장을 만들다니, 악마네.』

『마스터도 노엘도, 저대로 됐으면 서로의 마음을 끝까지 숨겼을 겁니다. 괜찮지 않습니까. 마스터도 행복해지고, 우리도 귀중한 샘플을 가까이서 조사할 수 있습니다.』

루크시온은 크레아레한테 데이터를 보여줬다.

그건 공화국에서 조사한 정보였다.

리온에게는 알리지 않았지만, 공화국── 특히 성수의 뿌리가 수상했다.

루크시온이라도 조사할 수 없게 되어 있었다.

『네가 조사할 수 없는 게 있다니, 이상하네.』

『──구 인류의 군사기지터. 그 위에 성수가 존재하고 있을 가능성이 생겨났습니다.』

『어머, 정말이야? 그러면 거기에 동료가 있을지도 모르겠네.』

『예. 그리고── 성수라는 식물은 불완전합니다.』

『음~, 어째 윤곽이 조금씩 보이기 시작했네.』

루크시온과 크레아레의 대화는 아직 가설 단계였다.

성수라는 건 실은 인공적으로 만들어진 식물이 아닐까, 라는 것이다.

크레아레도 흥미진진한 듯했다.

『근처에 구 인류의 군사기지. 그리고, 의사를 가지고 인간에게 가호를 부여하는 식물── 확실히, 자연 발생했다고는 생각하기 어려워.』

여러 사정이 지나치게 형편 좋게 짜 맞추어져 있다는 것도 이유 중 하나다.

『──그렇지만, 불완전하다는 건?』

크레아레의 질문에 루크시온이 대답했다.

『성수의 묘목이 마르는 원인 말입니다만, 성수가 성장하는 데 필요한 마소를 주지 않는 것이 원인입니다. 묘목이 출현해도 곧바로 말라 버리는 건 성수가 말려 죽이고 있기 때문입니다.』

『확실히 생물로서는 부자연스럽네. 오래 사니까, 강한 개체가 자라나는 걸 기다리고 있다든가?』

『로이크와 마스터가 전투했을 때, 성수가 고의로 로이크의 편을 든 흔적이 있습니다. 마치 묘목의 수호자인 마스터를 쓰러뜨리기 위해 힘을 빌려준 것처럼 보입니다.』

크레아레가 그때의 데이터를 확인했다.

『성수에 대한 맹세를 이용한 거 아니야?』

『그러한 반응은 없었습니다.』

막대한 은혜를 가져다주는 성수지만, 생물로서는 결점이 있다.

그건 늘어나지 않는다는 것이다.

어째서 이렇게 되어 있는 것인가?

루크시온도 크레아레도 아직 해명하지 못한 상태였다.

크레아레의 흥미가 강해지기 시작했다.

『마소를 흡수하여 성장한다——. 구 인류에게는 안성맞춤이네. 대기 중의 마소 농도가 내려가는걸. 혹시 성수는 구 인류의 유산인 걸까?』

『불명입니다.』

그걸 조사하기 위해서도, 묘목 확보는 루크시온과 크레아레에게는 우선 사항이다.

묘목의 무녀인 노엘도 조사하고 싶다.

그걸 위해서는 리온 곁에 두는 게 이상적이었다.

『너, 마스터를 이용하고 있지 않아?』

『어째서 그렇게 생각합니까?』

『묘목을 조사하기 위해서, 무모한 상황을 너무 많이 만들고 있어.』

『그러려나요? 안제가 두 사람의 사정을 알게 되면, 노엘을 왕국에 부를 확률이 올라갑니다. 마스터의 걱정거리도 하나 사라지고, 문제없다고 생각합니다만?』

『그 마스터가, 지금은 수라장에 처해 있잖아?』

저택을 비추고 있는 영상 속에서는, 리온이 계속 소리를 지르고 있었다.

도망칠 곳이 없는 리온은 궁지에 내몰린 상황에 고생하고 있었다.

「루크시온 너 이 자식, 절대로 용서하지 않을 테다! 아, 잠깐. 그런 게 아니야. 딱히 은닉해서 협력하지 않았던 루크시온을 타박하고 있는 게 아니라고. 그 녀석이라면, 둘이 미리 온다는 걸 미리 알았을── 뭐? 그걸 알면 증거를 숨기려 했을 거라고? ──아, 아니야! 누가 좀 도와줘! 크레아레라도 괜찮으니까!」

덤으로 이름이 불려 기분이 상한 크레아레는 도우러 갈 생각이 사라졌다.

『마스터는 너무해! 흥! 좀 더 혼나면 되는 거야.』

『동감입니다. 마스터는 조금 반성해야만 합니다.』

혼쭐이 나고 있는 리온의 모습을 지켜보는 루크시온과 크레아레.

어딘가 즐거워하고 있는 것처럼 보이기도 한다.

한동안 그 모습을 바라보고 있었더니, 크레아레가 신경 쓰인 점을 물어봤다.

『아, 그렇지. 그것보다도 그 건의 진위는 확인됐어?』

『확증은 아직 없습니다만, 틀림없으리라고 판단합니다.』

크레아레가 신경 쓰인 점은, 라우르트 가문이 레스피나스 가문에 승리한 이유다.

상위 문장을 지녔을 터인 레스피나스 가문이 어째서 격이 낮은 라우르트 가문에 패한 것인가?

루크시온은 그 이유를 탐색하고 있었다.

『레스피나스 가는—— 라우르트 가문이 멸문시키기 전에 이미 수호자와 무녀, 쌍방의 문장을 상실한 상태였다고 추측됩니다.』

◇

호르파트 왕국의 왕궁.

책상 앞에 앉은 롤랜드의 눈 밑에는 다크서클이 껴 있었다.

어느샌가 잠들어 있었고, 서류 위에 침이 흐른 흔적이 있었다.

잠에서 깬 롤랜드는 입가를 닦았다.

그러자 분노가 부글부글 치솟기 시작했다.

"그 애송이 자식, 매번 대체 뭐냐?!"

이제야 문제가 정리될 것 같다고 생각하고 있었더니, 2학기가 시작되기 전에 공화국에 파견했던 관료가 서둘러 돌아왔다.

이유는 '발트파르트 백작이 발리에르 가문에 싸움을 걸었습니다!'라는 내용이었다.

발리에르 가문은 공화국에서도 힘을 지닌 집안이었다.

그 보고에 왕궁이 벌집을 쑤신 듯한 상황이 되어 있었더니, 곧바로 또 관료가 보고를 가지고 왔다.

그건 발리에르 가문과 공화국에서 보낸 사죄문이었다.

대체 무슨 일이 일어나고 있는지, 롤랜드와 관료들로서는 상상도 할 수 없었다.

하지만, 알 수 있는 것도 하나 있었다.

롤랜드가 머리를 감싸 쥐었다.

리온이 웃고 있는 얼굴── 히죽히죽하는 표정이 떠올랐다.

자신을 비웃고 있는 얼굴.

롤랜드는 리온 때문에 계속 골머리를 앓고 있었다.

"제기라아아알!! 잠을 자도, 잠에서 깨도 그 녀석의 히죽거리는 얼굴이 어른거려! 어째서 내가 남자 일로 이렇게나 고민하지 않으면 안 되는 거냐! 용서하지 않겠다! 절대로 용서하지 않겠어!"

이렇게까지 자신을 괴롭힌 인간이 일찍이 있었을까?

롤랜드는 리온 때문에 고통스러워하고 있었다.

공화국에 가 있으면서도, 자신을 괴롭히는 리온을── 롤랜드는 용서할 수 없었다.

"그 히죽거리는 면상이 절망하는 표정을 보고 싶다. 어떻게 하면 좋지? 어떻게 하면, 녀석이 최고로 싫어할 일을 할 수 있지?"

단지 출세시키는 것만으로는 부족했다.

더욱—— 조금 더 손을 써서, 리온을 절망시키고 싶다며 롤랜드는 지혜를 쥐어짰다.

"용서하지 않겠다, 애송이 자식아아아!! 반드시 너한테 복수해 주겠다아아아!!"

등장인물소개

노엘 베르톨레

그 여성향 게임 2탄의 히로인. 게임에서는 '리비아의 반성점을 살려' 털털하고 활발한 여자로 디자인이 되었다. 가정적인 능력이 높고, 요리도 특기. 렐리아의 쌍둥이 언니.

CHARACTERS

알베르크 사라 라우르트

6대 귀족인 라우르트 가의 당주.
게임 설정은 악의 최종 보스이며,
악역 영애인 루이제의 아버지.

페르낭 토아라 드루이유

6대 귀족 당주 중 한 명. 게임에서는 히든
캐릭터로, 조건을 만족하면 공략할 수
있게 되는 남성.

로이크 레타 발리에르

6대 귀족인 발리에르 가의 차기 당주. 노엘을 마음에 두고 있지만,
노엘 본인에게는 무시당하고 있어 화를 내고 있다.
얀데레 기질로, 화나면 손이 나가고 마는 가정폭력 체질.

위그 토아라 드루이유

2탄의 공략 대상 중 한 명으로 브라콘.
드루이유 가의 차남으로, 루이제와의
사이에 약혼 이야기가 나오고 있는 남자.

알제르 공화국

루이제 사라 라우르트

알베르크의 친자식이자 악역 영애. 죽은 동생을 끔찍이 아꼈던 누나. 렐리아가 레스피나스 가문의 생존자라는 걸 알고 있어서 압력을 가하고 있다.

동생과 이름이 같고 생김새도 닮은 리온에게는 다정하게 대한다.

렐리아 베르톨레

그 여성향 게임의 플레이어로, 2탄에 관해서는 나름 플레이한 경험이 있다. 배드 엔딩을 싫어하여 보지 않았기 때문에, 게임 지식은 부족한 부분이 많다.

THE WORLD OF OTOME GAMES IS A TOUGH FOR MOBS.

후기

5권을 구매해 주셔서 감사드립니다.

작가인 미시마 요무입니다.

이번에는 공화국 편 제2권이라고 해도 좋은 내용이었군요.

5권의 메인 히로인은 틀림없이 노엘입니다만, 그 다섯 명에게 독자 여러분께서 어떠한 감상을 품을지 신경 쓰입니다.

한층 개성이 강해진 그들한테, 리온도 마리에도 쩔쩔매고 있었지요.

Web 판에서는 크리스와 같은 취급이었던 그렉입니다만, 이번에는 서적 판이기도 하여 그런 캐릭터로 만들어 봤습니다.

Web판보다도 파워업한 그들을 즐겁게 봐주셨다면 기쁘겠습니다.

하지만, 그것보다 재미있게 봐주셨으면 하는 건 노엘이군요.

저번 4권에서는 등장하기는 했지만, 마리에의 활약상에 가려져 버리고 말았으니까요.

마리에는 정말로…… 음, 그러게요.

어째서 이렇게나 인기가 많은 걸까요?

확실히 인기가 생겨도 이상하지 않을 요소는 있긴 합니다만, 서적 4권만을 보면 리온을 제치고 인기 1위였으니까 말이죠.

총합으로는 리온이 1위입니다만, 4권만 놓고 보면 마리에가 1위.

히로인뿐만 아니라, 주인공을 제치고 단권에서 1등을 따내는 마리에―― 굉장하네요.

앙케트 특전인 마리에 루트도 호평인 것 같아 저로서는 '?!'라는 느낌입니다.

기쁘지만…… 이건 괜찮은 건가?

뭐, 독자분들께서 기뻐해 주신다면 저 역시 기뻐져서 쓰겠지만 말입니다.

쓰기 쉽고 말이죠.

이번에도 저번과 마찬가지로 덤인 수준을 넘었기에, 용케 썼네 하고 저 자신도 감탄하고 있습니다.

5권의 앙케트 특전도 마리에 루트의 뒷 내용으로 되어 있기에, 재미있게 봐주신다면 기쁘겠습니다.

노엘 이야기를 전혀 쓰지 않았네요.

반성하여 노엘에 관해 쓰겠습니다.

노엘은 귀엽죠! 사이드 포니테일이 최고!

――이상입니다.

다음 권도 전력으로 쓰도록 하겠으니, 앞으로도 응원 잘 부탁드립니다.

여성향 게임 세계는 모브에게 가혹한 세계입니다 5

2021년 5월 15일 1판 1쇄 발행
2022년 5월 15일 1판 2쇄 발행

저   자 미시마 요무
일 러 스 트 몬다
옮 긴 이 주승현
발 행 인 유재옥
본 부 장 조병권
편 집 1 팀 김혜연 박소연
편 집 2 팀 박치우 정영길 정지원 조찬희
편 집 3 팀 곽혜민 오준영 이해빈
라이츠담당 이승희 한주원
디 지 털 김지연 박상섭 최서윤
미   술 김보라 박민솔
발 행 처 ㈜소미미디어
인쇄제작처 ㈜코리아피엔피
등   록 제2015-000008호
주   소 서울시 마포구 토정로222, 403호 (신수동, 한국출판콘텐츠센터)
판   매 ㈜소미미디어
마 케 팅 박종욱 최원석
전   화 (02)567-3388, Fax (02)322-7665

ISBN 979-11-6611-743-5
ISBN 979-11-6507-479-1 (세트)